KB097561

아이돌을
키워보겠습니다

아이돌을
키워보겠습니다

1

———————— 이정하 장편소설

고즈넉이엔티 GOZKNOCK ENT

아이돌을
키워보겠습니다 1

초판 1쇄 발행 2018년 4월 30일

지은이 이정하
펴낸이 배선아
펴낸곳 (주)고즈넉이엔티

출판등록 2017년 3월 13일 제2017-000022호
주소 서울시 강서구 공항대로 649 제성빌딩 303호
대표전화 02-6269-8166 **팩스** 02-6166-9199
이메일 gozknock@naver.com

ⓒ 이정하, 2018
ISBN 979-11-6316-001-4 04810
　　　979-11-6316-000-7 (세트)

차례

제 1화

내 이름은 김다행,
직업은 아이돌 팬이죠

덕계못.

스타를 좋아하는 팬들 사이에선 이런 말이 있다. '덕후는 계를 못
탄다.'

스타를 좋아하며 쫓아다니고 조공까지 보내줘도 결국 스타와 우
연한 만남이나 스타와의 잊지 못할 추억 같은 건 정작 팬이 아닌 사
람에게 돌아간다는 뜻이다.

다행은 D-solve라이언의 직찍(직접 찍은 사진)보며 그 생각을
했다. '라이언과 덕계못이 되지 않게 해주세요' 왜냐하면 오늘이
D-solve의 데뷔 날이었기 때문이다.

하필, 그날은 다행에게 조금 이상한 날이었다.

그녀가 오매불망 기다리던 D-solve의 데뷔 녹화무대가 있던 날.
음원으로만 만나던 아이돌을 실제로 만나는 날이라 두근거리고 설

레야 하는데…. 다행을 끊임없이 신경 쓰이게 만드는 게 있었다. 아니, 좀 더 정확하게 말하자면 지나치게 신경 쓰이는 '한 사람'이었다. 무대에 눈길을 고정할 수 없을 만큼 거슬렸다.

'뭐야? 도대체….'

모델처럼 쭉 뻗은 키에, 눌러쓴 모자가 얼굴 반 이상을 가리고. 비율이 남다른 사람인데…. 문제는 그가 저승사자처럼 위 아래로 시커먼 옷을 입은 채, 무대를 노려보고 있다는 것이었다. 무대 위 누군가를 잡아먹을 기세로.

D-solve 온라인 최고의 팬클럽 운영자인 다행으로선 거슬리지 않을 수 없었다.

'혹시… 스토커나 안틴가?'

아직 리허설은 시작되지 않았다. 그러나 다행은 그 전에 눈앞에 거슬리는 불청객을 미리 차단하고 싶었다. 그녀는 D-solve의 오프라인 팬클럽 부회장을 불렀다.

"저기… 저 사람 보여?"

부회장은 데뷔 리허설을 앞두고 좌석 문제 때문에 예민해진 상태였다.

"뭐가요? 저 지금 바빠…."

자칭 '와꾸(얼굴) 레이더'로 유명한 부회장은 다행의 손끝이 겨눈 사람을 발견하자 말을 잇지 못하고 위아래로 마구 훑어보았다.

"뭐예요? 언니 아는 사람이에요? 어, 모델…? 비율이 엄청난데?"

호들갑 떠는 모습에 다행은 어이없다는 눈을 흘겼다.

"지금 그런 걸 보라는 게 아니잖아. 저 사람 엄청 수상하다고. 아직 리허설 전이니까 관계자한테 얘기해서…."

"언니! 근데 보면 볼수록 일반인은 아닌 거 같아. 남자 모델? 아니면 연기자? 누구지…."

자꾸 헛소리만 늘어놓는 부회장 때문에 다행은 티 안 나게 한숨을 내쉬었다.

그때 막 녹화 리허설을 알리는 신호가 들렸다.

다행은 부회장을 붙잡고 다그쳐봤자 답이 나오지 않을 걸 알기에 그녀의 등을 떠밀었다. '얼른 가! 쓸데없는 소리 하지 말고, 이 기집애야!' 라는 말이 목구멍까지 치솟는 걸 간신히 누르면서 말이다.

'내가 직접 해결 해야겠어….'

다행은 그에게로 천천히 걸음을 옮겼다.

그날은 정혁에게 최악의 날이었다. 거길 가는 게 아니었다.

귓속에 파고드는 응원소리가 역겨워 현기증이 날 정도였다.

"D-solve! D-solve! 라이언, 황승환, 이범준, 구재용, 김민준! D.S.O.L.V.E!"

여기에 왜 온 걸까. 도대체 뭘 확인하고 싶어서 온 걸까. 응원 구호 속에 섞여 들어간 '라이언'의 실체를 여기 와서 확인이라도 할 수 있을 거라 생각했던 건가. 스스로 몇 번이나 되물어도 자신의 행동을 납득할 수 없었다.

"하…."

하필, 유난히 더운 날. 짙은 야구 모자를 꾹 눌러쓰고 검은색 티와 블랙 진을 입은 채, 마스크로 눈만 남기고 얼굴을 다 가렸다. 이렇게까지 수고를 해가면서라도 그 자식의 면상을 봐야 했다. 남이 만든 곡을 도둑놈처럼 빼앗아 데뷔하는 꼬락서니가 어떤지.

"D-solve 팬 맞아요?"

그때 어디선가 낯선 목소리가 들렸다.

양 볼이 발갛게 달아오른 여자가 정혁을 올려다보고 있었다. 아직 리허설 전이라 냉방을 가동하지 않아 이마에 땀이 송글송글 맺혀 있었다.

"여기 C섹션은 전부 D-solve 응원 구역이거든요!"

정혁에게 바짝 다가온 여자는 잔뜩 경계하는 눈초리로 그를 노려보았다.

"···."

"···내 말 안 들려요?

다짜고짜 구역 어쩌고 하며 따지듯 말하는 여자의 태도에 정혁은 당황했다. 그녀의 눈빛은 마치 못 볼 것을 본 것처럼 짜증이 한 가득이었다.

정혁은 아무 말도 하지 않고 가만히 그녀를 응시했다. 그러자 그녀는 땀범벅이 된 이마를 쓸어 올리며 상대를 반항적으로 쳐다봤다. 은근슬쩍 한 손으로 정혁을 밀어내며 엄포를 놓았다.

"혹시 안티라면 빨리 꺼져···. 오늘 D-solve 데뷔 날이니까 방해하지 말고!"

여자의 짧아진 말과 공격적인 표현에 정혁은 당황한 나머지 마스크를 내릴 뻔했다.

"너··· 맞지? 요즘 D-solve 홈페이지에 끊임없이 악성 루머 달고 다니는 새끼?"

"뭐···?"

"왜 그렇게 놀라는 거야? 하, 니가 그 자식 맞나 보네···."

단정적으로 쏘아붙이던 여자는 이번에는 주변을 둘러봤다. 낌새를 보아하니 보안요원을 찾는 것 같았다.

정혁은 제멋대로인 여자의 태도에 어이가 없어 자신이 여기 왜 왔는지조차 까먹었다.

"야…."

그렇다고 정체를 들켜서는 안 된다. 라이언 그 자식과 절대 마주쳐서는 안 될뿐더러 녀석의 데뷔를 지켜보러 왔다는 것 자체가 정혁, 자신에겐 굴욕적이었으니.

"하! 순순히 털어놓지 그래."

여자는 팔짱을 끼며 정혁이 뭐라고 터놓을지 두고 보자는 얼굴을 했다.

정혁의 입장에선 원수를 보러 왔다가 찬물을 뒤집어 쓴 기분이 따로 없었다.

"어이가 없네…."

"뭐? 내가 더 어이가 없…."

다행이 험한 말을 이어가려던 순간이었다. 갑자기 무대에서 눈이 부실 정도로 빛이 쏟아졌다.

"아!"

다행은 빛을 보는 순간 바로 탄성을 내뱉었다. 드디어 D-solve의 리허설이 시작되었다는 신호였다. 정혁 때문에 잔뜩 짜증나 있던 다행의 눈빛이 순식간에 변했다.

'뭐야….'

다행의 표정, 눈빛, 그 미세한 근육까지 단번에 변하는 모습을 보자 정혁은 가슴이 철렁 내려앉는 듯했다. 동시에 아프기까지 했다.

무슨 증세인지 설명할 수 없었다.

라이언 그 자식의 농간만 아니었다면, 저 무대에 설 수 있었을 텐데.

무대에 온 정신을 빼앗긴 다행의 눈빛은 또 다른 의미로 정혁의 속을 후벼 파는 것 같았다.

"…야!"

괜히 성질을 부리고 싶었던 정혁은 몸을 돌려 넋 나간 채 무대를 바라보던 다행의 어깨를 붙잡았다.

"야!"

다행은 그런 정혁이 성가신 듯 그의 팔을 툭 쳐서 털어버렸다. 그녀는 마음이 다급해졌다. 이제 곧 D-solve의 무대가 시작할 것 같았다.

'빨리! 빠… 빨리! 원래 자리로 돌아가야 해!'

다짜고짜 자신을 스토커 취급하던 다행이 이젠 나 몰라라 하는 태도에 정혁은 어이가 없는 건 고사하고 부아가 치밀어 올랐다.

"너 진짜…."

"아 됐고! 이제 가요! 가! 좋은 말할 때. 리허설 시작했단 말이야!"

"뭐? 좋은 말할 때?"

정혁은 이곳에 온 목적도 까먹은 채 다행의 뒷모습을 멍하니 바라보았다. 정말 기가 막혔다.

이 자리에 와보기까지 그에겐 수많은 고민과 갈등이 있었다.

저 무대에 서보려고 연습생시절부터 얼마나 많은 시간과 공을 들였는가. 하지만 D-solve의 라이언으로 인해 무대의 꿈이 꺾이는 순간 세상이 무너지는 것만 같았다. 원수 같은 라이언! 그 녀석을 매 순간 기억하고 눈에 박아, 복수의 칼날을 갈기 위해 이를 악물고 이

곳까지 온 것이다.

"저 기집애가!"

그런데 그 원수 녀석의 얼굴을 보기도 전에 앞을 가로막고 따지는 괴팍한 여자. 그것도 라이언이라는 이름에 양 눈을 반짝거리며.

"야! 너, 나 좀 봐! 진짜 어이가 없으려니까….."

정혁은 치밀어오는 화를 꾹꾹 누르며 다시 다행에게 다가섰다. 단순히 화풀이하려고 그랬던 건 아니었다.

"야!"

다행의 어깨를 다시 잡으려던 순간, 무대 쪽을 넋 나간 듯 보며 무대 앞으로 급히 움직이던 그녀가 돌연 정혁 쪽으로 몸을 돌렸다.

그녀의 눈은 환희로 반짝거리고 있었다. 다행의 눈을 보자 정혁은 순간 할 말을 잃고 그녀의 어깨를 잡으려던 손마저 거두었다.

"있잖아, 지금 내가 보안요원 부르기 전에 D-solve 해코지 하려는 생각 접고, 꺼져! 나 지금 너 따위랑 상대할 시간 없어!"

반짝반짝 빛나는 그녀의 두 눈과 달리 그 입에서 나온 말은 한없이 공격적이고 거칠었다. 또 한 번 얻어맞은 기분에 정혁은 쓰고 있던 마스크와 모자를 벗으며 다행에게 얼굴을 공개하기로 결심했다.

"너! 내 얼굴 똑바로 봐. 반드시 저 무대….."

누구에게도 여기 오는 걸 들키고 싶지 않았지만, 자존심을 밟아버린 이 여자에게만큼은 자신을 꼭 알리고 싶었다.

이 건방진 여자가 바라봐야 할 사람은 라이언이 아닌 자신이라는 걸 기억시키고 싶었다.

하지만 무대에서 들려오는 시끄러운 함성에 모든 게 묻혀버렸다.

"꺄! 꺄아아악! 오빠!"

리허설이 시작된 무대에서 라이언이 튀어 나오며 앞줄에 선 사람의 손을 잡아주었다.

"아악! 안 돼! 안 돼! 맙소사! 라이언…."

다행은 라이언에게 눈을 떼지 못하며 정혁을 옆으로 밀쳤다.

'아…안 돼! 저 앞줄 원래 내 자리단 말이야!'

다행은 아랫입술을 깨물었다. 이게 바로 덕계못이었던가. 옆에서 정혁이 자신을 향해 노려보고 있든 말든 상관하지 않고 그녀는 급히 팬들 속으로 사라졌다.

정혁은 멀어져가는 다행을 눈 속에 담으며 낮게 읊조렸다.

"네가 좋아하는 저 녀석보다 더 찬란하고 더 멋진 모습으로 나타날 테니. 그때까지 기다리고 있어…."

바로 다행과 정혁이 다시 만나기 3년 전의 일이었다.

***

"거기 서! 좋은 말할 때!"

"서라고 하면 내가 설 줄 알아, 이 뚱땡이들아! 헉헉…."

어느 날, 한 번도 본 적 없는 덩치들이 갑자기 다행을 찾아왔다. 대뜸 같이 갈 곳이 있다며 은근히 협박까지 했다.

하필, 그날은 D-solve의 3주년 기념 컴백 무대였다. 그리고 데뷔 무대를 했던 곳과 똑같은 장소, 그 방송국이었다.

"헉헉… 아직도 따라오는 거야?"

조폭으로 보이는 두 명의 남자는 다행과 거리를 좁히지 못했지만 그렇다고 포기하지도 않았다.

내가 조폭에게 쫓길 정도로 무슨 잘못을 했을까? 다행은 다리가 후들거리게 도망치면서도 이 생각뿐이었다.

"거기 서라고! 야! 서서 얘기하자!"

야외 세트장을 몇 바퀴나 돌았는지 모른다. 처음엔 두 명이서 나란히 쫓아오더니 머리를 굴렸는지 각각 다른 방향에서 토끼몰이를 하듯 다행을 쫓았다.

"너라면 멈춰 서겠냐?"

다행은 숨이 턱 끝까지 치밀어 오르자 소리를 빽 질렀다. 하지만 고개는 돌리지 않았다. 저 덩치들을 피해 달리고 또 달려야 했으니.

그때였다. 갑자기 장애물이 생긴 건지 앞만 보고 달리던 다행이 와당탕 고꾸라지고 말았다.

"으악!"

"어이, 거기 잡아. 얼른!"

장애물이라 생각했던 건 사람의 다리였다. 그것도 길게 쭉 뻗은 남자의 다리. 미친 듯이 뛰던 다행을 가로막은 건 바로 정혁이었다.

그 역시 D-solve의 3주년 컴백 무대를 보기 위해 와 있었다. 정혁은 D-solve가 매번 컴백할 때마다 그 무대를 찾아갔다. 라이언을 보며 자신도 반드시 무대에 서리라 각오를 다졌다. 그러는 와중에 자기도 모르게 눈으로 다행을 찾곤 했다.

그리고 오늘 공연장에서 드디어 다행을 발견한 것이다. 그것도 조폭 같은 남자 둘에게 쫓기고 있는.

'앤 참… 3년 전이나 지금이나 매번 사람을 당황스럽게 하네.'

발밑에 엎어진 다행의 팔을 잡으며 정혁은 다시 한 번 그녀의 얼굴을 빤히 쳐다봤다. 그녀도 자신의 얼굴을 기억하리라 기대하고.

"아, 진짜! 사람 가는 길에 발은 왜 걸어요! 뭐 이런 이상한 사람이 다 있어?"

일으켜 세워주자, 다행은 화가 잔뜩 난 얼굴로 무릎을 털었다.

다행을 쫓던 덩치 두 명도 지쳤는지 헉헉거리며 소리쳤다.

"어이, 거기! 걔 꽉 붙들고 있어!"

다행은 정혁을 노려보며 팔을 붙든 손을 탁 쳐냈다.

"그 손 좀 치워주시죠?"

다행은 정혁을 전혀 못 알아보는 듯했다. 정혁은 당혹스러운 나머지 다시 다행의 팔을 움켜쥐듯 붙잡았다.

"나 기억 안 나?"

"무슨 소릴 하는 거예요?"

다행은 오히려 위아래로 훑으며 정혁을 의심스러운 눈초리로 쳐다봤다.

정혁은 허탈한 나머지 맥이 빠져 그녀의 팔을 맥없이 놓고 말았다. 그러는 동안 덩치 두 명이 거의 도착했다.

"어으, 헉헉헉… 아오! 좀 서라고 하는데도 말 더럽게 안 듣네. 확!"

앞에 선 덩치 하나가 팔을 번쩍 올려들어 다행을 위협했다. 다행이 본능적으로 '꺄악' 소리를 지르며 얼굴을 돌렸다.

정혁이 덩치의 손을 턱 움켜잡았다.

"이지이지 쪽 사람 맞죠?"

"어?"

덩치는 미심쩍은 눈으로 정혁을 노려보았다.

정혁이 웃으며 덩치의 어깨를 툭툭 쳤다.

"나! 거기 소속 가수입니다. 이번에 엔터테인먼트도 손댄 거 모르죠? 그러니까 얜 내가 책임지고 사장한테 데리고 갈게요."

정혁은 콧잔등을 살짝 찌푸리며 덩치의 어깨를 다시 한 번 툭 쳤다.

***

"아오… 이 여자 잡아온다고 겁나게 고생했어요."

다행을 잡아온 덩치가 창문을 향해 돌아앉은 사장에게 생색을 내며 보고했다.

"여자애 하나 잡아오는데 뭐 그렇게 고생을 했다는 거야?"

"아니, 무슨… 이야기 좀 하자는데 자꾸 도망가잖아요!"

부하의 볼멘 목소리에 사장은 귀찮다는 듯 얼굴을 찡그리며 의자를 돌렸다.

그의 눈에 광택이 나는 추리닝을 입은 여자가 바닥에 쪼그리고 앉아 있는 모습이 들어왔다. 사장은 아무 말 없이 가만히 다행을 응시했다.

10분, 15분…. 시간이 점점 길어지자 다행은 저도 모르게 살짝 고개를 들어 사장을 보았다. 사장은 두 눈을 부라리며 다행을 잡아먹을 듯 쳐다보고 있었다. 그리곤 다시 고개를 슬며시 돌려 사장실 소파에 드러누워 있는 정혁을 보았다.

"야, 넌 왜 여기 있냐?"

"사장님. 아니, 아저씨… 제가 걔를 잡아왔어요. 저기 저쪽이 잡은 게 아니라."

정혁은 턱 끝으로 덩치를 가리키며 고개를 가로 저었다. 그러자 덩치의 얼굴이 붉어지며 이마빡에 힘줄이 들어서는 게 한눈에 보였다.

"니가 거기 왜 있었냐."

"공부 차원에서!"

정혁은 웃으며 다행과 사장을 번갈아보았다. 아무리 생각해도 다행이 자신의 얼굴을 모르는 척하고 있는 것 같았다.

"암튼."

포식자의 눈빛으로 다행을 잠시 바라보던 사장이 그녀에게 말을 걸었다.

"아가씨, 아가씨가 여기 잡혀온 이유를 알아?"

"…제가 그걸 어떻게 알아요? 아 진짜…."

다행은 사장이 무서웠다. 하지만 아까 전에 당했던 일이 생각나자 저도 모르게 짜증스러운 말투가 튀어나왔다.

D-solve의 데뷔 3주년 공개방송이자 컴백무대였다. 대포여신(고성능 카메라를 들고 다니며 사진을 찍는 팬)들이 좋은 자리를 잡아놓았다며 홈 마스터인 다행에게 연락을 보냈다. 때마침 공무원 여름특강도 끝났겠다, 그동안 팬 페이지 관리도 제대로 못했던 탓에 D-solve의 3주년 기념 무대를 보러가기로 결심했던 것이다.

[면희 언니! E열 세 번째 칸 쪽으로 와요!]

온라인 최고 팬 페이지의 마스터인 '면희'라는 닉네임으로 불리던 다행은 부랴부랴 방송국으로 향했다. D-solve의 리더, 라이언의 얼굴을 본 지가 언제던가! 감격스러운 마음으로 공개방송 홀에 들어가려던 순간이었다. 갑자기 눈앞에 거구의 사내 두 명이 나타나 눈 깜빡할 사이에 그녀를 들쳐 업었다. 다행은 정신없이 발버둥 쳤다.

솥뚜껑 같은 손으로 머리까지 얻어맞았지만, 이를 악물고 덩치의 옆구리를 찔러 손아귀에서 빠져나와 정신없이 도망쳤다. 그러다 저 멀대 같이 생긴 녀석의 발에 걸려 넘어졌다.

"아니… 가는 곳마다 중 고등학생 또래의 기집애들이 바글바글하더라니까요? 무슨 짓을 하고 다니는 건지 모르겠지만… 아주 기집애들한테 밀려서 얘한테 말 한 번 걸기도 힘들었다고요! 거기다가 도망은 어쩜 그렇게 잘 치는지!"

"됐다, 됐어. 내가 니들한테 뭘 맡기겠냐…."

다행은 멍한 머리를 깨우기 위해 고개를 몇 번 좌우로 까딱거렸다. 도대체 자신이 왜 여기에 와 있는지 이유를 알 수가 없었다. 정신을 차리고 나니 화가 치밀었다. D-solve의 공개방송을 그렇게 놓치다니! 라이언의 이번 컴백 무대를 못 봤다고 생각하자 도저히 차분해질 수가 없었다.

"도대체 왜 사람을 납치하는 거냐고요! 전부 경찰에 신고해버릴 거야아악!"

사채회사에서 경찰에 신고할 거라고 소리치는 사람을 처음 본 탓인지 다들 놀란 얼굴로 다행을 쳐다보았다. 시시각각 변하는 얼굴을 보고 있는 건 사장만이 아니었다. 정혁 역시 미간을 찌푸리며 다행을 관찰하고 있었다. 때마침, 사장실 문이 열리면서 남자 하나가 들어왔다.

"구해라 대표는 잡으셨어요? 바깥까지 엄청 시끄러운데 무슨 일…."

사장실에 들어온 남자는 바닥에 주저앉은 여자를 보자 눈을 동그랗게 떴다.

공식적으로 대부업체 이지이지대출에서 후원하고 키우는, 아직 데뷔 못한 그룹 '무풍지대'의 멤버 박태영이었다.

그는 바닥에 붙어 있는 추리닝을 보고 '이건 뭐냐'는 듯한 눈빛으로 사장과 다행을 번갈아봤다. 사장은 한숨을 푹 쉬며 입을 열었다.

"구해라 대표 보증 선 남자의… 딸."

"보증… 이라니요?"

잡티 하나 없이 깨끗한 흰 피부에 미끈하게 뻗은 다리 그리고 눈꼬리가 약간 올라간 스마트한 인상의 미남인 태영은 시끌벅적한 사장실 풍경에 적응이 안 된다는 표정을 지었다.

정혁은 쪼그리고 앉은 다행 쪽으로 다리를 쭉 뻗었다. 그의 다리가 다행의 앞으로 툭 튀어나왔다. 그러자 다행이 다리의 주인을 보기 위해 고개를 돌렸다. 태영과는 반대로 살짝 그을린 피부에 얇은 쌍꺼풀, 다비드 조각같이 잘 잡힌 근육, 185를 훌쩍 넘는 키. 여러모로 누가 봐도 '미남이네요'라고 할 수밖에 없는 외모의 정혁이 비웃듯이 한쪽 입꼬리를 씩, 올렸다.

"요즘에도 보증을 서는 사람이 있나?"

그는 다행에게 시선을 거두지 않은 채 빈정거렸다.

정혁의 말이 괜히 자신을 저격하는 것 같아 다행은 인상을 찌푸렸다. 다행은 사장에게 따지듯이 말했다.

"보증인 남자의 딸이라니… 무슨 말인지 모르겠고요, 백주대낮에 사람 함부로 납치하면 어떻게 되는지 모르시나 보죠?"

다행의 반항에 사장은 어이가 없다는 표정을 지었다. 잠시간 다행을 한심하게 쳐다보다가 손을 까딱까딱 움직이며 덩치에게 서류철을 가져오라고 시켰다. 덩치가 잽싸게 뒤편 캐비닛에서 서류철을 꺼내 사장에게 넘겼다.

"이름, 김다행."

"픕."

사장의 입에서 다행의 이름이 나오자 소파에서 비웃는 소리가 들렸다. 자신의 이름이 특이한 것은 잘 알고 있었지만 면전에서 비웃는 건 차원이 달랐다. 다행은 고개를 돌려 정혁을 노려봤다. 정혁은 '뭐?'라는 눈빛으로 응수하듯 그녀를 쏘아봤다.

"장난하는 거 아니야, 똑바로 들어."

사장은 다행과 정혁의 모습을 번갈아 훑어보고는 경고하듯 말했다. 사장의 묵직한 목소리에 정혁은 입을 다물었다.

"이름, 김다행. 나이 23살. 18살에 부모 이혼, 19살에 모친 사망, 그 후로 쭉 혼자 살고 있음. 주소는 서울시 동작구 상도동 195-2…."

사장이 자신이 살고 있는 원룸 주소까지 줄줄 읊자 다행의 두 눈이 왕방울 만하게 커졌다.

"부친, 김대호."

김대호라는 이름 석 자가 불리자 다행은 인상을 찌푸렸다. 이미 연을 끊은 지 오래인 그가 왜 언급이 되는지 영문을 알 수가 없었다.

"아버지 지금 어디에 있는지 알아?"

"내가 알게 뭐예요."

다행은 짜증이 났다. 사채업자들이 무섭긴 했지만, 7년 전에 이미 죽고 없다고 생각하기로 한 아빠라는 인간이 언급되자 이루 말할 수 없이 불쾌한 기분을 느껴 미간을 구겼다.

탁!

"어이, 말 안 통하는 여자! 대답 똑바로 해."

조금 전 다행의 이름을 듣고 비웃던 정혁이 탁자를 가볍게 두드리며 한마디 거들었다.

다행은 그런 정혁이 너무 짜증나고 싫었다. 잘생긴 외모라 봐주려 했지만 이름을 비웃는 순간부터 솟아난 적대감이 점점 커지고 있었다.

정혁은 3년 전, 강렬한 인상을 남겨놓고 자신을 알아보지 못하는 다행에게 괜히 심사가 뒤틀렸다. 어떻게 저 여자에게 그때의 수모를 갚아줄지 궁리 중이었다.

"아가씨, 김대호 어디 있는지 몰라?"

사장이 다시 물었다. 그러나 다행은 대답 없이 시선을 바닥에 고정한 채 고개만 휘휘 저었다. 반항하듯 입을 한일자로 꾹 다문 채 말이다.

"보증 선 놈이나 보증 서게 한 놈이나, 둘 다 튀었다고!"

사장이 짜증을 내자 분위기가 험악해졌다. 정혁은 천장을 바라보며 소파 팔걸이를 톡톡 두드렸고, 태영은 심각한 표정으로 다행을 쳐다봤다. 다행은 여전히 바닥에 고개를 박고 있었다.

"안에서 새던 바가지 밖에서도 샌다더니…."

다행이 아주 낮게, 들릴 듯 말 듯한 소리로 뇌까렸다. 천장을 바라보던 정혁이 비식 웃으며 한마디 던졌다.

"아저씨, 쟨 술집에 갖다 팔아도… 돈도 안 될 것 같은데요."

술집이라는 단어에 다행은 고개를 휙 돌려 그를 째려보았다. 겉보기엔 조폭같이 보이지 않았는데, 말하는 본새가 조폭이 맞는 것 같았다.

"뭐 행색을 보나, 외모를 보나 그쪽으로는…."

"저, 저자식이!"

다행은 주먹을 불끈 쥐었다. 저 쓰레기 같은 자식한테 한방 먹여야 하는데, 지금 당장 그럴 수 없다는 사실이 분해 부들부들 떨렸다.

"아가씨, 우리도 댁 아버지를 빨리 찾고 싶어. 문제를 빨리 해결해야지. 그래야 우리가 투자를 한 대표도 찾을 수 있어. 고집부리지 말고 잘 떠올려봐, 아가씨. 아버지 김대호 씨가 어디에 있을 것 같은지."

"저도 7년 전에 더럽게 찢어진 사람인데, 갑자기 연락이 되냐고 물으면 어떻게 대답해야 하나요?"

다행은 답답한 나머지 사장을 향해 달려들 기세로 대답했다. 하지만 사장은 눈 하나 깜짝하지 않고 다행을 노려보았다. 사장의 눈엔 발톱을 세운 고양이처럼 보일 뿐이었다.

"지금 장난칠 기분 아니야, 아가씨. 똑바로 대답해, 김대호 어디 있냐고!"

사장의 호통에 분위기가 다시 얼음장처럼 변했다.

다행은 다시 바닥으로 고개를 처박고 애꿎은 추리닝 소매만 만지작거렸다. 그때 계속 불안한 눈으로 지켜보던 태영이 소파에서 몸을 일으켰다.

"어… 사장님, 그렇게 닦달한다고 해서 해결될 문제가 아닌 거 같아요."

아나운서처럼 깔끔한 목소리의 태영이 굳은 분위기를 깨고 천천히 입을 열었다. 그러자 정혁은 얜 또 무슨 이야기를 꺼내려고 그러나 하는 얼굴로 태영을 쳐다봤다. 사장 역시 비슷한 눈빛으로 태영을 응시했다.

"저, 다행… 씨? 천천히 한 번 생각해보세요. 다른 게 아니라 우리 대표가 사라졌는데, 아무래도 그쪽 아버지와 관련이 있는 거 같거든요."

걸걸한 사장의 목소리와 대비되는 아름답고 차분한 목소리가 들리자 다행은 숙이고 있던 고개를 들었다. 자신이 좋아하는 D-solve의 라이언과 비슷한 분위기를 가진 태영을 보자 저도 모르게 딱딱하게 굳었던 얼굴이 살짝 풀렸다. 좋은 걸 발견한 것처럼 천천히 옅게 미소 짓는 그녀를 정혁은 괴이하게 쳐다봤다.

'쟨 또 왜 저러는 거야?'

"아… 네."

다행의 입에서 처음으로 단정한 목소리가 흘러나왔다.

"저희가 지금 대표님이 없으면 안 되는 상황에 있거든요…."

"정말 죄송하지만 전… 김대호 씨가 어디 있는 줄 몰라요."

"정말 몰라? 너, 니가 아버지 대신 보증 빚 갚을 자신 있어?"

다행과 태영이 차분하게 대화를 나누는 사이에 정혁이 끼어들었다. 사람에 따라 다른 태도를 보이는 게, 기가 막혔다. 자신은 노려보며 말도 톡톡 내뱉더니 태영에게는 순한 양처럼 구는 모습이 어이가 없었다. 그리고 무엇보다 자신을 알아보지 못하는 것, 그 자체에 여전히 화가 났다.

"내가 왜?"

다행은 그런 정혁의 속도 모르고 통명스럽게 대답했다. 그러자 정혁은 그것마저 짜증난다는 듯 머리를 쓸어 올리며 미간을 찌푸렸다.

"아니, 저 아저씨가 너 뒷조사 다했잖아. 니네 아빠, 너 말고는 아는 사람이 없다니까? 그러면 자연스럽게 네가 갚아야지! 너 진짜 새우잡이 배 타고 싶어?"

"뭐…?"

"야, 너랑 입씨름할 생각 없으니까 빨리 휴대폰 꺼내서 너희 아빠가 있을 만한 곳이나 알 만한 사람들 다 찾아봐 빨리. 안 찾아? 어? 빨리!"

정혁은 본격적으로 다행을 닦달했다. 부드럽게 배려하듯 말하는 태영과 달리 계속해서 몰아붙이는 정혁이 다행의 눈에 곱게 보일 리 없었다. 사장도 평소 정혁답지 않은 호들갑스러운 태도에 황당해하며 태영을 보았다.

"태영아, 나머지 둘은 왜 안 왔냐? 내가 분명히 네 명 다 오라고 했을 텐데."

"상현이는 아직 자고 있고요, 해욱이는 숙소 청소하고 있어요. 워낙 깔끔한 녀석이라…"

태영은 머쓱한 듯, 말을 하면서 머리를 긁적였다. 워낙 개성이 강한 녀석들이라 태영도 어떻게 할 수가 없었다고 변명하는 눈치였다.

"뭐? 이 새끼들이! 너희 2주 남았다. 내가 저 정혁이 애비랑 친구만 아니면 너희들한테 돈 한 푼도 안 썼을 거라고! 너네 2주 후에 데뷔잖아, 이 망할 놈들아! 지금 나는 니들 대표 찾는다고 대출 일도 제때 못하고 있는데, 너넨…"

사장은 화살의 방향을 정혁과 태영에게로 돌려 화를 내기 시작했다. 다행은 정혁의 닦달에 부랴부랴 휴대폰으로 김대호와 관련된 사람을 찾는 시늉을 했다. 그러던 와중에 그녀의 귀에 '데뷔'라는 단어 하나가 꽂혔다. 그녀는 사장과 태영을 향해 고개를 돌려 그들을 바라보았다.

"왜? 김대호와 관련된 사람을 좀 찾은 거 같아?"

사장은 다행의 시선이 느껴지자 지푸라기라도 잡는 심정으로 떠보듯 물었다.

"아, 아니 그게 아니라…. 방금 데뷔라고 하시지 않았어요?"

"그래, 데뷔."

"무슨 데뷔를 말씀하시는 거예요?"

"하, 그것까지 내가 아가씨한테 말해줄 의무는 없지만…. 흠흠."

사장은 잠시 뜸을 들이더니 슬쩍 입꼬리를 말아 올리며 운을 뗐다. 그의 얼굴이 뿌듯해 보였다.

"내가 좀 전에 대표 얘기했지? 이 녀석들… 2주 후면 TV에 나올 녀석들이야. 요즘 아이돌인지 뭔지, 노래하는 녀석들! 어때, 멀끔하게 잘생겼지? 이지이지대출이 얼마나 돈을 많이 들였…."

사장이 자랑을 늘어놓자 정혁은 숨기고 싶은 걸 들킨 듯 입가를 씰룩거리며 사장을 쳐다보았다. 그 옆에 있던 태영은 부끄러운 듯 사무실 천장만 올려봤다.

모두가 '대체적으로' 그럭저럭한 표정을 짓는 와중에 다행은 혼자 굉장히 심각한 얼굴이 되어 갑자기 사장에게 따지듯 말했다.

"데에에뷔요오? 데뷔라고 말씀하셨어요? 그것도 아이돌로?"

"그럼, 그럼! 왜, 아가씨 저 애들한테 관심 있어? 어때 잘생겼지?"

"그걸 지금 말이라고 하세요? 지금 저 스타일로 아이돌이라고요?"

다행은 손끝을 세워 정혁을 가리켰다. 정혁은 전혀 예상하지 못한 다행의 삿대질에 인상을 구기며 그녀를 노려보았다.

"그걸 지금 말이라고 하세요? 지금 저 스타일로 아이돌이라고요?"

말도 안 된다는 뉘앙스가 다분한 말투였다. 다행이 또 한 번 머리를 좌우로 절레절레 흔들었다.

그럴수록 정혁은 자존심에 상처를 입었다. 속까지 매슥거렸다.

사장 역시 다행의 말을 납득하기 어렵다는 듯 기분 나쁜 표정으로 입을 열었다.

"아가씨, 아가씨는 뭘 보고 쟤들을 그렇게 평가하는 거야?"

언성만 높이지 않았을 뿐, 말투는 거의 협박조였다.

"그게…."

다행은 왜 나오는 대로 말을 지껄였는지, 순간 후회스러웠다. 막상 왜 그런지 말을 해주자니, 그들이 상처받을까 걱정이 앞섰다.

"빨리 말해! 도대체 아가씨는 뭘 보고 그렇게 생각한 거야?"

사장은 자신의 작품이 어설프다는 평가에 부아가 치미는 듯 인상을 쓰며 답을 재촉했다.

"그게…."

"빨리!"

"어서!"

사장과 정혁이 동시에 다행을 닦달했다.

다행은 난감해서 어쩔 줄 몰랐다.

"그게…. 아이돌 하기엔 다들 너무 촌스러워요!"

다행은 눈을 꼭 감으며 크게 소리치고는 죄책감에 고개를 푹 숙였다.

사장은 한숨을 내쉬며 머리를 짚었다. 정혁은 붉으락푸르락한 얼굴로 난리를 쳤다.

"야! 네가 뭔데 촌스럽다 아니다 그런 소릴 해? 우리가 왜? 나랑 태영이가 어때서! 네가 뭘 아는데?"

정혁이 바짝 다가서며 으르렁거리듯 소리를 질렀다. 하지만 다행은 그런 정혁의 위협에도 아랑곳하지 않고 한심하다는 표정으로 그를 쳐다봤다.

"아니, 아니. 그쪽 말고 댁! 댁 말이야. 그쪽이 촌스럽다고."

"뭐, 뭐?"

평생 잘생겼다, 미남이다, 인물 좋다, 이런 소리만 듣고 살았던 정혁에게 다행의 지적은 큰 충격이었다. 한 대 얻어맞은 기분이었다. 저추리닝을 입은 여자의 눈이 잘못된 건 아닐까 하는 생각마저 들었다.

3년 전에 마주쳤던 자신의 얼굴도 기억하지 못하는 주제에 어디서 망언을 쏟아내는 건가 싶어 속에서 뜨끈한 열기가 치밀어 올랐다. 21년 인생에 있어 최대의 시련을 만난 기분이었다.

그런데 갑자기 다행이 눈을 말똥말똥 뜨며 어딘가를 가만히 응시하더니 어깨를 들썩거렸다.

"크, 크큭… ㅎㅎㅎ흡… 크크큭!"

냉랭한 사장실의 공기를 뚫고 웃음소리가 울려 퍼졌다.

"호, 혹시… 저게 데뷔 포스터예요?"

다행은 사장실 입구 근처에 붙어 있는 '무풍지대' 포스터를 가리키며 한쪽 손으로 입을 막았다.

포스터는 좀 그랬다. 누가 봐도 좀 그랬다. 하지만 이지이지대출 사장과 무풍지대의 리더 정혁만은 만족스러워했다. 사실 태영조차 외면한 포스터였다.

스프레이를 잔뜩 뿌려 가뜩이나 짧은 머리를 빳빳하게 세운 정혁이 맨 앞에 서서 카메라를 노려보고 있었다. 그 밑에 적힌 '세상을 정복한다'라는 문구가 무풍지대라는 그룹 이름만큼이나 촌스럽기 짝이 없었다.

"아니, 푸흐흐흡!"

"야, 너 왜 웃어? 왜 웃냐고!"

정혁은 다행이 열렬히 좋아하는 D-solve와 괜히 비교된 거 같아 기분이 나빴다. 무시당한 것 같은 기분에 소리를 빽 질렀다. 하지만 다행은 굴하지 않고 포스터를 가리키며 하나씩 하나씩 지적하기 시작했다. 3년이 넘는 시간 동안 D-solve의 팬으로서 활동하며 생긴 또 다른 자아, '면회'로서의 본능이 스멀스멀 나오고 있었다.

"세기말이에요? 도대체 저게 무슨 컨셉이죠? 세상을 정복한다? 이건 도대체 무슨 소리예요? 푸흡!"

자신이 만든 슬로건과 컨셉이 무시당하자 화가 난 정혁이 자리에서 일어나 다행 앞으로 성큼성큼 다가갔다. 다행은 그것도 모른 채 사장을 향해 아이돌에 관한 정보와 자신의 지론을 나불거렸다.

"저런 컨셉이나 사회비판 뭐 이런 건 한물, 두물… 아니 저런 건 2000년 초반에 다 끝났다니까!"

다행은 자신의 이론을 줄줄이 늘어놨다. 어느 시대에 어떤 스타일이 먹혔으며, 어떤 세대가 어떤 아이돌을 선호하는지 기타 등등. D-solve의 최대 팬 페이지 운영자답게 그녀의 말 한마디 한마디에서 관록이 묻어났다. 다행이 아이돌에 대한 분석과 방대한 지식을 이야기할수록 사장의 눈빛이 변해갔다.

"그래서? 좀 더 차근차근 이야기해봐!"

조금 전까지만 해도 다행의 발언에 심히 기분상해하며 노려보던 사장이었다. 그러나 신들린 듯 아이돌에 관한 지식을 거듭 쏟아내는 다행에게 그는 점점 빠져들고 있었다.

사장은 그녀의 말이 끝나기 무섭게 연이어 묻기 시작했다.

"그래, 그래서 우리 무풍지대 애들은 어떻게 하면 좋을까? 응?"

"흠, 저건 솔직히 답이 없는데…."

"야, 너 진짜 나오는 대로 내뱉을 거야?"

정혁은 그녀가 자신과 팀을 조롱할수록 D-solve와 라이언이 자연적으로 떠올라 더욱 화가 치밀었다. 하지만 그와는 달리 사장은 무풍지대의 성공을 위해서라면 뭐든 할 수 있다는 눈빛이었다.

"사장님, 솔직히 말해서…."

"그래, 뭐든 말해봐!"

"판을 다시 짜야 해요. 컨셉을 새로 정하든, 뭘 하든, 심지어 그룹명까지도…."

"야, 너 진짜!"

다행이 이건 아니지 하는 말투로 사장을 계속 설득했다. 그럴수록 정혁의 낯빛은 시커멓게 변했다. 그룹명부터 프로듀싱까지 구해라 대표와 함께 발로 뛰며 일군 그룹이었다. 그런데 어디선가 D-solve 빠순이(열성 팬)가 나타나서 이거 아니다, 저거 촌스럽다, 이런 소리를 내뱉으니 기가 막히고 코가 막혔다.

"아저씨! 지금 어디서 굴러먹다 온지 알지도 못하는 애 말을 듣는 거예요? 아저씨, 저를 믿으셔야죠. 제가 언제부터 이걸 준비해왔는지 아시잖아요!"

하지만 정혁의 외침은 씨알도 먹히지 않았다. 사장은 어느 순간부터 다행이 하는 말을 고개까지 끄덕거리며 경청했다. 그녀를 바라보는 사장의 두 눈엔 경외심마저 깃들어 있었다.

"보세요, 요즘 인기 엄청 많은 D-solve 같은 경우도 앨범을 발매할 때마다 컨셉을 달리 한다니까요? 랩을 중심으로 했다가, 무대 퍼포먼스를 중심에 두다가, 또 어떤 경우는 밴드 스타일로 하고. 암튼 요즘은 무. 조. 건. 컨셉이 중요해요. 세상을 정복한다니, 이런 건 좀….”

“야! 너 조용히 안 해?”

다행의 입에서 기어이 D-solve라는 이름이 나오자 정혁은 사장실 내부가 쩌렁쩌렁 울릴 정도로 소리쳤다. 원래도 온순한 녀석은 아니었지만 이 정도까지 정혁이 화를 낸 적이 없던지라 태영은 저게 그렇게 화를 낼 만한 발언인지 궁금해졌다.

사장은 그러거나 말거나 다행에게 다시 물었다.

“그래, 그럼 아가씨. 우리 무풍지대는 뭐 어떻게 바꾸면 좋을까? 응? 이거 2주밖에 안 남았는데, 뭐가 되겠어? 걱정이네….”

다행은 순간 사장의 물음에 말문이 턱 막혔다. 아이돌을 좋아해본 적은 있어도 키워본 적은 없었다. 사장이라는 사람이 구세주처럼 바라보는데 무슨 할 말이 떠오른단 말인가?

그녀는 순간 자신이 엄청난 실수를 저지른 것만 같았다. 가뜩이나 아빠라는 인간이 보증까지 서고 튀었는데….

“그게….”

“어이, 추리닝. 그래, 네 말대로 촌스럽다 치자. 그럼 어떻게 할 건데? 계속 촌스럽다, 촌스럽다 나불거리기만 하지 말고 어떻게 바꿀 거냐고. 참고로 데뷔 2주 남았어.”

정혁은 간절하게 매달리는 사장을 흘끗 쳐다보더니 태도를 바꿔 다행에게 따졌다. 네가 그렇게 잘났다는 듯 구는데, 실력이나 한번 보자는 심산이었다.

“그래, 아가씨! 어떻게 할 생각이야? 나는 아가씨 말만 들어보고 괜찮으면 다시 투자할 생각도 있어. 아가씨 말 들어보니까 요즘 아이돌 시장을 아주 꿰고 있는 거 같은데?"

정혁과 사장이 쌍으로 몰아가자, 다행은 뭐라고 대답을 해야 할지 몰라서 난감했다.

그때 그녀 귓가로 정혁이 얼굴을 바싹 들이밀며 아주 낮게 들릴 듯 말 듯 한 목소리로 읊조렸다.

"너, 말조심 해. 책임질 수 있는 말만 하라고."

다행은 바로 코앞에 있는 정혁의 얼굴에 순간 심장이 덜컹거렸다. 취향을 넘어선 외모였다. 베일 것 같은 날카로운 콧날이 뺨에 닿을 듯 말 듯하자 당황스러움에 얼굴을 획 돌렸다.

'어휴, 심장아, 나대지 마라!'

원래부터 다행의 취향은 D-solve의 라이언 과였다. 차분하고 지적인 외모, 깔끔한 스타일링, 흰 피부. 정혁은 자신의 취향과 완전 반대였다. 하지만 그 취향을 넘어서 정혁이 잘생긴 건 도저히 부정할 수 없었다.

다행은 재빨리 정신을 차리고 다시 그의 얼굴을 바라봤다.

'역시 내 스타일은 아닌데, 그래도 잘생긴 건 잘생긴 거지. 라이언 하고는 반대스타일이지만 뭔가… 그래! 납득이 가는 얼굴이네. 뉘 집 아들인지는 몰라도 참 잘생겼다.'

다행은 차정혁의 얼굴을 스캐닝하며 저도 모르게 감탄사를 내뱉을 뻔했다. 그녀가 얼굴을 꼼꼼히, 점 하나도 놓치지 않고 바라보는 동안 정혁은 자신의 시선을 피하지 않는 다행을 신기하게 쳐다봤다. 여태까지 자신의 눈빛에 부끄러워하지 않은 여자가 없었다.

'뭐 이런 여자가 다 있어?'

3년 전엔 작정하고 얼굴을 보여줘도 딴 곳에 정신이 팔려 기억도 못하는 주제에, 이젠 얼굴에 구멍이 날 정도로 쳐다보니 어디에 장단을 맞춰줘야 할지 난감할 따름이었다. 괜히 민망해져 뒷목을 쓱쓱 문지르는 찰나, 다행이 입을 열었다.

"할게요."

"뭐? 뭘 한단 말이야?"

"응?"

뜬금없는 다행의 대답에 정혁도 사장도 황당하다는 표정으로 그녀를 보았다.

"해볼게요! 저 무풍지댄지 유풍지댄지 뭔지 하는 저 그룹이 인기 있는 아이돌이 될 수 있도록 컨셉이고 뭐고 한 번 잡아보죠!"

다행은 확신이 섰다. 정혁의 얼굴과 스타성이라면 될 것 같았다. 본능적으로 앤 뜰 수밖에 없다는 확신이 들었다. 그건 다년간 D-solve의 팬 활동으로 인해 눈뜬 동물적 감각과도 같았다.

하지만 사장은 다행의 제안에 황당해하며 입을 열었다.

"난 아가씨한테 우리 애들 맡긴다고 이야기한 적 없는데?"

한창 자신을 띄워주던 사장의 태도가 한순간 달라지자 다행 역시 당황하고 말았다.

"예?"

"잘 아는 거랑 믿고 맡겨서 시키는 건 별개의 일이지, 내가 뭘 보고 아가씨를 믿는단 말이야?"

사채업계에서 잔뼈가 굵은 사장답게 역시 계산이 빨랐다. 다행은 사장의 물음에 쉽사리 말을 잇지 못했다.

"아가씨 아버지라는 인간이 보증을 선 채 튀어버렸는데, 내가 뭘 믿고 아가씨를 쓴단 말이냐 이거지. 하하하, 아가씨 좀 웃기는 면이 있네?"

느물거리며 다행을 대하는 사장의 태도에 정혁은 왠지 기분이 나빠졌다. 사장의 말이 틀린 건 하나도 없는데 어째선지 추리닝, 아니 김다행 저 여자를 도와주고 싶었다.

정혁은 자신이 왜 갑자기 그런 마음이 생긴 건지 이해할 수 없었다.

아니, 도대체 왜?

정혁은 지금 제정신이 아닌 것 같아 머리를 마구 흔들었다. 그럴 이유를 찾을 수 없었다. 왜 갑자기 그런 마음이 생겼는지 도무지 설명할 길이 없었다.

"난 아가씨한테 그쪽 아버지가 진 빚 갚으라고 독촉하려고 데려온 거야. 우리 애들의 매니저나 기획자 역할을 부탁하려고 데려온 게 아니라."

"어, 전 아이돌 시장에 대해 물으시기에…."

낯빛이 새하얗게 변한 다행이 다시 고개를 푹 숙이며 바닥만 바라봤다.

"하! 웃기는 아가씨구만? 그거랑 그게 같…."

사장이 콧방귀를 뀌며 다행을 질타하는 순간, 정혁의 입에서 자신도 의도하지 않은 얘기가 술술 나오기 시작했다.

"아저씨, 쟤 이 분야에 대해서 꽤 잘 아는 거 같은데 데뷔까지만 매니저 시켜보죠?"

왜 이런 말을 한 건지, 말을 내뱉고 나서도 정혁은 스스로를 이해할 수 없었다. 하지만 저 여자를 구해줘야 할 것 같은 기분이 들었다.

오히려 태영이 정혁의 어깨를 치며 작게 속삭였다.

"야, 무슨 소릴 하는 거야? 우리 데뷔 2주 남았어. 정신 차려!"

뜬금없는 정혁의 말에 사장이 갑자기 눈알을 굴렸다.

어차피 저 여자에게서 2주 안에 그 빚을 받아낼 방법은 없다. 그렇다고 무작정 애비를 찾으라고 닦달한다 해서 보증 선 돈이 2주 안에 튀어 나온다는 보장도 없었다. 차라리 그동안 무풍지대 매니저로 일이나 시켜서 이자라도 뽑아내는 게 여러모로 낫겠다는 계산에 이르렀다.

"정혁이 넌 저 여자가 의심스럽지 않아? 애비도 튀었는데 딸이라고 별 수 있…."

"잘할 거 같은데요, 뭐. 촌스럽다는 말은 좀 거슬리지만…."

정혁은 이상하게 술술 말이 튀어나왔다. 복잡한 속마음과는 달리.

'원수의 팬을 매니저로 둔다는 게, 이게 무슨 코미디야….'

일이 이상하게 돌아가자 다행은 정혁의 근처로 슬금슬금 몸을 움직였다. 조금 비굴하긴 했지만, 어쨌건 이 상황에선 정혁이 그녀에겐 동아줄과도 같았다.

"흠…."

사장은 턱을 만지며 좀 더 계산기를 두드리나 싶더니 고개를 위아래로 끄덕였다. 승낙의 의미였다. 정혁은 은근하게 웃으며 자신의 근처에 선 다행을 곁눈질로 바라보았다.

다행은 잠시 한숨을 돌렸다. 하지만 간이 배밖에 나온 건지 사장을 향해 쓸데없는 질문을 했다.

"잠깐만요, 제가 할 땐 하더라도…."

"왜? 또 뭐가 문제야?"

물에 빠진 걸 건져줬더니 보따리 내놓으라는 것도 아니고, 사채회사 사장을 향해 당돌하게 말하는 다행의 태도에 정혁도 태영도 불안한 눈으로 그녀를 보았다.

"그게…."

"그게, 뭐?"

"공짜로 할 수는 없잖아요, 저도 먹고 살아야 하는데."

"뭐? 하하하!"

사장이 갑자기 박장대소하며 다행을 향해 삿대질을 했다.

"아가씨 보통내기가 아니구만, 참나! 그 배포 한 번 인정해주지.
그래, 아가씨가 원하는 대로 김대호가 진 보증 빚 이상으로 무풍지
대가 수익을 거두면 그때부터 수고비 따로 계산해서 주지!"

"네? 김대호 그 인간이 진 보증 빚이 도대체 얼만데요?"

"십억!"

***

ㅡ이 분야에 대해서 꽤 잘 아는 거 같은데, 데뷔까지 매니저나 시
켜보죠?

정혁은 사장실에서 자신이 했던 말을 정말 자신이 한 건지 계속
떠올렸다. 다행을 데리고 숙소로 가는 동안 본인이 뭐에 쓰인 건 아
닐까 몇 번이나 고개를 가로저었다.

그런 정혁의 모습을 태영은 어이없이 바라보다가 다행에게 시선
을 돌렸다.

"저희 멤버가 총 네 명인데, 숙소에 가시면 두 명 더 보게 될 거예요."

태영의 차분한 목소리에 다행은 고개를 끄덕였다.

왠지 숙소는 끝내주는 곳일 것 같았다.

쓸데없는 생각을 하다가 다행은 문득 태영을 바라봤다. 바라보는 순간 감탄이 절로 나왔다.

'어쩜 라이언과 저렇게 닮았을까! 혹시 배다른 형제가 아닌가?'

깔끔한 이목구비, 센스 있는 행동과 말투. 다행은 저도 모르게 태영을 라이언에 대입해서 봤다.

그녀의 눈빛을 본 태영은 어색한지 헛기침을 몇 번 했다.

"저, 정혁이 그리고 숙소에 있는 상현이랑 해욱이 이 네 명이 무풍지대 멤번데…."

태영은 다행의 따가운 시선을 의식한 듯 말을 끝까지 맺지 못했다.

'왜 저렇게 쳐다보는 거지? 부담스럽게'

"아저씨한테 신용 잃지 않게 조심해."

태영의 말소리가 끊어진 사이, 정혁이 다행을 향해 당부하듯 덧붙였다.

"넌 내 덕분에 산 거야."

"니가 그렇게까지 걱정 안 해도 내가 잘 알아서 하거든?"

다행이 퉁명스럽게 응수했다. 물론 정혁 덕에 간신히 새우잡이 배는 면할 수 있었으니 고맙긴 했으나, 그 이상의 잔소리는 듣기 싫었다.

"아오, 누가 너 걱정해서 그렇대? 널 추천한 내 신용이 깨질까 봐 그런다!"

다행의 반응이 얄미워 정혁은 괜히 신경질을 냈다. 한마디를 해도 얄밉게 톡톡 쏘는 다행을 보자 사장실에서 자신이 했던 제안이 더욱 후회스러웠다.

"구해라 대표만큼 네가 잘할 수 있을지 없을지는 두고 봐야 아는 거고, 우리 컨셉이 뭐가 불만이고 맘에 안 드는 거야? 생각할수록 어이가 없네."

"최소한 촌스럽겐 안 갈 거니까 걱정 넣어두쇼!"

"내말 끝까지 들어. 니가 만난 아저씨… 뭐 어떻게 운이 좋아서 그
렇지 좋은 사람 절대 아니야. 잘못했다가는 진짜…."

둘이 티격태격거리는 것을 보다 못한 태영이 둘 사이를 가로막았다.

"자자, 그만하자. 그리고 다행 씨. 저희 나머지 두 명은 못 보셨으
니까 얼른 인사하고 통성명해요."

다행은 숙소라고 불리는 으리으리한 저택을 보자 입이 딱 벌어졌
다. 숙소가 어떻다는 설명을 들을 때도 평범한 규모는 아닐 거라는
생각은 했다. 그래도 이렇게 넓은 고급 주택인지는 몰랐다.

다행은 정신없이 두리번거리며 집 안 거실로 들어섰다. 구경을 하
는 데만 1박2일이 걸리지 않을까 싶었다.

그동안 태영은 상현의 방문을 열었다.

"아!"

태영이 급하게 방문을 닫으며 다행을 향해 난감한 표정을 지었다.

"다행 씨 죄송해요, 상현이 녀석이…."

다행이 무슨 일이냐는 표정으로 방문을 물끄러미 쳐다봤다. 태영
은 땀이라도 난 듯 머리를 쓸어 올리며 다행의 어깨를 잡고 다른 방
으로 가려 했다.

정혁이 둘 사이에 은근슬쩍 끼어들며 상현의 방 문고리를 힘차게
잡아 돌렸다.

문이 열리기 무섭게 정혁이 짜증 섞인 소리를 내질렀다.

"새끼야! 또 여자 들였어?"

정혁은 인상을 잔뜩 쓰며 성큼성큼 안으로 들어섰고, 태영은 또

시작됐구나 하는 표정으로 물러섰다.

"야!"

차정혁은 난잡한 풍경에 미간을 잔뜩 찌푸린 채 다시 소리를 질렀다.

남녀가 침대 한쪽에 포개 앉아 부둥켜안고 진한 키스를 나누고 있었다. 예상치 못한 광경에 다행은 눈만 깜빡거렸다.

"야, 최상현! 니들 안 떨어질래?"

시끄러운 소리에 남자는 정신이 퍼뜩 들었던지 입술을 떼고 고개를 돌렸다. 여자는 아쉬운지 남자의 뺨에 연신 뽀뽀를 하며 감은 팔을 풀지 않았다.

남자는 방문 앞에 선 셋을 쳐다보더니 배시시 웃었다.

"아, 왔어?"

그가 바로 무풍지대의 세 번째 멤버 최상현이었다.

***

천연덕스럽게 웃는 상현에게 정혁이 고래고래 소리를 질렀다.

"너, 내가 숙소에 여자 들이지 말라 그랬지!"

혼자 화냈다가 소리 질렀다가 정혁이 난리법석을 떨어도 상현은 넋 빠진 사람처럼 웃었다. 다행은 그런 그를 찬찬히 훑어보았다. 세 번째 멤버인 최상현이라는 남자, 살짝 말린 베이비 펌의 앞머리에 웃으면 반쯤 접히는 눈. 거기에 깨끗한 피부와 오밀조밀한 이목구비를 가졌지만 귀여운 얼굴과 반대로 단단한 몸집은 또 그 나름의 매력이 있었다.

'이쪽도 여자들한테 꽤 먹힐 얼굴이네. 뭔가 촌스러운 그룹인데 이런 애들을 어디서 다 구해놓은 거야? 신기하네….'

다행이 상혁을 훑어보는 동안 안겨 있던 여자가 드디어 몸을 떼고 문 앞의 세 사람을 쳐다봤다. 약에 취한 것처럼 흐느적거리던 여자는 상현의 팔을 톡톡 쳤다. 동물원의 원숭이처럼 구경당하는 기분이 들었는지, 작게 칭얼거렸다.

"상현 씨, 저 사람들 누구야? 예의 없게… 들어왔으면… 자기소개를 해야지…."

"그러게, 예의 없이 인사도 안 하네?"

여자의 말에 능청스럽게 대답한 상현이 벌떡 일어서서 다가왔다. 그리고는 다행을 쓰윽 훑었다. 쳐다보고 있던 걸 들킨 다행은 민망해하며 급히 눈을 돌렸다.

상현이 갑자기 정혁과 다행 사이를 파고들어 슬쩍 다행의 어깨에 팔을 올렸다. 정혁의 관자놀이에 핏줄이 도드라졌다.

"야, 너 뭐하는 거냐?"

정혁이 으르렁대듯 낮게 읊조리자 상현이 다행을 자기 쪽으로 바싹 끌어당기며 웃었다. 갑작스런 어깨동무에 다행은 움찔대며 몸을 뒤로 빼지만, 상현은 쉽게 놓아주지 않았다.

그 순간, 당황한 얼굴로 쳐다보는 여자를 향해 상현이 빙긋 웃으며 말했다.

"근데 내가 미리 말을 안 했네. 이 여자가 진짜 내 여친이야. 몰랐지?"

"뭐? 나?"

다행은 상현의 말을 듣자마자 당황한 표정으로 자신을 가리켰다.

상현은 고개를 살짝 끄덕이며 나른하게 웃었다. 다행은 어이가 없는 나머지 다시 자신을 가리키며 입만 뻐끔거렸다.

그 옆에 선 정혁의 얼굴은 붉으락푸르락, 사이키 조명처럼 시시각각 변하고 있었다.

"미쳤어, 진짜."

상현의 파트너였던 여자는 정신이 번쩍 들었는지 양 손으로 머리를 쓸어 올렸다.

"진작 말했어야 했는데…."

상현은 다행을 옆으로 더 끌어당겼다. 다행의 몸이 상현의 품에 거의 안길 정도가 되자, 그녀는 한 손으로 그의 옆구리를 밀었다. 그러나 상현은 더욱 손에 힘을 주며 다행을 감싸 안았다.

다행은 상현의 행동에 깜짝 놀라 기겁했으나 맞은편에서 노려보는 여자가 신경이 쓰여 어찌 할 수가 없었다.

"너, 너! 어제 나한텐 솔로라며?"

"어, 그게… 미안."

상현은 어깨동무를 하고 있는 다행을 사랑스럽게 쳐다보더니 여자를 향해 난처한 표정을 지었다. 그런 상현의 모습은 얄밉다 못해 한 대 치고 싶을 정도로 능글맞았다. 결국 상현에게 매서운 손길이 날아왔다.

찰싹!

"별 거지같은 걸 옆에 끼고, 나한테 감히 작업을 해?"

여자는 부들부들 손을 떨며 상현의 뺨을 세게 때렸다. 그리고는 문 앞에 선 그들 사이를 비집고 나가려 했다. 하지만 화가 머리끝까지 나 있던 정혁이 여자의 팔을 낚아채며 협박하듯 말했다.

"야, 너 말조심 해."

"이거 안 놔?"

여자가 발작하듯 짜증을 내자, 정혁이 잡았던 팔을 풀었다. 여자는 그 틈에 아래층으로 도망치듯 달아났다.

내내 몽롱한 표정이던 상현은 여자가 사라지자 차갑게 얼굴을 굳혔다. 방금 전의 모습은 온데간데없었다.

"야, 최상현! 너 진짜 정신 안 차릴래?"

"아, 미안하다고. 새벽에 클럽에서 만난 여잔데, 떨어지질 않잖아."

"그런다고 여기까지 데리고 와? 이 새끼가 진짜!"

정혁은 다행의 어깨를 감고 있던 팔을 치우며 상현의 멱살을 잡았다.

예상했다는 듯 별다른 저항 없이 정혁의 손에 잡힌 상현이 비실비실 웃으며 장난스럽게 대답했다.

"아, 알았어! 알았다고, 리더!"

"야, 장난치는 거 아니야. 진짜 장난 아니라고!"

정혁이 상혁의 멱살을 흔드는 동안 상현의 품에서 벗어난 다행은 놀란 마음을 진정시키며 천천히 그를 다시 관찰했다.

겉보기엔 허허 웃고 있어도 그게 전부가 아니다. 여자가 나갈 때 싸늘하게 굳던 그 얼굴을 잊을 수가 없었다.

'도대체 뭐가 본 모습인거지?'

상현을 가만히 지켜보던 다행은 도무지 종잡을 수 없다는 생각이 들었다. 멤버들에게 하는 행동이 그의 진짜 모습인지, 아니면 여자를 보내고 순간적으로 보였던 그 모습이 진짜인지.

다행은 저도 모르게 머릿속에 빨간 불이 들어오는 걸 느꼈다.

'쟨 위험해!'

불빛이 급하게 점멸하며 경고하고 있었다.

"아까는 실례했어요, 미안해요."

상현이 어깨를 조심스럽게 잡으며 사과했지만, 그마저도 영 꺼림 칙했다.

"이제 정리 다 됐어? 그럼 나 청소하러 들어가도 돼?"

씩씩거리며 떠나는 여자의 뒷모습을 멍하게 바라보던 그들 뒤로 노크 소리가 들렸다.

"언제까지 이렇게 서 있을 거야?"

굵은 중저음의 목소리가 잔소리하듯 물었다.

190에 가까운 장신에 모델처럼 미끈한 몸, 차분한 검정머리, 쌍꺼 풀 없는 길고 담백한 눈. 소년과 같은 매력을 가진 무풍지대의 네 번 째 멤버, 해욱이었다.

그는 양손에 먼지떨이와 무선청소기를 들고 있었다.

"대충 마무리 됐으면 빨리 밖에 쌓인 짐 받아서 정리하고 밥 먹어."

해욱은 성가시다는 표정으로 상현의 방에 들어오더니 묵묵히 청 소를 시작했다.

이건 또 무슨 상황인 건지…. 멍한 표정으로 서 있는 다행에게 태 영이 속삭이듯 말했다.

"쟤가 우리 무풍지대 마지막 멤버 도해욱이고, 참고로 지저분한 걸 엄청 싫어해요. 음, 그래요…."

태영의 어색한 미소가 이 모든 상황을 한 번에 설명해주고 있었다.

***

멤버가 모두 모이고 난 후, 다행은 반대편에 앉은 녀석들을 찬찬히 훑어보았다. 앉아 있는 모양새만 봐도 각자의 개성이 잘 드러났다. 그 와중에도 상현은 세상 저 혼자 즐거운 듯 떠드는 중이었다.

이들을 바라볼수록 다행의 마음은 점점 타들어갔다. 끝내는 한숨까지 터져 나왔다.

'일단 하겠다고 하긴 했는데…'

했는데… 그건 새우잡이 배를 타지 않기 위한 도피성 임기응변이었다.

'김대호, 진짜 아빠라는 인간은 끝까지 도움이 안 되네.'

사채 회사에서 봤던 촌스럽기 짝이 없던 그 포스터는 결코 그냥 나온 게 아니었다. 포스터의 컨셉이 어색해서가 아니었다.

여러 가지 문제가 있겠지만 가장 결정적인 것은 네 멤버가 자연스럽게 어우러지지 못하고 각자의 개성을 주장하기 바쁘다는 것이었다. 소파에 나란히 앉아 있는 네 멤버가 지금 그걸 증명해주고 있었다.

먼저 리더인 차정혁, 소파에 반쯤 누운 것처럼 기대어 다리를 꼬고 있는 녀석. 그의 문제는 유치함이다. 게다가 생긴 걸로는 멤버들을 휘어잡을 것 같은데, 조금 전 상현의 문제를 처리하는 걸로 봐서는 영 기대치에 미치지 못했다.

그리고 옆에 앉아서 상현의 농담을 들어주고 있는 박태영. 정혁을 진정시키고 팀 내 분위기를 정돈하는 역할이다. 라이언처럼 스마트한 인상과 배려하는 말투가 몸에 배어 있는 것 같았다. 하지만 그와는 달리 카리스마가 부족한 것 같았다. 그냥 한없이 부드러운 캐릭터, 향기 없는 꽃인 격이다. 연예인으로서는 치명적인 하자라고 할 수 있다.

"그러니까, 봐! 여자를 볼 때…"

다행의 시선이 언성이 높아지는 멤버로 옮겨갔다. 최상현, 아마도 무풍지대라는 그룹을 처음 접하는 팬들이라면 입구가 될 수 있는 남자. 하지만 출구가 될 수도 있는 남자였다. 매력적이지만 위험요소가 너무 많았다. 그야말로 나쁜 남자의 전형이다.

'어휴, 진짜 어디서 이런 애들을 모아 온 거야…'

차라리 정혁은 독불장군이라는 점만 빼면 관리가 가능했다. 하지만 상현은 파악하기도 어려운 스타일일 뿐더러, 제멋대로라 관리가 어려울 듯싶었다.

마지막으로 도해욱, 저 멤버는 잘생겼다는 것 말고는 아무것도 알아낸 게 없다. 이 넷의 매력을 어떻게 조합해야 할지… 다행은 눈앞이 캄캄해졌다.

'하지만 다들 스타성이 있어. 애들이 기본적으로 갖출 건 다 갖췄는데…'

다행은 갑자기 구해라라는 대표가 누군지 궁금해졌다. 이런 애들을 가지고 그 끔찍한 포스터를 뽑아냈다는 게 더 신기했다. 차라리 이 넷을 아예 따로따로 데뷔시켜 스타로 만드는 게 더 쉬울 것 같았다.

D-solve만 봐도, 라이언을 중심으로 아우라가 넘치는 두어 명을 제외하곤 나머지 멤버들은 묻어가는 존재였다. 튀는 멤버들 사이에서 분위기만 몰아주는 그런 역할 말이다. 마치 블록버스터 영화의 쉬어가는 타임 같은…. 하지만 무풍지대의 넷은 이미 외모부터 남달

랐다. 넷 다 누군가의 배경으로 남는 게 불가능해 보였다.

보통 고집이 아닌 것 같은 리더 차정혁에 여자 좋아하는 최상현, 그나마 박태영의 차분한 성격이 분위기를 잡아주긴 하지만 상현까지 태영이 다 케어 할 수 있을지 미지수였다. 거기에 캐릭터를 파악할 수 없는 마지막 멤버, 도해욱까지….

'상성이 맞는 거 같기도 하면서 아닌 것 같기도 하고, 참 어렵네….'

넷의 개성을 한데 모으려고 머리를 굴려봤지만, 묘안이 떠오르지 않았다.

'이러다가 내가 발목 잡히면 어쩌지?'

정혁의 외모에서 가능성을 보긴 했으나, 빚 독촉을 피하기 위해 대충 얼버무리며 시작한 일이었다. 대표가 튀었다지만, 2주 후면 데뷔라는데 뭐 크게 달라질까.

"어후, 미치겠네!"

작게 말했다고 생각한 다행의 목소리가 꽤 컸던 모양이다. 네 멤버가 다행을 주시했다.

"그건 그렇고, 그쪽은 무슨 이유로 금녀의 구역에 들어온 거예요?"

역시 말발이 세 보이는 상현이 먼저 포문을 열었다.

"아이돌 전문가야."

정혁은 대충 넘어가길 원했다. 자신이 추천해서 들어온 상황이었고 2주 후면 보내줄 사람이니까. 하지만 상현은 예상보다 더 집요했다.

"아이돌 전문가? 하하하, 그런 직업도 있어? 그럼 어떤 아이돌을 기획했는데요? 보아하니 나이도 어린 거 같은데, 무용담 좀 풀…."

"시끄러워!"

꼬투리 잡는 데 도가 튼 녀석이 바로 최상현이었다. 정혁은 길게 끌어봤자 좋을 게 없다고 판단했다. 방법은 그냥 소리를 질러 잠재우는 것뿐이다. 하지만 상현은 정혁의 짜증에도 아랑곳하지 않고 물었다.

"어때요? 우리 뜰 거 같아요?"

상현의 질문이 계속 이어지자 정혁은 대놓고 그를 노려보았다. 다행은 순간 사실대로 다 털어놓고 2주만 버텨주면 안 되겠냐고 말할까 고민했다. 하지만 상황을 종료한 건 역시나 태영이었다.

"다행 씨 짐은 대충 다 들어온 거 같은데…."

태영이 거실 구석에 놓인 짐을 가리켰다. 그냥 무시하고 하던 대로 하라는 눈빛이었다.

뭔가 기회를 놓친 것 같은 다행이 자연스럽게 제 짐으로 시선을 옮겼다. 어떻게 자신의 원룸을 찾고 어떻게 가지고 온 걸까? 순간 등골이 오싹해졌다.

"벌써요?"

이지이지 사장은 정말 무서운 사람이었다. 그 누구보다 빠르게 움직였다. 정혁의 경고는 그냥 흘려들을 소리가 아니었다.

"자, 그럼. 방을 정해야 하는데…."

머릿속이 혼란스러웠다. 앞으로 어떻게 해야 할지 정리가 안 되어 고통스러워하는 사이에 멤버들은 누가 어디 방을 쓸지 한창 토론 중이었다.

"남자들하고 같이 사는 게 영 껄끄럽죠?"

태영이 안됐다는 표정으로 다행에게 물었다. 그렇다고 다행이 숙소 밖에서 생활할 수 있다는 걸 의미하는 것은 아니었다. 스스로 매니저가 되겠다고 말은 했지만 사실 볼모, 그 이상 그 이하도 아니었기 때문이다.

"아…."

"헤, 그럼 나랑 같이 쓸래요?"

상현이 능글거리며 말했다. 그러자 정혁이 그의 어깨를 콱 틀어잡으며 잡아당겼다.

"시끄러워. 너 같은 문란한 새끼를 어떻게 믿어!"

정혁은 이런 상황이 껄끄럽고 익숙지 않다는 듯 짜증을 냈다.

"야, 추리닝. 넌 그냥 거실에 써. 나중에 내가 아저씨랑 얘기해볼게. 그 전까진 무조건 거실이야!"

"야, 차정혁! 그럼 니가 거실 써!"

"싫거든!"

정혁과 상현의 설전이 다시 시작됐다. 정확히 말하자면 상현이 일방적으로 약 올리는 꼴이었지만. 티격태격하는 모습을 보자 다행은 다시 뒷목이 당겼다. 그때 아무 말도 없던 해욱이 담담하게 입을 열었다.

"거실은 추워요, 지금은 잘 모르겠지만 새벽이 되면 바닥이 차가워서 지내기 불편할 거예요. 제 방 같이 써요, 이층침대라서 자는 거 신경 안 써도 되고…."

"아…."

'추워지기 전에 나갈 거라고!'

차라리 거실에서 지내는 게 낫겠다고 생각했던 다행에게 해욱의 제안은 배려가 아니라 부담으로 다가왔다.

"그래도 여자랑 쓰는 게 편하진 않을 텐데…."

"전 성별 같은 거 신경 안 쓰니까 상관없어요. 대신 지저분한 건 딱 질색이니까 침대랑 머리카락 정리, 그 정도는 꼭 해주세요."

해욱이 자신의 방까지 공유해줬으나 다행은 썩 내키지 않았다.

남녀칠세부동석이라고 했는데, 어떻게 다 큰 남자와 한방을 쓸 수 있을까? 다행이 고개를 저었다.

그때, 태영이 조심스럽게 다행의 어깨를 잡으며 속삭였다.

"쟨 괜찮아요, 저를 믿고 쓰세요. 다행 씨가 걱정할 일은 없을 거예요. 그리고 거실은 좀 아닌 거 알죠?"

태영은 특유의 사람 좋은 웃음을 지었다. 하지만 그 끝에는 냉랭함이 묻어 있었다. 눈치가 빠른 다행은 태영의 말을 거부할 수 없었다.

이상하게 녀석들에게선 설명할 수 없는 오만함이 느껴졌다. 숙소의 규모나 시설을 볼 때, 잘 먹고 잘 사는 집안 녀석들임도 분명했다.

라이언처럼 태영 역시 부드러운 사람일 거라고 추측했던 다행은 자신이 오판했음을 깨달았다.

"알았어요…."

다행의 대답에 태영이 만족스러운 표정을 지었다.

"말도 안 돼! 야, 추리닝. 넌 무조건 거실이야."

상현과 옥신각신하던 정혁은 방향을 바꿔 다행에게 다시 엄포를 놓았다. 태영의 설득에 넘어갔다는 것도 싫은지, 더욱 툴툴거리며 말했다.

"계집애가 무슨 남자랑 같은 방을 써. 정신 나갔어?"

"계집애, 계집애 하지 마! 너 나보다 어린 거 몰라?"

다행은 정혁의 잔소리가 더 듣기 싫어 짐을 대충 들고 자리에서 일어났다. 빨리 도망가는 게 상책이었다. 하루 종일 정신이 없었던 터라 어느 방이든 상관없으니 몸이나 좀 누이며 쉬고 싶은 생각뿐이었다.

"어, 다행 씨! 복도 맨 끝 오른쪽 방인데…."

태영이 잽싸게 짐을 들고 움직이는 다행을 향해 소리쳤다. 하지만 다행은 그의 목소리를 듣지 못했다. 뒤를 졸졸 쫓아오며 잔소리를 늘어놓는 정혁을 피하느라 정신없었기 때문이다.

"넌 박태영이 죽으라고 그러면 죽을 거야? 오늘 처음 봐놓고? 남자랑 같이 방을 쓴다는 게 말이나 돼?"

"아오, 그만 좀 해!"

"야, 내 말에 대답해!"

"오지 마! 따라오지 마!"

다행이 종종거리며 빠르게 걸었다. 정혁의 잔소리만 피할 수 있다면 어디든 좋으니 숨고 싶었다.

다행은 대충 눈앞에 띄는 방으로 들어갔다.

쾅!

아무생각 없이 들어가 문을 닫았다. 하지만 곧 그 방이 해욱의 방이 아니라 정혁이 사용하는 방이라는 걸 알았다. 사채 회사에서 봤던 그 촌스러운 단체 포스터와 함께 정혁의 단독 샷이 바로 눈앞에 걸려 있었기 때문이다.

"어휴, 저 자식은 방도 꼭 지같이 쓰네."

짐을 들고 다시 나가려던 찰나, 책상 위에 쌓여 있는 노트 더미가 보였다.

"이게 뭐야? 아주 보라고 광고를 하네?"

괜한 호기심이 발동했다. 봐서는 안 된다는 걸 알지만 다행은 자신도 모르게 노트에 손을 뻗었다. 노트엔 정혁의 일기와 가사들이 빼곡히 들어 차 있었다.

"제법인데?"

유치한 녀석이라고만 생각했다. 자신을 보자마자 어디서 본 적 없냐고 생뚱맞은 질문이나 하질 않나, 애 같이 다리를 걸지 않나… 진지한 모습은 찾아보기 어려웠다. 하지만 녀석의 노트 속 이야기들은 예민하고 진지하다 못해 어둡기까지 했다.

"뭐야, 이 녀석?"

어느 순간부터 녀석의 노트 속에 '재수 없는 놈'이라는 단어가 등장했다. 그 표현이 자꾸만 다행의 눈에 밟혔다.

"재수 없는 놈? 이게 뭐야?"

우울한 것이든 기쁜 내용이든 분노의 찬 이야기든 빠짐없이 등장하는 '재수 없는 놈'이라는 단어가 대체 누구를 지칭하는 것인지, 뭘 이야기 하고 싶은 것인지 다행은 순간 궁금해졌다.

"넌 남의 물건 몰래 훔쳐보는 게 취미냐?"

그때 다행의 뒤로 잔뜩 날 선 목소리가 들렸다.

***

"넌 남의 물건 몰래 훔쳐보는 게 취미야?"

"아! 깜짝이야!"

정혁은 그녀가 보고 있던 노트를 거칠게 빼앗아 덮었다. 무엇 때문인지 그의 얼굴은 울긋불긋하게 변해 폭발하기 일보직전이었다.

"남의 걸 훔쳐보니까 그렇게 놀라지, 안 그래?"

"어우, 알았어. 내가 잘못했다."

자신의 잘못을 순순히 인정한 다행은 뺏긴 노트를 가만히 쳐다보았다.

정혁은 습작노트를 꾸깃꾸깃 반으로 접어 등 뒤로 감췄다. 들켜서는 안 될 걸 들킨 사람처럼.

"그건 언제부터 쓴 거야?"

"니가 알아서 뭐하게!"

정혁은 다행이 이 방에 들어올 거라고 전혀 예상하지 못했다. 다른 녀석들이 잘 들어오지 않기에 방심했다. 그는 치부를 들킨 사람처럼 화를 냈다.

반면, 다행은 나름대로 정혁의 실력을 떠보고 싶은 마음이었으나 그의 반응이 너무 매서워 몸을 사렸다. 노트를 훔쳐본 것은 미안한 일이긴 했으나 저렇게 화를 낼 정돈가 싶었다. 오전부터 들들 볶이다보니, 입씨름하기도 싫었다.

"미안하다, 미안해. 내가 몰래 훔쳐봐서 미안해. 화… 풀어."

다행이 좀 더 뻔뻔하게 나올 거라 예상했던 정혁은 갑자기 사과를 하자 머쓱해져 책상 위에 놓인 노트를 주섬주섬 정리했다.

"몰래 봤으면 그냥 모른 척하지 뭘 자꾸 물어?"

"너답지 않은 심오한 가사가 많아서 물어봤다, 왜!"

다행은 퉁명스럽게 대답하긴 했지만, 정혁이 그런 작사를 할 줄 안다는 사실이 놀라웠다. 고집불통에 제멋대로인 성격인 줄로만 알았는데, 꽤나 진지한 가사들이 노트 안에 가득 들어 차 있었다. 다행은 그 중에서도 모든 가사에 들어 있는 '재수 없는 녀석'의 뜻을 알고 싶었다. 그게 누굴 지칭하는 건지, 왜 자꾸 그런 표현을 쓰는지. 물어보고 싶어서 입이 간질간질했다.

"저기…."

"왜!"

정혁이 퉁명스럽게 대답했다.

"물어보고 싶은 게 있어서 그런데…."

"뭔데?"

"…가사마다 들어가 있는 재수 없는 녀석은 누굴 말하는 거야?"

정혁은 순간 얼굴이 딱딱하게 굳었다. 이마에 굵은 핏줄 하나가 빳빳하게 일어섰다.

"뭐?"

"훔쳐봐서 미안한데, 니가 쓴 가사마다 들어가 있는 재수 없는 녀석 말이야…."

정혁의 얼굴이 시뻘겋게 달아오르더니 이내 고개를 아래로 푹 처박았다. 그런 자신의 얼굴을 보여주기 싫은 듯 고개도 들지 않고 차가운 목소리로 물었다.

"그건 알아서 뭐하게?"

정혁의 반응에 다행은 조금 당황했다. 그 '재수 없는 놈'이라는 말이 뭐 대단한 말도 아니고. 그의 과민한 반응이 이상하고 당황스럽게 느껴졌다.

"응? 아… 싫으면 말 안 해도 돼."

질문을 한 다행이 도리어 민망해졌다. 별것 아니라고 생각해서 물었는데, 진지하게 반응하니 오히려 더 캐묻고 싶은 마음도 있었으나 그래서는 안 될 것 같았다. 피곤하기도 해서 더 이상 언성을 높이고 싫지 않았다. 가만히 서 있어도 눈이 스르륵 감길 것만 같았다. 돌아오지 않을 대답을 기다릴 여유 따윈 없었다.

"그럼 난 간다."

다행이 문고리를 잡으려는 순간, 열릴 것 같지 않았던 정혁의 입이 열렸다.

"너 진짜 예전에 나 본 적 없어?"

다시 시작된 '본 적 없느냐'는 물음에 다행은 완전히 질린 얼굴을 했다. 마지막 남은 힘을 쥐어짜내 그 앞에 성큼성큼 다가갔다.

"본 적 없어, 됐냐? 뭘 봤어야 봤다고 하지. 그래, 니 얼굴 잘나고 잘생긴 거 다 아는데. 그렇다고 지나가는 사람 아무나 붙잡고 나 본 적 없어요? 이러면 다들 또라이라고 생각해!"

방언 터지듯 말이 튀어나왔다. 정혁은 다시 입을 꾹 닫았다.

'D-solve 데뷔 무대, 그날만 기억했어도….'

하지만 라이언의 이름을 입에 올리고 싶지 않았다.

갑자기 정혁의 입꼬리가 비스듬히 올라갔다.

'웃긴 계집애, 네가 그렇게 오매불망 그리는 라이언 그 새끼 덕분에 재수 없는 녀석이 탄생했다. 왜 어쩔래?'

그렇게 한참 다행을 노려보듯 보았다.

"그거, 나야."

다행은 자신이 잘못들은 게 아닌지 당황해하며 다시 물었다.

"뭐?"

"재수 없는 녀석, 그거 나라고…."

다행이 놀란 눈으로 정혁을 쳐다봤다. 그는 여전히 잔뜩 화가 난 사람처럼 시뻘건 얼굴로 자신을 노려보고 있었다.

"왜 재수가 없는 건데?"

"그냥, 재수가 없으니까…."

다행은 어이가 없었다. 이루고 싶은 꿈이 있지, 그걸 이룰 수 있는 환경 다 갖춰져 있지, 심지어 외모도 갖췄는데 도대체 뭐가 재수 없다는 건지 모르겠다. 여기 인연을 끊은 아버지의 사채 빚을 갚게 생긴 자신도 있는데, 뭐? 재수가 없어? 콧방귀가 절로 나왔다.

"어이가 없네. 재수가 없긴 뭐가 없어?"

"뭘 모르면 가만히 있어. 함부로 지껄이지 말라고."

부잣집 도련님의 한탄 정도로밖에 안 들렸다. 세상 물정 모르는 소리에 다행은 손을 들어 정혁의 말을 막았다. 정혁은 상처 받은 눈을 했다.

"너… 남의 인생을 멋대로 판단하지 마."

잔뜩 화난 말투의 정혁은 뭔가 망설이는 듯한 느낌이 들었다. 하지만 이내 고개를 젓더니 갑자기 평소의 얼굴로 돌아왔다. 목소리도 다시 가벼워졌다.

"…딱 봐도 모르겠냐? 데뷔까지 2주 남았는데 대표가 도망갔잖아. 이게 재수가 없는 거지, 있는 거냐?"

"기가 막혀서. 뭐라는 거야?"

"너무 어이가 없어서 좀 웃었다, 왜!"

갑자기 무슨 뚱딴지같은 소리를 하는 건지…. 다행은 어리둥절한 얼굴로 그를 빤히 쳐다봤다.

"이름이 다행이라잖아. 아빠가 보증 서고 튀었다는데. 다행스럽긴커녕 사채 회사에 잡혀 와서 새우잡이 배를 타야 할지도 모르는데, 이름이 다행이라 좀 웃었다고!"

"아아…."

그제야 오전에 있었던 일이 떠올랐다. 그래 맞다, 그런 일이 있었지. 벌써 며칠이나 지난 일처럼 느껴졌다. 다행이 갑자기 샐쭉한 표정으로 정혁을 봤다.

"너같이 곱게 자란 놈이 뭘 알겠냐마는, 그 정도로 내가 불행할 거다 아니다 단정 짓지 마! 난 생각보다 강하니까! 그리고 한 번만 더 내 이름으로 웃으면 가만히 안 둘 거야."

놀리려고 꺼낸 말인데, 덤덤하게 받아치자 정혁은 살짝 당황했다.

"왜 그런 표정이야? 왜, 이런 사람 첨 봤어? 하긴 곱게 자란 도련님이…."

"그런 말 하지 마. 곱게 자랐다는 둥 어쨌다는 둥 그런 소리."

"어휴, 그래그래. 어련하시겠어! 암튼, 앞으로 재수 없는 놈이라는 뭐 그런 소리 집어치워! 마음을 그렇게 먹어서 뭐가 되겠냐, 응? 다행이라는 이름은 너한테 필요한 거 같다. 안 그래? 차다행?"

다행의 말에 정혁이 살짝 붉어진 얼굴로 고개를 돌렸다.

"야야! 뭐 그런 걸로 재수가 있다, 없다 그래? 살다 보면 이런 일도 있고 저런 일도… 아후. 나 잠이 와서 진짜 안 되겠다. 어쨌든 잘해보자, 차다행!"

피로가 몰려와 정혁과 더 대화하는 게 힘든 수준이었다. 다행이 갑자기 정혁 앞에 다가서더니, 그의 이마에 제 이마를 슬쩍 갖다 대고 콩 소리를 내며 박았다.

"야!"

"자, 내 긍정기운을 받아서 파이팅 해. 오늘 사장한테 매니저로 쓰자고 얘기해준 것도 고맙고, 그럼… 나 나간다!"

다행에겐 고작 이런 일로 재수가 있다, 없다 말하는 정혁이 아이 같았다. 나머지 멤버들도 크게 다를 바 없었지만 말이다.

내일의 일은 내일의 다행이 알아서 해줄 것이라 생각했다. 눈을 반쯤 감은 채 복도를 갈지자로 걸으면서 해욱의 방에 들어갔다.

홀로 방에 남겨진 정혁의 얼굴이 불타고 있었다.

제 2화
도망가는 다행, 쫓아오는 불행

"으아아악!"

숙소 지하에 있는 연습실에서 괴성이 들렸다. 누가 들어도 다행이 내지르는 비명이라는 것을 알 수 있었다.

"끼아아악!"

울부짖는 소리가 흡사 짐승의 것과 같았다.

"이래가지고 뭘 하겠냔 말이야!"

다행은 몇 번이나 절규했다. 물론 아무도 없는 곳에서 말이다. 연습실에 덩그러니 혼자 남은 다행은 정말 울고 싶었다.

방금 전, 무풍지대의 연습무대가 있었다. 매니저 겸 총괄기획자 겸 사채회사 볼모 겸 기타 등등의 위치에 있었던 그녀는 앞으로의 일이 암담해졌다. 도대체 이 꼴로 데뷔를 하겠다는 똥배짱이 어디에서 나온 것인지…. 기가 막혔다.

"망했어, 망했다고! 으아아악!"

이대로 데뷔를 하면 분명 관심은커녕 조롱만 당하고 끝날 판이었다. 기본도 안 되어 있는 넷을 생각하니 눈앞이 아득해졌다.

"이러면 백 프로 망한다고!"

데뷔만 하면, 그래서 콩알만큼의 인기라도 얻는다면 쥐도 새도 모르게 매니저 일을 그만둘 생각이었다. 어쨌든 이지이지 사장만 만족시키면 그걸로 자신이 할 일은 다한 것이라고 생각했다. 하지만 그들의 실력은 처참했다.

그렇게 자신만만해하던 정혁은 혼자 반 박자씩 느리게 추고는 뿌듯한 표정을 지었다. 몸 쓰는 것 자체는 타고난 센스가 있어 보였지만, 도대체 연습을 어떻게 했기에?

태영은 정혁과 반대로 태생이 몸치였던지라 강도 높은 연습으로 박자는 잘 맞췄지만, 어딘지 어색해 보였다.

상현은 여자와 노느라 바빴던 것인지, 안무조차 다 외우지 못한 상태였다. 10초에 한 번씩 틀리는 수준이라, 춤을 추다가 멤버들과 몇 번이나 부딪힐 뻔했다. 그럴 때마다 눈웃음을 흘리며 넘어가려고 해서 다행은 몇 번이나 뒷목을 잡았다.

무기력한 해욱은 더 설명할 필요가 없었다. 혼자서 장송곡으로 연습한 줄 알았다.

"으아아악! 내가 돈다, 돌아…."

끝없는 절규가 이어졌다. 이대로 2주 후에 데뷔했다간 이지이지 사장이 분명 자신을 가만히 두지 않을 것 같았다. 모든 기획은 구해라가 했지만, 지금 상황으로 봐서 불똥은 자신의 몫인 게 안 봐도 비디오였다. 무풍지대에 발목을 잡히는 건 둘째 치고, 정말 새우잡이 배를 타게 될지도 몰랐다.

"망했다, 망했어! 이러다간 진짜… 아오!"

다행이 눈물을 훔치며 괴로움에 몸부림을 치는 사이, 연습실을 엿보던 상현이 정혁을 향해 해맑은 목소리로 말했다.

"왜 저러는 거야? 우리한테 반해서 그런 건가?"

"우리라니? 나겠지. 연습 시작할 때 나를 딱 쳐다보던 그 눈빛, 생각 안 나?"

흐뭇한 표정의 정혁이 상현의 말에 동의할 수 없다는 듯 손가락을 흔들었다. 지난밤 자신을 '차다행'이라 불러줬던 일을 계속 떠올리며 연습하던 와중에도 은근히 미소를 지었다. 다들 각자 춤을 추느라 정신이 없어 그의 얼굴을 보지 못했을 뿐….

"흠, 암튼 약간 맛이 간 거 같은데…."

상현이 관자놀이 근처에 손가락을 휘휘 돌리며 웃었다. 그러자 정혁이 상현의 손가락을 때리며 인상을 찌푸렸다.

"야, 어쨌건 구해라 대표 오기 전까지는 우리 담당 매니저니까 그딴 식으로 말하지 마. 알았어?"

상현은 정혁을 이해하지 못하겠다는 듯 다시 한 번 고개를 갸웃거리며 손가락을 휘휘 돌렸다.

그때 막 샤워를 마치고 나온 해욱이 상현을 향해 소리쳤다.

"최상현! 내가 침대 밑에 쓰레기 모으지 말라고 했지!"

해욱이 죽일 듯이 상현을 노려봤다. 그러자 상현은 괜히 딴청을 피우며 모른 척했다. 해욱이 무언가를 주섬주섬 집어 들더니 상현을 향해 집어던졌다. 쓰레기를 모은 비닐봉지였다.

"또 시작이야, 또 시작! 저, 저… 결벽증 또 도졌네."

상현과 해욱이 투덕거리는 사이, 태영은 진심으로 걱정된다는 표정을 지었다.

그는 연습실 문틈으로 조심스럽게 다행의 모습을 지켜봤다. 그녀의 절규가 남일 같지 않은 기분이었다.

"박태영, 넌 또 왜 그러냐?"

"최상현, 내가 분명 지난주에 안무는 다 외우라고 그랬지!"

태영이 잔뜩 날 선 목소리로 상현을 향해 경고했다.

"야, 그거 이번 주에 다 하면 되잖아. 아직 2주나 남았는데!"

"너, 진짜!"

태영은 해욱과는 다른 의미로 상현을 노려봤다. 최상현의 나태함과 느긋함에 어이가 없었다.

어차피 한번 해보는 거다, 재미로 해보는 거다, 말은 그렇게 했지만 어쨌거나 방송이었다. 오천만 국민 누구든 볼 수 있는 데뷔 무대인데, 다들 한참 모자랐다.

도저히 방송에 나올 수준이 아니라는 걸 태영은 잘 알았다. 그럼에도 불구하고 진지하지 않은 상현의 태도에 짜증이 폭발할 수밖에 없었다.

태영이 과민하게 반응한다는 생각에 상현이 억울하다는 표정을 지으며 벌컥 화를 냈다.

"이 새끼들아! 다 나한테 왜 이러는데? 다들 왜 나보고 지랄이냐고!"

***

떠들썩한 폭풍우가 한차례 지나고 난 새벽이었다. 정혁은 잠이 도통 오지 않았다.

-어휴… 진짜 다행이라는 이름은 너한테 필요한 거 같다, 안 그래? 차다행?

잠에 들려 하면, 어제 다행이 했던 말이 떠올랐다. 그녀에게 제대로 된 자신의 모습을 보여주고 싶었다. 그 속이 어떤 상탠지 전혀 모른 채 말이다.

2주 남았다, 그렇게 생각하니 저도 모르게 마음이 쿵쾅거렸다. 들뜬 기분에 쉽게 잠들 수 없었다. 드디어 꿈을 이루는 거 같아 흥분된 마음에 잠이 오지 않았다.

'2주 후에… 니가 그렇게 좋아하던 라이언도 별 볼일 없다는 걸 내가 증명해주겠어.'

하루 종일 덤덤한 척했으나, 연습 중 다행과 눈만 마주쳐도 얼굴이 달아올랐다.

"내가 왜 이러냐? 하하… 3년 전 그 굴욕을 갚을 수 있는 기횐데…."

다행의 맥빠진 듯 보였던 모습이 살짝 마음에 걸렸지만, 컨디션이 안 좋아서 그렇겠거니 했다. 힘이 넘치고 제멋대로인 여자니, 신경 쓰지 않아도 알아서 꿋꿋하게 잘할 거라는 생각이 들었다. 그래도 우리 퍼포먼스에 만족스러운 얼굴을 보여줬다면 좋았을 텐데…. 이런 저런 잡생각을 하다 보니 갑자기 목이 말랐다.

"너 안 자고 뭐하냐?"

주방 안으로 들어간 정혁은 물을 찾다가 식탁에 덩그러니 앉아 있는 해욱을 발견했다.

"그냥…."

"너도 목말라서 나왔냐?"

"그냥…."

"새끼, 대답하는 것 좀 봐…."

해욱을 보며 정혁이 피식 웃었다. 그래, 너도 2주 후를 생각하면 괜히 긴장되겠지? 자신처럼 데뷔 생각에 좀처럼 잠들지 못해서 나왔겠구나, 하고 생각했다.

벌컥벌컥 병째로 물을 들이키던 정혁이 입가에 흐르는 물을 닦으며 슬며시 말을 걸었다.

"같이 방 쓰니까 어때? 그 여자 지저분하진 않아?"

"그냥…."

계속 '그냥'만 외치는 해욱이 답답한지 정혁이 살짝 인상을 구겼다.

"불편하면 말해, 니가 내방 써도 되고. 난 뭐… 이층침대 쓰는 것도 나쁘지 않으니까…."

"어."

"그 여자 어때? 코는 안 고냐? 아주 그냥 무대포던데, 하하하! 그래도 뭐… 아주 싸가지는 아닌 거 같더라."

"어."

대답만 하는 해욱을 보며 정혁은 속이 답답했다.

"야, 대답 말고 다른 말 좀 해봐. 그래도 이틀이나 같이 보냈으면 그 여자랑 뭐 무슨 얘기라도 좀 해봤을 거 아니야?"

"없는데?"

"이야기를 안 해봤다고? 같은 방을 쓰는데 어째 한 마디도 안하냐?"

"없다고."

"뭐가 없어?"

"없어."

"뭐가 없단 말이야? 말이 없다고? 그 여자가 그럴 여자가 아닌데?
입만 열면 나불나불…."

"그 여자, 없다고."

해욱의 마지막 말에 정혁의 얼굴이 일그러졌다.

***

"그 여자, 없다고."

정혁은 자신의 귀를 의심했다.

"그게 무슨 말이야?"

"김다행이라는 그 여자, 방에 없다고."

"뭐? 무슨 소리야… 김다행, 그 추리닝이 없다고?"

"어. 없어."

해욱이 쓸데없는 소리를 할 성격이 아니라는 것을 잘 아는 정혁
은 잡고 있던 물병을 꽉 쥐었다. 페트병이 구겨지는 소리가 주방 구
석구석에 울려 퍼졌다.

"이런, 씨…."

정혁은 탁자가 부서져라 물병을 내동댕이쳤다. 쿵쾅거리며 해욱
의 방으로 뛰어갔다.

쾅!

"야! 김다행!"

인기척이라곤 느껴지지 않았다. 정혁은 차마 불을 켜지 못하고 캄
캄한 방에 대고 소리를 질렀다.

"야! 추리닝, 빨리 일어나! 셋 세면 불 켠다? 빨리 일어나라고!"

정혁의 외침에도 방 안은 고요하기 짝이 없었다. 그저 짐승같이 거친 그의 숨소리만 울릴 뿐.

"하나, 둘…."

셋까지 채 세지도 못한 상태로 정혁은 급하게 불을 켰다.

"야, 김다행! 너 내 말 안 들려?"

목이 터져라 고함쳤다. 그 소리는 협박도 그 무엇도 아닌, 제발 이 방 안에 있어주기만을 바라는 간절한 외침과도 같았다.

"너, 진짜…."

깔끔하게 정리된 이부자리만 있을 뿐, 침대 주변에 늘어놨던 추리닝도 보이지 않았다. 지저분한 다행의 짐 꾸러미가 아예 사라졌다.

그녀가 진짜 숙소를 나갔다는 사실을 확인한 정혁은 충격에 휩싸였다. 방 스위치를 누르고 있던 그의 손이 파르르 떨렸다. 그러나 정혁은 포기하지 않고 방으로 들어갔다.

혹시 어디 구석에 짱 박혀 신세한탄이나 하고 있을지도 모른다는 터무니없는 생각을 하며, 구석구석 샅샅이 뒤졌다.

자신에게 먼저 잘해보자고 말을 꺼내놓고선 설마 도망갔을 리는 없다. 아니, 그렇게 믿고 싶었다.

그러나 그의 믿음은 산산조각 났다.

"뭐? 잘해보자고? 이게, 진짜!"

정혁은 방을 뛰쳐나갔다. 그리고는 소리란 소리는 있는 대로 질렀다.

"야! 일어나, 일어나라고!"

방마다 들어가 불을 켜며 자고 있는 멤버들을 깨웠다.

"다 일어나! 지금 쳐 자고 있을 때가 아니야. 빨리 일어나!"

뜬금없는 소란에 태영이 겨우 눈을 떴다. 더듬더듬 핸드폰 화면을 확인하니 새벽 두 시가 막 지났을 무렵이었다. 원래 변덕이 죽 끓듯 한 녀석이지만 그래도 상식은 있는 줄 알았다. 그런데 숙소를 온통 뒤집어놓고는 소리를 꽥꽥 질러대니 참을성 많은 태영도 화가 치밀었다.

"야, 차정혁! 너 미쳤냐? 지금 새벽 두 신 거 몰라?"

"알아, 안다고! 그러니까 빨리 일어나, 빨리! 최상현 이 새끼는 왜 안 나와?"

태영은 정혁이 소란을 떠는 걸 종종 보기는 했지만, 이렇게까지 난리법석을 떠는 것은 처음 봤다. 일단 왜 그러는지 들어는 봐야겠다고 생각하며 마음을 다독였다.

저 녀석이 더 날뛰기 전에 어서 상현을 깨워야 할 것 같아서 맞은편 방문을 열었다. 문을 열기 무섭게 상현이 짜증을 내며 나왔다.

"저 새끼 이제 완전 돌았네, 돌았어…."

헝클어진 머리를 잡아 뜯으며 상현은 몸서리쳤다.

"아오! 저 미친 새끼랑… 8년을 알고 지냈다니, 진즉에 인연 안 끊은 내가 미친놈이다…."

상현이 자조하듯 읊조리자 태영이 그를 다독였다.

"너 미쳤냐? 도대체 무슨 일로 새벽에 사람을 깨워서 난린데?"

"김다행, 그 계집애가 없어졌어."

"뭐?"

***

거실에 정적이 흘렀다. 다들 분을 이기지 못해 씩씩거리는 정혁만 바라보고 있었다.

이 시간에 도대체 어디로 사라졌단 말인가. 행색이나 하는 꼴로 봤을 땐 도리어 이 숙소에 눌러앉진 않을까 걱정할 정도였다.

주제파악이 안 되는 여자였다. 모두가 그렇게 생각하고 있었다. 단 한 사람, 정혁을 제외하고.

상현의 입장에선 깡마른 데다 입고 다니는 옷이라곤 추리닝뿐이라, 도통 눈길이 가지 않는 매력 없는 여자였다. 다만, 첫인상에서 자신을 마치 짐승 보듯 관찰하던 그 눈빛은 잊을 수가 없었다.

"…그 여자 찾을 거야?"

"…."

정혁은 묵묵부답이었다.

태영은 답답했다. 어쩌자고 사장실에서 2주간 매니저가 어쩌고 그런 소릴 꺼냈던 걸까.

정혁이 저렇게까지 화를 내는 모습을 근래 본 적이 없었다. 고등학교 때 아버지가 돌아가신 일로 몇 달간 엇나갔던 거 외엔, 제멋대로긴 해도 정도를 지킬 줄 아는 녀석이었다.

'도대체 보잘것없는 그 여자한테 뭘 바랐던 거지?'

태영이 정혁의 속내를 추측하는 동안, 정혁은 분을 참지 못하고 해욱에게로 화살을 날렸다.

"야, 도해욱! 넌 뭐했냐? 그 추리닝이 튈 때까지 뭐하고 있었냐고."

하지만 해욱은 아무런 대답 없이 평온한 얼굴로 차만 홀짝일 뿐이었다. 그런 해욱의 반응에 상현도 짜증을 냈다.

"야, 말 좀 해! 차정혁 저렇게 빡 돈 거 안 보이냐? 자는 동안 아무 소리도 못 들었어?"

상현이 짜증을 내건 말건 해욱은 여전히 도도하게 눈 하나 깜짝

하지 않고 침묵을 지킬 뿐이었다.

"아오, 진짜 저걸!"

주먹을 움켜쥔 채 상현이 해욱에게 다가가자 태영이 말렸다.

새벽에 자다 깬 터라 모두가 예민한 상태였다. 조금 전까지 있는 대로 화를 내던 정혁은 상현의 언성이 높아지자 도리어 잠잠해졌다. 이때다 싶어 태영이 말을 꺼냈다.

"사장님한테 연락할까? 다행 씨가 사라졌다고."

"아니, 절대 연락하지 마."

도저히 정혁의 생각을 종잡을 수가 없었다.

"어째서?"

태영이 미간을 찌푸렸다. 정혁이 정체불명의 여자를 감싸는 걸 이해할 수 없었다.

"정혁아, 이건 아닌 거 같아. 그 여자 그냥 채무자야. 아버지란 사람이 보증 잘 못 서서 빚만 십억인 여자라고. 근데 네가 준 도움 무시하고 도망까지 갔어. 그래도 봐줘야 해? 난 처음부터 그렇게 근본 없는 여자…."

"말조심 해."

정혁이 태영의 말을 자르며 날카롭게 경고했다.

"우리가 어릴 때부터 늘 들어온 말이 뭔지 알지? 외부인을 경계해라, 정체불명의 사람은 쓰는 게 아니다, 우리 집안에선 그게 철칙이었어. 그런데 지금 뭘 하는 거지?"

태영이 고개를 치켜들고 따졌다. 상현도 태영의 말에 공감하듯 고개를 끄덕였다.

해욱은 여전히 아무 말 없이 차만 마셨다. 그러자 잠자코 듣던 정혁이 한숨을 내쉬었다.

"그럼 너네 눈엔 나도 그런 녀석이겠네, 우리 아버지가 밖에서 데리고 들어온 자식이니…."

"야!"

"그런 의미가 아니잖아!"

상현과 태영은 정혁의 말에 강하게 반발했다. 녀석의 자존심을 건드리지 않기 위해 급히 말을 돌렸으나 정혁은 이미 심기가 뒤틀릴 대로 뒤틀린 상태였다.

"나한텐 그렇게 들려."

"그만해야 하는 건 너야, 차정혁. 그런 여자와 우린 아예 급이 달라. 딱 봐도 그 추레한 여자가 뭘 할 수 있겠어? 보아하니 이쪽 일을 하는 사람도 아닌 거 같고, 또 태영이 말대로 정체도 알 수 없는데 이제 와서 뭘…."

"내가 말조심 하라 그랬지."

정혁은 상현의 말이 듣기 거북했다. 자신도 왜 그런 마음이 들었는지 도무지 이해할 수 없었다.

솔직히 상현의 말이 다 맞았다. 3년 전 D-solve 데뷔 현장에서 만났던 것일 뿐, 진짜 아이돌 케어 능력이 되는지, 연예계에 대해 뭔가 아는 게 있는지 검증된 건 하나도 없었다.

이지이지 사무실에서 청산유수로 떠들었던 것도 전문적인 지식이 맞는지, 그것조차 알 수 없었다.

하지만 왜일까, 상현이든 누구든 그 추리닝에 대해서 나쁘게 말하면 이상하게 속이 꼬였다. 심지어 그 여잔 자신이 지독하게 싫어하는 라이언의 팬인데….

-진짜 다행이라는 이름은 너한테 필요한 거 같다. 안 그래 차다행?

그녀가 자신을 향해 말하던 게 떠올랐다.

쾅!

정혁이 탁자를 내리치자 멋대로 떠들던 상현도, 불안하게 지켜보던 태영도 다시 입을 꾹 다물었다.

"망할 배신자…"

낮게 으르렁거리듯 원망이 흘러나왔다.

"아니, 그 여자가 안 와도 우린 어차피 2주 후에 데뷔할 거야. 달라질 건 아무것도 없어!"

상현이 비웃음 섞인 말투로 입을 열었다.

"내가 클럽에서 기획사나 방송국에서 일한다는 애들을 간간이 만나거든? 근데 하나같이 예쁘고 세련됐어. 추리닝 입은 그 여자랑은 완전 딴판이라니까. 그러니 걔가 아이돌 매니저인지, 기획잔지 뭔지로 들어왔을 때 내가 믿겠냐고, 그렇게 볼품없는 여자를."

"닥쳐!"

정혁이 상현의 말에 다시 발끈하는 걸 태영은 가만히 쳐다봤다.

'저 녀석. 혹시 3년 전 일 때문에 저러는 건가…'

3년 전, 정혁이 가수 데뷔를 코앞에 두고 그가 소속되어 있던 엔터에서 방출 당했다던 얘기를 들은 적이 있었다. 자세한 건 모르지만 그때 정혁을 키우고 관리하던 매니저가 그 일로 잠적했고 정혁은 한동안 상심하여 집에만 틀어박혔던 걸로 기억했다.

'혹시, 김다행이라는 여자가 도망간 게 그때 일과 겹쳐서 저러는 걸까…'

하지만 고작 엊그제 만난 여자가 사라진다 해서 불운이 다시 반복되리라는 법은 없었다.

태영은 여전히 묵묵부답인 해욱을 쳐다보며 입을 열었다.

"해욱이 넌 같은 방 쓰는데 정말 몰랐어?"

해욱은 짜증난다는 듯 미간을 살짝 구겼다. 평소 청결유지와 관련된 거 외엔 두 마디 이상 잘 하지 않는 그가 웬일로 태영의 물음에 입을 열었다.

"그 여자 말이야, 있어도 그만 없어도 그만 아니야?"

"뭐?"

예상치 못한 해욱의 반응에 정혁이 그의 멱살을 잡았다.

"하지 마! 우리끼리 이러지 말자고!"

태영이 급히 정혁을 말리며 그의 손을 가까스로 뜯어냈다.

"도망갔으면 찾든지 아니면 뭐 다른 대책을 세워야지, 우리끼리 이런다고 해결이 되냐?"

태영은 이 상황이 짜증났다. 이런 일로 시간을 낭비하는 게 너무 못마땅했다.

"일단, 날 밝으면 사장님께 말씀드려서 찾아보도록 하자. 지금 당장 우리가 할 수 있는 게 없잖아."

태영의 말이 끝나기 무섭게 정혁이 반박했다.

"안 된다고 했잖아. 아저씨가 알면 절대 안 돼! 추리닝은 우리가 먼저 찾아야지, 아저씨가 알면⋯ 안 된다고!"

태영이 도무지 이해할 수 없다는 눈으로 정혁을 빤히 쳐다봤다.

"왜? 사장님이라면 다행 씨 주소도 알 거고, 웬만한 정보는 다 가지고 계실 텐데. 우리가 찾는 거보단 사장님께 말씀드리는 게 낫지 않겠어?"

"절대 안 돼! 아저씨가 알면 걔 그냥 가만히 안 둘 거야…."

정혁이 힘없이 소파에 주저앉았다.

"아저씨가 이 사실을 알기 전에 우리가 먼저 추리닝을 찾아야 해…."

"차정혁, 너 왜 그래?"

정혁은 앙칼지게 맞받아치던 다행의 목소리가 떠올랐다.

-내가 불행할 거다, 아니다 단정 짓지 마! 난 생각보다 강하니까!

보증 서고 튄 아버지를 두고도 그렇게 태연한 걸 보면 보통 여자는 아닐 거다. 그 속은 알 수 없지만.

그건 그거고 그 여자의 사정이 어떠하든, 콩알만큼이라도 이득이 된다면 뼛속까지 다 팔아먹을 집단이 바로 사채회사였다.

빚진 채로 튀었다고 하면 순순히 눈감아줄 것 같은가? 자신이 아는 아저씨는 티끌만 한 손해도 그냥 넘어가지 않는 사람이었다.

-저 여자애의 말이 청산유수 같아서 내가 이런 결정을 했다마는….

김다행이 도망쳤다는 사실을 알게 된다면 이지이지사장은 절대 가만히 있지 않을 거다.

-쟤 애비랑 구해라 대표를 잡아서 모가지를 비틀어놓을 때까지, 정혁이 네가 감시 단단히 잘해야 한다. 알았지? 애비라는 놈도 흔적 없이 사라진 지가 벌써 몇 주잰데, 그 피가 어디 가겠냐. 부려먹을 땐 부려먹고, 도망은 절대 못 치게 감시해야 된다.

다행을 데리고 숙소로 향하기 직전, 이지이지 사장은 정혁을 따로 불러 당부를 했다.

"도대체 왜?"

태영은 정혁이 과거에 붙들려 있거나, 그게 아니라면 싸구려 동정에 젖어 있다는 생각을 지울 수 없었다.

"우리가 할 수 있는 게 없잖아. 너 혼자 그렇게 방방 뛰어봤자 어디로 갔는지도 모르는 사람을 어떻게 찾아?"

"너도 그때 사무실에 나랑 같이 있어서 알잖아! 내가 걔를 매니저로 데리고 오지 않았다면… 백 프로 어딘가에 보내졌을 거라는 걸."

틀리지 않은 말이라 태영의 낯빛이 어두워졌다.

"걔네 아빠도 보증 서고 튀었는데 딸까지 도망갔다고 해봐. 아저씨 성격에 가만히 둘 것 같아? 그러니까 제발… 알리지 마."

정혁이 간절한 얼굴로 부탁했다. 그런 그의 모습을 다들 처음 보았기 때문에 다들 선뜻 입을 열지 못한 채 눈만 껌뻑거렸다.

특히 말 한마디 보태기 귀찮아하던 해욱의 시선이 가장 크게 흔들렸다.

정혁은 다행을 어떻게 찾아야 할지 눈앞이 캄캄했다. 그녀의 흔적을 알아낼 뾰족한 방법이 없었다. 이지이지 사장이 가지고 있는 다행의 프로필을 찾아보는 게 제일 빠르긴 했지만, 그랬다가는 사장에게 들킬 게 뻔했다. 김다행이 도망갔다는 사실이 밝혀지는 순간….

정혁이 머리를 쥐어뜯으며 눈을 꼭 감았다.

그때 찻잔을 비운 해욱이 소파에서 천천히 일어섰다. 그리고는 바닥을 뚫어져라 바라보며 복잡한 마음을 다스리고 있던 정혁의 어깨를 가볍게 쳤다.

"일어나. 가자! 그 여자 찾아야 된다며?"

***

시계는 새벽 4시를 가리키고 있었다. 지프차에 탑승한 네 명의 무풍지대 멤버들은 어떻게 움직여야 할지 다들 제각각 머리를 굴렸다.

눈앞에는 푸른지오 아파트가 보였다. 개미 한 마리도 얼씬거리지 않는 조용한 새벽, 쥐죽은 듯 조용한 그곳에서 지프의 엔진소리만이 웅웅, 울렸다.

"이제 어쩔 거야?"

운전석에 앉은 태영이 조심스럽게 정혁의 눈치를 보며 입을 열었다.

"그냥 날 밝을 때까지 여기서 기다리다가 날 밝으면 관리사무실이든…. 야, 도해욱! 몇 동인지만 알아내면 어떡해? 몇 호인지도 알아야 할 거 아니야!"

피곤에 지친 상현은 말끝마다 짜증이 묻어 있었다.

"그만해, 그래도 해욱이 아니었음 여기까지 오지도 못했어."

태영이 상현을 말리며 보조석에 앉아 있는 정혁을 다시 쳐다봤다.

"상현이 말대로 날 밝으면 관리사무실에 이야기 해볼까? 그런데… 다행 씨가 집주인이 아니면 찾기 힘들 텐데…."

정혁은 답답한 듯 차창을 열었다. 시원한 바람이 들어왔다.

청량한 공기를 한껏 들이마시며 그렇게 이 일은 아침에 해결이 되는 것으로… 라고 예상하던 찰나, 정혁이 클랙슨을 있는 힘껏 눌렀다.

빠아아앙!

날카로운 경적이 고요한 새벽 공기를 가르고 요란하게 울려 퍼졌다. 태영이 기겁하며 정혁을 말렸다.

"야, 차정혁! 너 미쳤어?"

하지만 정혁은 멈추지 않았다. 자신을 가로막고 있던 태영의 몸을 밀쳐내며 클랙슨을 거세게 눌렀다.

빠아아앙! 빠아아앙!

시끄러운 경적 소리에 반응하듯 아파트에 불이 하나 둘씩 켜졌다. 주민들의 항의 소리는 덤이었다.

정혁은 차창을 끝까지 열고 목을 쭉 내밀어 소리를 질렀다.

"야, 김다행! 빨리 나와! 당장 나오라고!"

목청이 찢어질 듯, 절규에 가까운 외침이었다.

***

무풍지대 멤버들이 아파트 앞에 도착하기 6시간 전, 다행은 해욱의 방 침대에 누워 몸을 뒤척였다.

낮에 있었던 무풍지대의 연습하는 모습을 보고 입맛까지 떨어졌다. 공무원 시험에 연달아 떨어졌을 때도 이 정도는 아니었는데….

"뭘 그렇게 깨작거리냐? 좀 팍팍 퍼먹어!"

정혁이 귀찮게 간섭했지만, 뭐라고 했는지 아예 귀에 들어오지 않았다.

다행의 머릿속은 그 생각뿐이었다.

'어떻게 이 숙소를 탈출 할 것인가?'

침대에 누워서도 계속 그 생각뿐이었다. 이대로 무풍지대가 데뷔한다면 백 프로, 아니 천 프로 망한다. 망할 수밖에 없는 그룹이었다. 그렇다면 이지이지 사장은 모든 책임을 자신에게 돌릴 것이 뻔했다.

"돌겠다…."

다행은 신세 한탄 하듯 낮게 읊조렸다. 정말 망했다! 도망갈 구석이 필요했다. 하지만 어디로? 막막했다. 일단 되는대로 휴대폰을 열어 연락처를 뒤졌다. 맨 처음 보인 이름은 '김대호'였다. 순간 욕이 튀어나올 뻔했지만, 간신히 눌러 참았다.

"이런 망할, 후…."

다시 목록을 확인했다. 할아버지, 할머니, 외할아버지, 외할머니…. 전부 고인이 되신 분들이라 연락처가 있으나 없으나 아무 소용이 없었다. 그리고 엄마…. 다행의 유일한 버팀목이었던 엄마 역시 다를 바 없었다.

갑자기 눈물이 핑 돌았다. 혈육은커녕 어디 발붙일 곳 하나 없었다. 그때, 갑자기 방문이 벌컥 열리며 정혁의 목소리가 쩌렁쩌렁 울렸다.

"야, 김다행! 나와. 나와서 과일 먹어!"

도둑이 제 발 저린 듯, 다행은 깜짝 놀라 움츠렸다.

"야, 추리닝! 자냐?"

이불을 머리끝까지 올려 쓰고는 자는 척했다.

"종일 피곤해 보이더니, 일찍 자나 보네. 근데 도해욱 이 새끼는 또 어딜 간 거야?"

정혁은 다행이 잠들었다고 생각하고는 그대로 방을 나갔다. 안도감에 가슴을 쓸어내렸지만 순간 그에 대한 미안함이 들었다.

"여길 나가야 하나 말아야 하나…. 진짜 돌겠네!"

계속해서 연락처를 뒤지던 다행은 외사촌 언니가 서울에서 자취하고 있다는 게 떠올랐다. 잠시 그곳에라도 의탁하는 건 어떨까 싶어 곧바로 통화 버튼을 눌렀다.

"여, 여보세요…."

"어머, 어머! 다행아, 잘 지냈어?"

연락을 안 한지 꽤 돼서 혹시 전화를 안 받으면 어쩌나 걱정했는데, 다행히 반기는 눈치였다.

"언니…."

반색하는 반응에 저도 모르게 마음이 풀어지려던 순간, 언니가 충격적인 이야기를 했다.

"다행아, 너 최근에 무슨 일 있었니? 얼마 전에 이지이지대출이라는 데서 전화가 왔는데, 내가 그거 받고 얼마나 놀랐는지! 다짜고짜 이모부랑 널 찾던데, 무슨 일 있는 거야?"

맙소사! 등 뒤로 식은땀이 흘러내리는 것 같았다.

이지이지대출은 김대호를 찾기 위해 사돈의 팔촌에 십육촌까지 뒤진 모양이었다. 다행은 언니의 말이 끝나기도 전에 급히 전화를 끊었다.

"하, 어쩌지?"

계속해서 번호를 뒤적이던 다행은 정말 오갈 데가 없다는 사실을 새삼 깨닫고 슬퍼졌다.

신세가 처량해서 한숨을 내쉬는데, 신호음이 울리며 D-solve 팬페이지 메신저에 쪽지가 날아왔다.

[면희 언니, 무슨 일 있어요? 컴백무대 공개방송도 안 나타나고, 사진도 안 올라오고! 홈피 관리도 안 하고! 뭐야~ 쪽지 보면 꼭 연락줘요!]

쪽지를 확인한 다행이 회심의 미소를 지었다. 물보다, 피보다 더 진한 것! 그게 바로 '팬심'으로 연결된 인연 아니던가. 다행의 오프라인 신상을 탈수기 털듯 털어대던 이지이지 사장도 다행의 온라인 자아인 '면희'의 신상까지는 털지 못했다.

"사장 놈, 여기까진 못 쫓아 올 거다!"

의탁할 곳을 발견한 다행은 낄낄거리며 D-solve 팬클럽 부회장 '승환이얌'에게 답장을 보냈다.

그런 그녀를 어둠 속에서 지켜보던 이가 있었으니….

정혁이 한참을 불러댈 때도 잠든 척하며 이층에서 다행의 행동을 전부 감시하고 있던 남자, 도해욱이었다.

***

"언니! 무슨 일 있었어요? 그때 D-solve 마지막 공개방송 자리 잡아놨다고 연락했는데, 그 이후로 갑자기 잠적해버리고!"

부회장 '승환이얌'은 다행의 짐을 받아들며 그녀의 행색을 위아래로 훑어보았다. 팬 페이지 주인장답지 않은 행동이었다는 걸 은근히 비꼬고 있었다. 부회장의 질타에 다행은 괜히 눈치를 보며 그녀의 집으로 들어갔다.

"그게, 그때 갑자기 집안 일 터져서…."

다행이 짐을 주섬주섬 풀며 대답했다. 행여나 자신이 겪었던 일을 실수로 말하지 않을까 하는 마음에 천천히 말을 골랐다.

돌이켜 생각해봐도 그 네 명은 답이 없었다. 몇 번을 곱씹어봐도 그곳에서 탈출하는 게 자신이 사는 길이었다.

"면희 언니!"

만약 자신이 숙소에서 탈출했다는 사실을 뒤늦게 알아챘다면 그들은 어떻게 할까? 아마도 바로 이지이지 사장에게 연락을 한 뒤에 자신의 행적을 캐고 다니겠지? 거기까지 생각이 미치자 마음이 무거웠다.

다행이 딴생각을 하느라 넋을 놓고 있자, 부회장이 답답한 나머지 다행의 귀에 입을 갖다 대고 소리쳤다.

"면희 언니! 언니!"

"아, 깜짝이야!"

귓구멍에 확성기를 갖다댄 것 마냥, 예상치 못한 큰 소리가 훅 들어오자 다행이 급히 정신을 차렸다.

"언니, 도대체 언니답지 않게 왜 그래요? 뜬금없이 일주일만 묵고 싶다 그래서 부라부라 집도 치우고 떡볶이도 만들었는데… 진짜 이럴 거야?"

부회장이 샐쭉한 표정을 지으며 다행의 몸을 툭툭 쳤다. 다행은 영혼 없는 미소를 지으며 눈앞의 떡볶이를 집었다.

"근데 갑자기 무슨 일이 있었던 거예요?"

"아버지가…."

"응응!"

"아버지가 보증 빚을 잘못 서서…."

"어머, 대체 무슨 일이래? 재수가 없었네."

부회장은 아무 생각 없이 던진 말일 거다. 악의 없이 누구나 하는 그런 말….

다행 역시 그 말에 고개를 끄덕거리며 '그래, 재수가 없었지' 하고 되뇌는데, 갑자기 귓가에 누군가의 목소리가 들리는 것 같았다.

-재수 없는 녀석, 그거 나라고….

-그냥, 원래부터 재수가 없으니까….

스스로를 재수 없다고 하던 그 버릇없는 도련님, 정혁의 목소리였다.

"바보 같은…."

갑자기 속에서 무언가가 울컥 치밀었다. 자신보다 재수가 없을까? 자신보다 더 불행할까? 지가 뭐 그렇게 대단한데! 대표가 데뷔 2주 전에 도망친 게 대수냐!

이런 다행의 속을 모르고 부회장은 고개를 계속 끄덕였다.

"맞아, 바보 같다니까. 보증이나 서고… 언니 어떡해요?"

"바보 같은 녀석…. 그럼 평소에 좀 잘해놓던가!"

"언니 아빠 정말 답 없는 거 같아. 평소에 좀 잘 알아봤으면 보증 잘못 서는 일도 없었을 텐데!"

다행의 귀에는 부회장의 추임새가 들리지 않았다. 그저 정혁에 대한 생각이 머리를 꽉 채우고 있었다. 갑자기 화가 났다.

스스로 재수가 없다고 생각한다면, 재수 없지 않게 연습이든 뭐든 열심히 했어야 하는 거 아니냐고! 그랬다면 자신이 탈출할 생각도 안 했을 테고….

분명 그 구해라라는 대표도 무풍지대에 질려서 도망쳤을 것이다.

"연습이라도 열심히 해놨으면 이런 일 없었을 거 아니야!"

"그래, 맞아! 연습… 응? 보증을 연습하고 서? 무슨 말이야?"

차정혁과 무풍지대를 떠올리다보니 말이 엇나갔다.

"아, 연습? 내가 그렇게 말했어?"

"응, 방금 연습도 열심히 했으면 그런 일이 없을 거라고…."

"내가 미쳤나…."

무풍지대 때문에 충격을 크게 받았나 보다. 다행은 이미 숙소를 탈출했음에도 여전히 그들을 떠올리고 있었다. 부회장에게 들킬 뻔했다는 사실에 다행은 가슴을 쓸어내렸다. D-solve가 아닌, 타 아이돌과 연계되는 행동은 배신이었다.

"언니, 충격이 꽤 컸나 봐요…."

부회장은 걱정스러운 얼굴로 다행의 등을 두드렸다. 그리곤 불쑥 뜬금없는 이야기를 꺼냈다.

"언니, 언니. 대포여신 중에 초야 알죠? D-solve 승환이 팬!"

"어어…."

"글쎄 걔 초야 걔가, 어휴…."

"왜? 무슨 일인데."

대포 사이에서도 승환이의 접사(가까이에서 찍은 사진)를 잘 찍는다고 소문난 팬이었다.

"걔가 원래 진짜 승환이 팬이 아니라 그냥 돈 벌려고 승환이 대포질 했던 거래요. 초야 걔가 미는 그룹은 따로 있고!"

"콜록콜록! 무, 물 좀…."

"언니도 엄청 놀랐나 보네. 어휴, 여기 물 있어요."

자신이 무풍지대 매니저라는 사실이 알려지면, D-solve 팬들에게도 초야처럼 보일까? 무풍지대에 애정이 없는데도 불구하고?

"암튼, 그것 때문에 지난번 마지막 공개방송 때 다른 대포들이 초야 가만히 안 두겠다고 별렸거든요. 어휴, 진짜 난리도 그런 난리가 없었어요!"

"아… 그래."

다행이 물을 홀짝이며 부회장의 눈치를 살폈다. 당장이라도 초야를 가만둘 것 같지 않은 액션을 취했다.

다행은 저도 모르게 어깨를 움찔거렸었다.

"언니, 이만 잘까요? 벌써 시간이…."

무풍지대 녀석들이 잠들 시간을 노려 탈출하는 바람에 벌써 새벽

네 시가 다 되어가고 있었다. 평소 같았으면 이미 잠든 지 오래였을 텐데, 꽤 긴장했던 모양이었다. 피곤한 줄도 모르고 정신없이 짐을 욱여넣은 채 도망쳤으니 말이다.

자리에 누우니 피곤이 구름처럼 몰려왔다. 눈이 서서히 감겼다. 하지만 머릿속에는 아직도 그 녀석들의 처참한 연습장면이 그려졌다. 다행은 선잠이 든 상태에서 자신도 모르게 중얼거렸다.

"이 새끼들, 그따위로 해놓고 재수가 없다느니….."

"아휴, 언니 그만하고 자요. 엥, 잠꼬대야, 뭐야?"

부회장은 못 참겠다는 듯 몸을 반대로 돌려 누웠다. 다행의 잠꼬대가 몇 번 더 이어지자 부회장은 다행을 집에 들인 걸 후회하는 듯 한숨을 푹푹 쉬었다. 하지만 그것도 잠시, 부회장도 다행도 완전히 골아 떨어졌다.

고요한 새벽 시간이었다.

빠아아앙!

모두가 잠든 시간, 그 적막한 공기를 가르고 정신 나간 불청객이 푸른지오 아파트에 나타났다.

빠아아앙!

귀를 찌르는 자동차 경적에 부회장이 발작하듯 일어났다.

"이게 무슨 일이야? 겨우 잠들었는데! 어떤 미친 새끼가 새벽에 지랄이야!"

"김다행, 빨리 나와!"

경적소리와 함께 거친 목소리가 아파트 단지 내에 쩌렁쩌렁 울려 퍼졌다. 다행은 코를 골며 자다가, 자신의 이름을 듣고 번쩍 눈을 떴다.

"뭐야, 이제 꿈에서까지도 괴롭히는 거야?"

정혁이 꿈에서 자신을 부르고 있다고 생각했다. 다행은 양손으로 귀를 팡팡 때리며 중얼거렸다.

"정신 차려, 김다행! 정신 차리자! 이제 그만 생각하라고!"

하지만 꿈이 아니었다.

"김다행, 빨리 나와! 당장 나오라고!"

다행은 새파랗게 질린 얼굴로 부회장을 쳐다보았다.

"김다행, 빨리 나와! 당장 나오라고!"

새벽 4시에 아파트를 강타한 정혁의 목소리는 민폐 그 자체였다. 동시다발적으로 여러 세대에 불이 켜졌다. 김다행이 누구냐고 하나같이 외쳤다.

"김다행이 누구기에 새벽에 이 난리야?"

"거, 김다행 소리 좀 안 나게 해라!"

집집마다 불만의 목소리가 터지자, 아파트 관리사무소는 부랴부랴 안내방송을 했다.

[지금 세대 주차장에 주차된 외부차량의 소음으로 인해 불만이 폭주하고 있습니다. 관리실에서는 신속히 경찰에 신고하여 문제를 해결하도록 하겠습니다. 입주민 여러분은 다시…]

하지만 관리소장은 방송은 제대로 끝맺을 수 없었다. 바로 차정혁, 이 미친 자 때문에.

[어이 202동, 잘 들어! 202동에 있는 김다행, 좋은 말할 때 빨리 나와라]

방송하다 말고 마이크를 뺏긴 관리소장이 마이크를 다시 사수하기 위해 자신보다 1.5배나 큰 정혁에게 마구 달려들어 육탄전을 벌였다.

[당신 뭐야! 좀 있으면 경찰 올 건데 업무방해로 다 신고할…! 소장님…! 지금 방송중이라 마이크가 켜져 있는 상탠데요?]

마이크가 켜진 상태로 몸싸움을 하다 보니 중간중간 방송사고가 터졌다.

관리실 직원들이 전원을 끄기 위해 총 출동했다. 치열한 몸싸움 끝에, 마이크 전원이 내려가기 직전, 정혁이 다시 마이크를 뺏어들고 목이 터져라 외쳤다.

[야, 김다행! 202동에 있는 김다행! 빨리 나와!]

물불을 가리지 않는 차정혁의 행동에 상현은 뒷좌석에 숨은 지 오래였다. 태영은 그런 정혁을 제지하기 위해 부랴부랴 달려갔지만 이미 일은 터진 뒤였다.

"야, 차정혁! 너 지금 뭐하는 짓이야? 이게 무슨 미친 짓이냐고!"

관리실 직원이 강제로 전원을 차단하고 난 후에야 정혁은 마이크를 내려놓았다. 머리가 반쯤 벗겨진 소장은 부들부들 떨며 삿대질을 했다.

"너, 너… 이 미친놈! 경찰 오면 감방에서 콩밥 먹을 줄 알아라!"

"쳇, 김다행만 찾으면 나갈 거니까 그렇게 역정 내지 마세요. 없는 머리털까지 다 빠지겠어요!"

정혁의 빈정거리는 말투에 다시 관리소장이 괴성을 질렀다.

"끄아아악! 이, 이놈 새끼가! 경찰은 왜 안 와? 넌 업무방해에 모욕죄까지 물을 거다! 버르장머리 없는 놈 같으니!"

관리소장이 화를 참지 못하고 부들부들 떨자 태영은 차마 그 꼴을 더는 보고 있을 수가 없어 이마를 짚으며 눈을 돌렸다. 그때, 갑자기 바닥에 주저앉아 있던 정혁이 벌떡 일어났다. 그는 직원이 소홀한 틈을 타, 다시 마이크 전원을 올렸다.

[야! 김다행. 너 202동에 있다는 거 다 알고 있다. 안 나온다 이거지? 1층부터 하나씩 벨 눌러서 확인할 거니까 딱 기다리고 있어!]

정혁의 돌발행동에 태영은 뒤통수를 한 대 맞은 기분이었다. 이렇게까지 고삐 풀린 망아지처럼 구는 모습은 처음 봤다.

마이크가 꺼지자마자, 정혁은 관리사무소 문을 박차고 202동을 향해 뛰쳐나갔다. 관리소장도, 직원도, 태영도 모두 타이밍을 놓친 채 들소처럼 뛰어가는 정혁의 뒷모습만 멍하니 바라보고 있었다.

"저거, 저거! 완전 맛이 갔구먼!"

관리소장이 미간을 잔뜩 찌푸린 채 급히 수화기를 들고 다시 112를 눌렀다. 그 옆엔 혼이 빠진 태영이 멍하게 서 있었다.

***

"김다행이 누구야, 진짜? 민폐도 이런 민폐가 없네!"

부회장은 잔뜩 성질을 내며 이불을 걷어찼다. 다행은 눈치를 보다 자는 척을 했다.

'뭐지? 어떻게 안 거지? 저 녀석들이 어떻게…. 이지이지 사장도 모르는 곳인데?'

다행은 여기서 어떻게 빠져나가야 할지 정신없이 머리를 굴렸다. 그때, 갑자기 부회장이 다행을 흔들기 시작했다.

"언니! 언니는 잠 안 깼어요? 시끄러워서 깬 거 맞죠?"

자는 척, 돌아누워 있었으나 부회장의 눈엔 다행이 일어난 것처럼 보였다. 괜히 뜨끔한 다행은 꼼짝 않고 계속 자는 척을 했다.

"김다행인지 뭔지… 진짜 가만히 안 둬! 근데 언니, 혹시 언니가 김다행 아니에요?"

"딸꾹!"

부회장이 정곡을 찔렀다. 알고 그런 것인지 아니면 떠보려고 그런 것인지는 모르겠지만 다행은 너무 놀라 딸꾹질을 했다.

"뭐야, 면희 언니 안 자고 있었으면서 왜 자는 척해요?"

"아니, 그게 아니라…."

'그 김다행이 바로 나야….'

차마 그렇게 말할 수 없었던 다행은 부회장의 물음에 연신 딸꾹질만 했다.

"아까 먹었던 떡볶이 땜에 그러나? 왜 이러지…?"

"언니, 나한테 솔직히 말해 봐요. 언니가 오늘 급하게 여기 왔는데, 갑자기 누가 202동 누구를 찾는 이게 과연 우연이에요?"

부회장의 다른 별명이 괜히 레이더가 아니었다. D-solve 팬 활동을 할 때도 안티나 양다리 팬, 첩자들을 기똥차게 잡아냈다. 지금은 다행을 향해 그 레이더가 발동했다. 부회장이 새치름한 표정을 지으며 쳐다보자 다행의 등 뒤로 식은땀이 흘렀다.

'저 눈빛….'

부회장의 레이더가 풀가동 중이라는 표정이었다. 다행은 순간 자신의 속을 완전히 꿰뚫리는 기분이 들어 저도 모르게 고개를 홱 돌려버렸다.

부회장의 물음에 끝까지 대답하지 않았다.

여기서 어설프게 대답했다간 '나는 김다행이라는 인간이오!'라고 광고하는 것과 다를 바가 없게 된다. 그녀는 가까스로 다시 모르는 척 눈을 감고 잠을 청하려 했다. 그러나 아파트 앞마당도 모자라 세대 스피커로 들려온 차정혁의 목소리 때문에 평정심을 유지할 수가 없었다.

[야! 김다행. 너 202동에 있다는 거 다 알고 있다. 안 나온다 이거지? 1층부터 하나씩 벨 눌러서 확인할 거니깐 딱 기다리고 있어!]

"콜록콜록, 켁켁…."

"완전 미친놈 아니야?"

다행이 그러거나 말거나 부회장은 스피커에서 나오는 소리에 광분하며 자리를 박차고 일어났다.

"아니, 아파트가 이 난린데 경찰은 왜 안 오는 거야?"

다행은 다시 침을 꿀꺽 삼켰다.

갑자기 아파트 주차장이 아닌 202동 내부가 시끌시끌해지기 시작했다. 다행은 아래서부터 올라오는 소음에 얼굴이 시퍼렇게 변하며 어쩔 줄 몰라 했다.

"뭐야! 진짜 이 미친놈들이 우리 동을 뒤지는 거야?"

다행은 머리가 더욱 복잡해졌다.

'미, 미친놈…. 진짜 하나하나 뒤질 생각인가?'

정혁의 성격이 보통은 아니라 생각했지만, 정말 자신을 찾아내기 위해 이렇게 집요하게 굴 줄이야… 상상도 못했다.

"언니, 아무래도 전 저 미친놈이 뭔 짓을 하는지 나가봐야 할 것 같아요! 언니도 같이 안 나가 볼래요?"

"아, 아니 난…."

"잠도 다 깼겠다, 그 김다행이라는 인간이 누군지 아니, 누군지는 뭐… 흠, 암튼! 이 꼭두새벽에 저렇게 깽판을 치는 녀석들을 이 두 눈으로 확인을 해봐야겠어요!"

"그럼 너 혼자 가. 난 그냥 다시 자, 잘…."

"아니, 언니도 아까 떡볶이 때문에 속이 더부룩하다고 그랬잖아요! 그러니까 소화도 시킬 겸 나랑 같이 나가봐요. 웅?"

"그게…."

집 밖으로 나갈 자신이 없었다. 혹시라도 나갔다가 일일이 집을 뒤지러 온 차정혁에게 걸린다면 그냥 끝이었다.

녀석에게 잡혀서 빼도 박도 못하고 다시 그 숙소로 돌아가겠지….

그런데 그것도 그거지만 부회장에게 자신의 진짜 정체와 현실의 본명이 이런 식으로 까발려지는 것도 치욕적이었다.

빼순이의 세계에서 실명이 밝혀지는 건 딱 두 가지뿐이었다. 빼순질을 넘어서 진정한 우정을 나누며 소울 메이트가 되는 경우. 그게 아니라면 배신자로 낙인찍혀 조리돌림 당하거나….

어쨌든 이러거나 저러거나 죽어도 나갈 생각이 없는 다행이었다.

"난 도저히 안 되겠어! 쟤들이 깽판을 치면 나라도 경찰에 신고해야지!"

부회장은 앙칼지게 한 마디를 남기고 현관문을 활짝 연 채 밖으로 뛰쳐나갔다.

정혁은 진짜 202동 한 호, 한 호에 벨을 모조리 눌러서라도 다행을 찾을 기세인 것 같았다.

딩동!

"미친놈 아니야? 경찰에 신고해!"

딩동! 김다행! 김다행 어딨어!

"뭐야? 정신 나간 놈이잖아. 경찰 안 오고 뭐하는 거야?"

부회장이 현관문을 열어놓고 나간 덕에 문밖에서 정혁의 목소리가 들리는 것 같았다. 1층에서부터 서서히 울려 퍼지는 공포의 소리 말이다.

다행의 탈출 계획은 여기서 완전 끝난 것만 같았다.

'망했다.'

더 버틸 수가 없었다. 부회장의 집에 죽치고 버텨봤자, 여기까지 올라와서 자신을 찾으면 더는 어쩔 수가 없다. 다행은 체념한 상태가 되어 들고 왔던 백팩을 천천히 집었다. 여기까지 올라오기 전에 먼저 내려가서 싹싹 빌면 어떻게 감형이라도 해줄까…?

그때 갑자기 202동의 복도 전체를 가득 울리던 정혁의 목소리가 쥐 죽은 듯이 뚝 끊겼다. 사방이 잠잠해졌다.

'뭐… 뭐지?'

다행은 가방을 집어 들고 현관문으로 천천히 다가갔다. 돼지 멱따는 소리처럼 괴성에 가까운 부회장의 목소리가 들렸다.

"잡았어! 잡았어! 저 미친놈을 경찰이 와서 붙들었어요! 아오, 이제 발 뻗고 잠잘 수 있겠네! 우리 집 바로 아래! 아래층까지 올라왔다고요! 복도 난간에 매달려서 봤는데… 아주 젊은 놈이 단단히 미쳤는지…!"

정혁이 경찰서에 잡혔다는 말만 정확하게 들릴 뿐, 다행의 귀에 부회장의 뒷이야기는 아무것도 들리지 않았다.

"그 미친놈은 아주 콩밥을 제대로 먹어야 돼! 그런데 언니, 묘하게 눈에 익은 얼굴하고 비율이더라니까. 음, 암튼! 저런 정신 나간 새끼는 사회에서 격리를 시켜야지."

다행의 등이 축축해졌다.

***

"이름 불러봐, 주민번호도 같이."

경찰서에 잡혀온 정혁은 담당경찰의 질문에도 모르쇠로 일관하며 딴 곳을 바라보았다. 그러자 담당 경찰관은 화가 난 듯 소리를 질렀다.

"야! 너 이딴 식으로 나오면 공무집행방해도 추가한다!"

그의 으름장에도 정혁은 여전히 딴청을 피우며 한 일자로 입을 꾹 다물었다. 화가 난 담당관은 옆에 놓아둔 서류철을 들고는 정혁의 머리를 한 대 치려는 시늉을 했다.

하지만 정혁이 눈 하나 깜짝이지 않고 뻔뻔하게 시선을 딴 곳으로 돌리자 그는 화를 못 이기고 서류철을 바닥으로 휙 집어 던졌다.

"아오, 뭐 이런 새끼가 다 있어?"

담당관이 화를 내고 있는데, 갑자기 옆에 동료가 그에게 급히 수화기를 건넸다.

"전화 받아 봐요."

동료가 건네주는 전화에 담당관은 수화기를 받아 들었다. 무슨 내용이 오갔는지 들리진 않았지만 그는 붉으락푸르락 시시각각 낯빛이 변하고 있었다. 일그러진 표정을 보아 짐작컨대 담당 경찰관의 심기를 거슬리게 하는 내용임은 분명했다.

정혁은 대충 누구에게서 온 전화인지 짐작이 갔다.

할아버지거나 혹은 할아버지와 관련된 사람이거나 혹은….

탕!

부서질 듯 수화기를 내려놓던 담당관이 입꼬리 한쪽을 바짝 당겨 올렸다.

"아, 그쪽이 그렇게 대단한 백이 있는 분인지 몰랐네?"

정혁은 눈을 감은 채 아무것도 들리지 않는다는 듯 천천히 자리에서 일어났다.

"말 안 해도 벌써 어떻게 하면 되는 건지 다 아는 거 보니까, 자주 있었던 일인가 봐?"

작성하려던 조서를 화면에서 지우던 담당관이 정혁을 상습범인 양 말했지만, 그도 경찰서에 온 건 인생에서 처음 있는 일이었다.

정혁은 순간 웃음이 나올 뻔했다. 정말 지루하고 긴 하루였다. 어떤 일이 있어도 여기에 오는 일까진 만들지 않았는데, 이런 일로 오게 될 줄 몰랐다. 황당하고 우스웠다.

"빨리 나가봐. 그 대단한 백으로 나갈 수 있을 때 나가야지. 내가 화가 나서 무슨 짓을 할지 나도 잘 모르겠으니까!"

정혁은 한쪽 눈을 찌푸린 채 천천히 발을 옮겼다.

눈을 붙이지 않아도 전혀 피곤하지 않았다. 그저 하루가 미치도록 길다는 생각뿐이었다.

김다행 그 계집애를 어떻게 해야 할까? 그 고민은 숙소를 떠날 때부터 시작되었다. 아파트에 들어서서 난리법석을 떠는 순간에도 계속해서 생각하고 또 생각했다.

뜬금없이 튀어나와 재수가 없는 놈이 누구냐는 둥, 차다행이라는 둥…. 사람을 들었다 놨다, 웃기는 여자였다. 사람을 괜히 들뜨게 만들어놓고는 연기처럼 눈앞에서 사라졌다. 이 신기루 같은 일에 정혁은 정신이 없었다.

3년 전, 처음 만났을 때도 그 계집애는 그랬다. 항상 예상하지 못한 곳을 치고 들어왔다.

"미쳤다. 진짜 뭐하는 짓이냐, 휴…."

입에서 단내가 났다. 그는 다시 푸른지오 아파트로 돌아가야 할지 말지 고민했다. 아직 맨 위 층까지 다 둘러보지 못했다. 그 중 하나에 반드시 김다행이 있을 거라 확신했다.

하지만 그렇게 해서 찾은들, 의미가 있을까?

또다시 정리되지 않은, 매듭짓지 못한 생각들이 물밀듯 밀려들어왔다. 머리가 지끈거렸다.

경찰서 밖으로 나온 정혁은 이제 동이 터오는 붉은 하늘을 바라보았다.

짜증과 배신감이 한데 섞여 눈앞이 흐렸다. 천천히 발을 옮기는 순간, 그는 귀신이라도 본 것 같은 표정으로 멈춰 섰다.

"차정혁…."

다행이 쪼그리고 앉아 그를 바라보고 있었기 때문이다.

제 3화
까짓것, 매니저 해줄게!

"들어가."

다행은 엉거주춤하게 선 채 정혁을 돌아봤다. 눈앞엔 숙소 대문이 보였지만 차마 들어갈 자신이 없었다. 그의 얼굴은 단호했다.

"빨리!"

한 시간 전, 경찰서 앞에서 다행을 잔뜩 노려보던 정혁과 재회한 후 다행은 미안함과 동시에 이제 숙소 탈출은 불가능하다는 것을 깨달았다.

정혁은 다행을 재촉하며 숙소 앞으로 밀었다. 다행은 초인종에 손가락을 올렸다가 다시 내렸다.

자신이 없었다. 정혁뿐만 아니라 다른 멤버들도 많이 실망했을 것이다.

"저기…."

"저기고 뭐고, 결자해지해야지. 애들한테 니 발로 강요 없이 왔다는 걸 보여줘."

"그게…."

"너랑 지금은 말 섞고 싶지 않으니까, 빨리!"

그때였다, 초인종 스피커에서 말소리가 들렸다.

"둘이 문밖에서 뭐하냐? 왜, 지은 죄가 있어서 쫄았어?"

짜증 섞인 상현의 목소리였다.

***

"가관이네, 가관이야. 진짜 가지가지 한다."

상현은 숙소로 돌아온 정혁과 다행을 경멸어린 눈으로 쳐다봤다. 원수를 쳐다봐도 저 정도까진 아닐 것이다. 상현의 또 다른 모습이었다. 속을 알 수는 없었지만 그래도 늘 웃는 낯이었는데, 차갑기 그지없는 표정이… 최상현이 맞나 싶을 정도였다.

"시끄러워."

정혁은 그런 상현이 익숙한 듯 대수롭지 않은 얼굴을 하고 안으로 들어갔다. 하지만 거실에 모인 나머지 멤버들의 표정에 둘 다 죄지은 사람이 되고 말았다. 싸늘한 공기가 늦여름의 열기도 식힐 정도였으니….

도망친 건 다행이었으나 새벽에 그 난리법석을 부린 건 정혁이었으니, 변명할 여지가 없는 건 둘 다 마찬가지였다.

"야, 차정혁. 넌 그래도 그런 진상 짓은 절대 안 하는 놈인 줄 알았는데, 한 번 돌아버리니까 제대로 돌더라? 와… 다시 봤어."

상현은 정혁을 첫 타깃으로 잡았는지 그에게 맹공을 퍼부었다.

"앞으로 평생 가볼 일 없는 동네지만 너 때문에 내가 오십 년간 쪽팔릴 거 다 팔았어. 너 진짜 미친 새끼지? 아님 분노조절 장앤지 뭔지 그런 거 아냐?"

상현은 손가락으로 관자놀이 근처를 휘휘 돌리며 정혁을 향해 눈을 까뒤집었다. 그런 상현의 반응에도 불구하고 정혁은 그를 외면했다.

"미칠 거면 곱게 미치든가, 미친 거면 병원엘 가든가! 아오, 씨…!"

그는 분을 참지 못한 듯 기어이 육두문자를 내뱉었다. 그 상황을 조마조마하게 지켜보던 다행은 고개를 돌린 채 조심스럽게 주방을 향해 몸을 돌렸다.

"어이, 거기! 도망자, 거기 스탑."

"최상현, 넌 피곤하지도 않냐? 그 체력 연습할 때나 좀 쓰지 그래?"

상현이 다행을 노려보자 정혁이 막아섰다. 하지만 상현은 다행을 끝까지 쳐다봤다. 기회만 잡히면 가만히 두지 않겠다는 얼굴이었다. 그런 둘의 신경전을 두고 태영이 한마디 했다.

"너, 아침은 먹었어?"

태영은 지난 새벽을 생각하면 몸서리가 칠 정도였다. 상현이 왜 저러는지 충분히 이해가 갔다. 하지만 새벽에 있었던 일을 다시 꺼내면 또 난리법석 날 것 같았다.

태영 역시 지칠 만큼 지친 상태였다. 그리고 이런 격 떨어지는 일에 자신이 휘말리는 것 자체가 기분 나빴다. 화제를 다른 곳으로 돌려 둘 사이의 긴장을 끊어놓기로 했다.

태영의 질문에 정혁이 고개를 가로저었다.

다행은 자신을 없는 사람 취급하는 태영의 태도에 어색하고 민망했다. 정혁이 다행을 잠시 흘끔 쳐다보더니 입을 열었다.

"해욱아, 미안한데 뭐 찬밥 남은 거라도 없냐?"

"먹게?"

"어…."

태영은 방금 전까지 안 먹겠다던 정혁이 말을 바꾸자 의아한 눈으로 그를 쳐다봤다.

"야, 추리닝! 너도 와서 밥 먹어."

"어, 응…."

그제야 태영은 정혁이 왜 먹지 않겠다던 밥을 먹겠다는 건지 알 것 같았다. 상현이 때문에 거실 한쪽에서 벌 받듯 서서 이러지도 저러지도 못한 다행이 못내 걸렸던 모양이었다. 쭈뼛쭈뼛 다가오는 다행을 지켜봤다. 상현은 그마저도 꼴 보기 싫었다.

"뭐 잘했다고 밥을 먹어?"

"나도 아니까 그만해라…."

정혁은 상현의 잔소리를 피해 주방의 커다란 대리석 식탁 한쪽에 조용히 앉았다. 팔짱을 끼고 소파에 기대 그들을 노려보던 상현은 기어이 주방까지 들어왔다. 이제는 다행을 작정하고 공격하기로 마음먹은 듯했다.

"튀어보니까 어때요? 안 잡힐 수도 있었는데, 저 집요한 새끼 때문에 잡혀서 억울하겠어?"

상현이 그녀를 노려보며 비아냥거렸다. 지난 새벽에 겪었던 쪽팔

림을 생각하니, 화가 쉽게 풀리지 않았다.

"도대체 뭘 믿고 그렇게 나간 건데요? 24시간도 못 채울 거면서. 네? 말 좀 해봐요. 어디 변명이라도 좀 해보라고!"

상현은 화를 못 이기고 식탁이 부서져라 머그컵을 내려놓았다.

"최상현, 그만해라."

밥과 찌개가 식탁 위에 오르자 다행은 상현의 빈정거림에도 침이 꿀꺽 넘어갔다.

'어휴, 뱃속에 거지가 든 것도 아니고 정말 눈치 없이 왜 이러냐?'

"야, 추리닝. 빨리 밥 먹어."

정혁이 숟가락으로 찌개 그릇을 톡톡 쳤다. 상현에게 그 정도면 됐으니 그만하고 눈치껏 주방에서 나가라는 신호였다.

"나는 말이야, 너란 새끼도 진짜 징글징글하거든. 몇 시간 전에 그 난리를 쳐놓고 저 여자랑 얼굴 맞대고 밥이 넘어 가냐? 비위도 좋네, 하!"

유들거리던 첫인상과 달리 두 눈이 독기로 가득한 상현이었다. 하지만 다행은 그의 태도보다 정혁의 눈빛이 더 마음에 걸렸다. 그가 동감한다는 듯 잠시 동안 입을 다물었던 것이 서운했다.

"참나, 그렇게 싫었으면 처음부터 매니저니 뭐니 들어올 생각을 하질 말든가. 나는요, 그렇게 앞에선 웃으며 뭐라도 다 할 것처럼 굴다가 뒤통수치는 그런 인간들이 제일 역겹거든요. 위선적이라는 말, 알죠?"

다행이 꿀 먹은 벙어리처럼 아무 소리 없이 가만히 있자, 비난의 강도가 점점 높아졌다. 상현은 다행의 속을 헤집어 놓으려고 작정한 것 같았다. 능글맞게 웃던 그 낯짝은 어디에서도 찾을 수가 없었다.

"그만해. 밥 먹을 땐 개도 안 건드린다고 그랬어. 피곤할 텐데 들어가서 잠이나 자."

"내가 왜 피곤할까? 너랑 저 여자 때문이잖아, 안 그래?"

상현이 머그컵으로 다시금 대리석 식탁을 내리쳤다. 다행의 수저가 식탁 아래로 툭 떨어졌다. 그때 다가온 해욱이 떨어진 수저를 주워 싱크대 안에 넣고는 무심한 얼굴로 새 수저를 꺼내줬다.

다행은 무슨 일이라도 생길까 조마조마하며 고개를 아래로 처박았다.

"빚을 졌으면 빚 갚을 생각을 하든가, 어떻게 도망갈 생각을 하지? 앞에선 살랑살랑 쳐 웃어놓고, 뒤통수를 갈겨? 뻔뻔한 것도 정도가 있지! 사장한테 확 다 불어버릴까 보다."

"야, 최상현! 그만하라고 했다!"

"차정혁 너 돌았어? 지금 누구 편을 드는 거야? 미친 새끼가 진짜, 새벽에 지랄은 지가 다 해놓고 왜 나한테 짜증이야! 지금 똥인지 된장인지 구분…."

정혁이 쾅 소리가 나게 수저를 내려놓으며 상현을 노려보았다. 상현 역시 그의 눈을 피하지 않고 마주 노려보았다.

"…그만하자, 제발!"

거실에 앉아 조용히 이마를 짚고 있던 태영이 모든 게 진저리난다는 듯 낮게 읊조렸다. 하지만 둘 중 누구도 그만둘 생각이 없는 것 같았다.

결국, 상현은 하지 말아야 할 얘기까지 꺼냈다.

"이래서 핏줄은 못 속이지, 아빠라는 작자가 빚지고 도망치더니 딸자식도…."

"최상현, 그만하라고 했지!"

정혁이 벌떡 일어나 상현의 멱살을 잡았다. 그의 돌발행동 때문에 태영이 깜짝 놀란 얼굴로 쳐다봤다. 정혁이 그렇게까지 과민하게 나올 거라곤 아무도 예상하지 못한 것 같았다.

"이 새끼가 진짜! 너 지금 쟤 편드는 거야? 저 뒤통수나 치는 여자를?"

"시끄럽다고 했다. 데뷔까지 2주도 안 남았어. 이런 개소리 할 시간에 연습이나 똑바로 해!"

"뭐? 보자보자 하니까!"

흥분한 상현과 정혁이 서로를 칠 듯이 노려보았다. 결국 보다 못한 태영이 그 사이를 가르며 끼어들었다.

"도해욱, 너는 다행 씨 데리고 들어가!"

해욱이 거실에 널브러진 다행의 백팩을 챙겨들고 그녀의 팔을 잡았다. 하지만 상현이 비켜줄 수 없다는 듯 막고 서서 다행을 향해 고래고래 소리를 질렀다. 다행 역시 핏줄까지 운운하는 그의 말에 그냥 지나칠 마음이 없었다.

"핏줄? 그럼 너는 여자에 환장하는 핏줄인가 보지?"

앙칼지게 받아치는 다행의 말이 꽤나 충격적이었던지, 상현이 자신을 막아선 정혁을 밀치고 다행을 향해 돌진했다.

그때 태영이 잽싸게 끼어들어 그를 막았다.

"그만해, 그만 좀… 제발 그만하라고!"

태영은 상현을 끌어다가 다행에게서 최대한 멀찍이 떨어뜨리려고 애를 썼다.

쾅쾅쾅!

"야 너 말 다했어? 어? 저 계집애가 진짜 주제파악이 안 되나. 야, 이거 놓으라고!"

쨍그랑!

상현이 몸부림을 쳤다. 그는 잡을 수 있을 만한 주방기구들을 다 집어 던지며 다행을 위협했다. 그 덕에 주변이 엉망진창이었다. 정혁은 눈을 감으며 짜증을 속으로 삭혔다.

태영이 죽을힘을 다해 상현을 만류하며 그를 방으로 데리고 가자 상황이 일단락되는 듯했다.

분위기가 좀 가라앉는 듯하자, 해욱이 별일 아니라는 표정으로 깨진 물건들을 주섬주섬 치웠다. 피곤해 보이는 태영이나 잔뜩 날이 서 있는 상현과 달리 그는 차분하고 태연해 보였다.

그나마 평소와 다르지 않아 보이는 해욱에게 다행이 조심스럽게 말을 꺼냈다.

"미안해요, 내가 아까 조금 참았어야 했는데… 나 때문에 다 어지럽혀져서…."

그러자 해욱이 움직이던 손을 잠시 멈추고 그녀를 가만히 응시했다.

"무슨 이야기를 하고 싶은 건데요? 그쪽 신경 써서 이러는 거 아니니까 나한테 신경 꺼요."

그의 말에는 가시가 돋아 있었다. 예상하지 못한 것은 아니었지만, 마음이 편치 않았다.

정혁은 감았던 눈을 살짝 뜨고 해욱과 다행을 지켜봤다.

그녀가 눈치껏 입을 닫자 해욱이 다시 손을 바쁘게 움직였다.

다행도 사방에 흩어진 조각들을 치우며 무거운 분위기를 담담하게 받아들였다. 자신의 탈출계획도, 도망도 여기까지였다. 더 이상은 어떤 행동을 할 수도, 할 생각조차도 해서는 안 될 것 같았다.

한숨이 밀려나왔다.

어쩌면 이지이지 사장이 알기 전에 다시 숙소로 들어온 게 천만다
행일 수 있겠다는 생각마저 들었다. 온갖 생각들이 물밀듯 쏠려 들
어와 다행을 괴롭혔다. 그때, 해욱이 갑자기 입을 열었다.

"근데 그거 알아요? 그쪽이 의도를 했든 아니든, 관심병자라는 거."

못마땅한 표정의 해욱을 보자 다행의 얼굴이 어두워졌다. 그의 눈
빛이 따가웠다.

"정혁이도 그렇고, 상현이도 그렇고, 그래도 전까지는 각자 선이
있었거든요. 근데 그쪽이 여기 들어온 지 딱 이틀 만에 모든 걸 다
망쳐놨어요. 알아요?"

"그게 무슨 말…."

해욱의 말은 다행을 더 질책하고 나쁜 사람으로 몰아세우는 것만
같았다. 차라리 상현처럼 대놓고 감정을 드러냈다면 무엇을 이유로
화를 내는지 정확히 알 수 있을 텐데….

해욱이 평소 그답지 않게 말이 많다는 걸 느낀 정혁은 분위기가
험해질까 걱정이 됐다.

"어차피 무풍지대 이 그룹, 잘 안 될 거라는 거 알고 도망간 거 아
닌가?"

다행을 완전히 저격하는 말이었다. 그 말에 정혁이 자리에서 천천
히 일어나 다행에게 다가갔다.

"그렇지 않아요…."

"그게 아니면, 도망가더라도 성공하든 망하든 결과를 확인하고
떠났겠죠."

해욱의 말이 끝나기 무섭게 정혁이 다행에게 되물었다.

"나도 그게 궁금했어."

다행에게 다가선 정혁이 동조했다. 해욱의 저격만으로도 정신이 없던 다행은 갑자기 자신의 어깨를 움켜쥐는 정혁을 겨우 쳐다봤다. 차마 묻지 못했던 이야기를 꺼낸 듯, 그는 흔들리는 눈동자로 대답을 종용하고 있었다.

"왜 갑자기 그렇게 떠난 거야?"

"그, 그…."

다행은 진심을 말하고 싶지 않았다. 분명히 정혁이 사실을 알면 상처받을 것 같았다. 그 누구보다 그룹에 대해 애정을 가졌고, 프라이드가 있는 그였기에, 둘러대며 상황을 모면할까 하는 생각마저 들었다.

"사실대로 얘기해줘…."

정혁이 한 음절씩 끊어 이야기할 때마다 그의 손가락에 힘이 들어갔다. 정혁의 손끝에 바늘을 심은 듯, 잡힌 어깨가 아려왔다.

"빚 갚기 싫어서 도망간 거지? 그런 거지? 어? 빨리 대답해봐. 우리가 한심해서 그런 게 아니지?"

제발 빚지기 싫어서 도망갔다고 말하라는, 그런 강요가 섞여 있었다. 해욱은 이미 답을 알고 있는 표정이었다.

"아니면… 진짜 우리 그룹이 답이 없어서, 그래서 나간 거야?"

절대 듣고 싶지 않은 대답이라는 것처럼, 정혁은 말까지 더듬으며 물었다.

다행은 눈을 꼭 감았다. 그의 눈을 바라볼 자신이 없었다. 거짓을 말할 자신도 없었다. 그래서 그냥, 조용히 고개를 끄덕였다.

쾅!

그녀가 고개를 끄덕이자 정혁은 분노를 감추지 않았다. 기대고 있던 냉장고에 주먹을 박아 넣더니 자리를 박차고 나갔다.

정혁이 사라지자 다행은 천천히 감았던 눈을 떴다. 뭐라 말할 수 없는 감정들이 밀려들어왔다.

상처받을까 차마 말하지 못했다. 하지만 그게 사실이다. 숙소를 탈출한 이유가 맞았다.

다행은 다리에 힘이 빠져, 그대로 주저앉았다.

상현을 겨우 진정시키고 나온 태영은, 주저앉은 다행을 보고 주방에서 무슨 일이 또 벌어졌다는 걸 감지했다.

"무슨 일이야? 정혁이는 밥 먹다 말고 또 어딜 간 거야?"

"3층, 벙커로 들어간 거 같아."

해욱은 미간을 잔뜩 찌푸리며 답했다. 그러자 태영이 완전히 망했다는 얼굴로 해욱과 다행을 번갈아 쳐다봤다.

"뭐? 걔가 거길 왜 가? 멀쩡하던 녀석이 왜 또 거길 들어가냐고!"

태영이 금방이라도 울 듯한 표정이 되어 다행을 원망스럽게 쳐다봤다.

***

멀쩡하던 녀석이 왜 또 거길 들어 가냐고!"

해욱은 이 모든 것의 원흉이 그쪽이라는 표정으로 다행을 바라봤다.

다행은 죄인이 된 것만 같았다. 해욱의 매서운 지적도 그랬지만 자신의 진심을 알아채고 낙담한 정혁의 눈빛을 잊을 수가 없었다.

진짜 우리 그룹이 답이 없어서, 그래서 나간 거야? 그 말만은 제발 하지 말아달라고 애원하던 눈빛. 자꾸만 그 눈빛이 머릿속에 맴돌았다.

"미치겠네. 언제 내려올 것 같아?"

태영이 완전히 낙담한 목소리로 해욱에게 물었다.

"글쎄, 보통 일주일. 길게는 3주도 안 나왔으니까…."

"그럼… 안에서 뭐 먹고 있냐? 굶어죽지도 않아?"

"이틀 정도 지나면 내가 식판에 음식 담아서 올려다줬으니까…."

태영은 덤덤하게 말하는 해욱이 어이없다는 듯 쳐다봤다.

"니가 일을 키웠잖아! 배고프면 알아서 기어 나오든가. 아님 그 안에서 굶어죽든가! 멋대로 세상하고 단절한 새끼한테 밥을 갖다주냐?"

그가 손가락으로 관자놀이를 꾹꾹 누르며 두통을 호소했다. 하지만 해욱은 그런 태영의 말에 전혀 개의치 않은 얼굴이었다.

"아무리 데뷔에 관심 없다 해도 이제 2주도 안 남았다는 거, 제발 좀 알아주라."

태영이 머리를 감싸 쥐며 참았던 화를 터뜨렸다.

"2주 참는 게 그렇게 어려워?"

정혁을 향한 화였지만, 모든 화살은 결국 다행을 향하고 있었다. 2주도 못 참고 이 사달을 낸 자신을 책망하고 있는 것 같았다.

"거기에 뭐가 있는데… 왜 안 내려오는 거예요?"

태영이 괴로운 얼굴로 그녀를 바라보았다.

"별거 없어요. 그냥 혼자 열 받아서 바깥이랑 단절하고 싶다 이거죠. 완전 못돼먹었다니까…."

"그건 정혁이가 아니라 저 여자지. 우리 그룹이 망할 거라고 탈출했지. 거기다가 그 녀석한테 팩트 폭…."

"알아, 안다고 해욱아. 근데 지금 와서 그런 거 따져봤자 나아지는 게 없잖아. 시간은 지금도 흘러가고 있다고…."

태영이 진저리를 치며 고개를 가로저었다.

"모르겠다. 2주도 안 남았는데 상현이 녀석은 완전히 틀어져서 연습을 할지 안 할지도 알 수 없고, 리더라는 녀석은 빡쳤다고 벙커에 들어 가버리고. 너랑 나, 둘이서 연습할까? 어?"

태영의 짜증에 해욱도 다행도 입을 꾹 다물었다. 점점 시간이 다가오고 있었다.

하지만 미완성의 그룹 무풍지대는 내분이라는 태풍에 휩싸여 흔들리고 있었다.

***

끼이익!

"흡…."

이층침대의 아래층을 쓰고 있던 다행이 천천히 몸을 일으켰다. 잠들지 못하는, 잠들 수 없는 저녁이었다.

숙소 분위기는 겨우 정리가 되긴 했지만, 그마저도 폭풍전야와 같았다. 서로 건드리지 않기 위해 살얼음판을 걷듯 몸을 사렸다. 특히 다행의 경우는 더 그랬다.

진짜 우리 그룹이 답이 없어서, 그래서 나간 거야?

눈을 감으면 자꾸만 정혁의 얼굴이 떠올랐다.

그냥 눈 딱 감고 내가 잘못했다, 그러니까 나와 달라고 빌어볼까?
다행은 다들 잠이 들 때를 기다려 벙커에 올라가보기로 결심했다.
해욱에게 들키지 않으려고 조심히 움직였지만, 삐걱거리는 소리에
산통이 깨지고 말았다.

"어디 가요?"

위층의 해욱이 다행을 향해 경고하듯 말했다.

"그, 그냥…."

"혹시나 3층에 올라가려는 거면, 쓸데없는 짓 하지 마요."

"왜?"

"이미 쓸데없는 짓을 충분히 해서 상황을 이렇게 만들어놓고, 또
그러고 싶어요?"

해욱이 사사건건 지적하고 들자 다행도 짜증이 치밀어 올랐다.

"그럼, 나올 때까지 이렇게 손 놓고 기다릴 거예요? 내가 이런 말
하는 게 우습다는 거 알지만, 어쨌든 무풍지대가 데뷔는 해야 할 거
아니에요!"

다행은 자신도 모르게 언성을 높였다. 아직 연습도 제대로 안 된
그룹인데, 어떻게든 빨리 정상화시켜 뭐라도 해야 할 것 같았다.

"도망간 사람치고 참 말이 많네."

"내가 알아서 할 거니까 그쪽이야말로 참견하지 마요."

"또 사고치지 말고…."

저렇게 뻔뻔하게 나올 거면 진작 연습을 열심히 하던가. 다행은
해욱의 빈정거림에 짜증이 치솟아 올랐다. 그래서 만류에도 불구하
고 침대에서 벌떡 일어나 나갈 채비를 했다.

"가지 말라고 했잖아요! 들쑤시기 전문인가?"

위층에 있던 해욱이 벌떡 일어났다. 하지만 다행은 그에게 붙잡히기 전에 날름 밖으로 나가버렸다.

정혁 본인이 몇 번이고 말했었다. '결자해지'라고.

그를 동굴 안에서 꺼내 온 후 무풍지대를 멋있게 데뷔시키는 것, 그것이 다행에게 있어 결자해지하는 길이었다.

***

3층의 문은 당연하게도 닫혀 있었다. 일명 '차정혁의 벙커'는 다락과 비슷했다. 들어가는 입구부터 단단히 잠겼다. 몇 번이고 손잡이를 돌려봤지만 열릴 낌새가 보이지 않았다.

쾅쾅쾅!

"차정혁!"

다행이 문을 두드리며 그를 불렀다.

"우리 얘기 좀 하자, 제발!"

나름 조심스럽게 두드렸으나, 소리가 울려 퍼졌던 것인지 3층으로 올라가는 계단 아래 태영이 나타났다.

"들어가려고요?"

다행은 미안한 표정으로 고개를 끄덕였다. 태영은 어딘가로 사라지더니 잠시 후에 열쇠꾸러미 하나를 들고 나타났다.

"정혁이가 어떤 상태인지는 우리도 잘 모르니까, 이후의 일은 책임질 수가 없어요…."

태영이 열쇠꾸러미를 넘기며 잠시 망설였다.

"어쨌거나 다행 씨가 들어가서 데리고 나올 수만 있다면 좋겠네요. 그럼 최단기간에 나오는 거예요. 내일 바로 연습에 들어가기만 한다면 한시름 놓을 텐데….”

다행은 그가 건네준 열쇠를 받아 들었다.

“휴….”

한숨이 절로 나왔다.

방해받고 싶지 않아하면 어쩌지. 내 모습에 불쾌해 하면 어떡하지.

두근거리는 가슴을 누르고 열쇠를 맞춰보았다.

하나, 아예 들어가지 않았다. 둘, 열쇠가 들어가긴 했으나 움직이지 않았다. 셋, 이가 맞지 않았다.

“도대체 왜 이렇게 안 맞…! 아! 들어갔다.”

구시렁대며 열쇠를 넣던 다행은 아주 작게 환호성을 질렀다. 열쇠가 계속 틀려서 태영이 자신에게 장난치는 건 아닌가, 의심이 갈 타이밍에 3층 다락의 문이 열린 것이다.

그러나 다행이 문을 열자말자 그녀 앞에 나타난 건 정혁의 목소리도, 얼굴도, 건네는 손도 아닌 뜬금없는 노트 한권이었다.

픽!

“아아… 악!”

정혁이 던진 노트가 다행의 얼굴 정면을 강타했다.

“뭐… 뭐야…”

“왜 들어왔어!”

안면을 얻어맞은 다행은 두 손으로 얼굴을 감싸며 앓는 소리를 냈다. 다짜고짜 소리를 지르던 정혁의 목소리가 조금 누그러졌다.

“왜 들어온 거야…!”

“이… 이야기 좀 하자고…!”

"할 말 없어."

그는 다행이 더듬더듬 꺼낸 말에 응할 마음이 없다는 듯 몸을 돌렸다.

"야…! 데뷔까지 열흘하고 하루 남았어. 계속 이럴 수는 없잖아!"

"어차피 망할 그룹이잖아…."

"무슨 말을 그렇…."

다행은 더 말을 꺼내려다 입을 닫았다.

진짜 우리 그룹이 답이 없어서… 그래서 나간 거야?

주방에서 외치던 정혁의 목소리가 떠올랐다.

아마 상처 받았을 것이다. 아니, 그랬다. 무풍지대에 그 누구보다 큰 애정을 가지고 있던 정혁이기에, 그가 받았을 상처의 크기는 아마 상상보다 더 클 것이다.

"그건… 다시 얘기할 기회를 줘."

"난 할 말 없으니까 나가."

탈출 해프닝을 벌였을 때도 험한 소리 한 번 하지 않았던 녀석이었다. 그저 '결자해지'만 주구장창 외치며 숙소로 데리고 왔을 뿐. 그런데… 이제는 어떤 말도 하고 싶지 않다며 자신을 외면했다. 다행은 그의 그런 냉랭한 태도에 괜히 서러워졌다.

"나가라고 했지. 안 들려?"

***

태영은 1층에 앉아 상황을 주시하고 있었다.

"열쇠는 도대체 왜 넘긴 거야?"

"그거 말곤 방법이 없으니까."

해욱의 물음에 태영은 담담하게 대답했다. 자신보다는 다행이 해결하는 게 나을 것 같았다.

"방법? 그냥 시간만 주면 알아서 나올 건데, 왜 또 일을 너저분하게 만드는 거야?"

"중요한 건… 우리한테 시간이 없잖아."

태영이 짜증을 내며 해욱의 말을 받아쳤다.

"정혁이 저렇게 저기압일 때, 우리 중에 걔를 제대로 말려보거나 다독여본 사람이 누가 있어?"

"그건…."

태영이 답답하다는 듯 한숨을 내쉬었다.

"그리고 나, 데뷔 그거 장난으로 하는 거 아니야. 난 지금 내가 하고 싶은 게 뭔지 정확히 모르기 때문에 실험 중이라고. 한가해서 그냥 하는 게 아니란 말이야."

태영의 언성이 점점 높아졌다.

"인생 낭비에 도가 튼 최상현하곤 달라. 지금 김다행, 그 여자 말고는 차정혁을 움직일 사람 없어."

"과대평가 하는 거 아니야?"

해욱이 기가 막힌다는 표정으로 태영을 노려봤다.

"야, 도해욱. 차정혁이 누구 말이나 행동에 그렇게 반응하는 거 본 적 있어? 우리가 알고 지낸 십 수 년 동안 그렇게 민감하게 반응한 적 있냐고."

해욱은 더 대답할 말이 없는 듯 태영의 시선을 피했다.

"넌 그 여자 자체가 마음에 안 들어서 숙소 분위기를 망친다고 생각할지 모르겠지만, 어쨌거나 다행 씨가 들어와서 정혁이가 반응하고, 달라진 것도 인정해야지."

"쳇!"

해욱은 애꿎은 소파만 만지작거렸다.

"그리고 궁금한 게… 도해욱, 너 원래 그렇게 말이 많은 녀석이었냐? 내가 너 하루에 두 마디 이상 말하는 걸 거의 못 본 거 같은데?"

"내가 뭐?"

"지금!"

"무슨 소릴 하는 거야?"

그때, 3층에서 쿵, 하고 큰 소리가 났다.

해욱과 태영이 서로를 쳐다봤다. 안에서 도대체 무슨 일이 일어나고 있는 건지 알 수 없었다. 둘의 동공이 불안하게 흔들렸다.

***

정혁은 다행의 뻔뻔함에 질린 듯 또 다시 노트를 집어 던졌다. 날아간 노트는 벙커 문짝에 쿵, 하고 부딪쳤다.

"와, 지금 흉기를 막 던진다 이거지?"

"너랑 장난칠 기분 아니니까 적당히 하고 나가라고!"

격한 반응에도 다행은 꿈쩍도 하지 않은 채 가만히 서서 정혁을 지켜봤다.

"진짜… 너는 처음부터 끝까지 내 말은 죽어라 안 듣는구나."

정혁의 한탄이 들려왔다. 그 순간 다행이 그의 말을 받아치듯 입을 열었다.

"망할 그룹이라는 거 그거 진심 아니잖아. 누구보다도 무풍지대

프라이드가 높던 놈이 왜 하루 만에 기가 팍 죽어서 토라진 건데?"

"시끄러워!"

정혁이 듣기 싫다는 듯 귀를 막았다.

"야, 내가 뭐라고… 고작 내 판단에 무풍지대의 명운을 결정하냐? 어? 너 그 정도밖에 안 돼?"

귀를 틀어막은 정혁을 답답하게 쳐다보던 다행은 그를 괴롭히듯 가열차게 몰아 붙였다.

"내가 무슨 전문 프로듀서도 아니고! 내가 실패할 거 같다고 말하면 실패하고, 내가 성공할 거 같다고 말하면 성공하냐? 아직 뚜껑도 안 열어봤는데, 벌써부터 이러면 어떡해?"

다행이 눈치를 보며 정혁에게 조금 더 가까이 다가갔다. 그러자 그의 어깨가 움찔거렸다.

"제발 나가. 너랑 할 말 없어…."

"아직 시작도 안 했잖아. 고작 내 말 한마디에 좌지우지 되지 말라고!"

평소와 다른 모습에 다행은 마음이 복잡해졌다. 어디서부터 뭘 어떻게 해야 하는 걸까? 우선, 이 벙커라는 곳부터 벗어나게 하고 싶었다. 당장 그의 손을 잡고 밖으로 끌어내고 싶었다. 하지만… 방법이 없었다.

갑자기 다행이 다리를 쩍 벌리고 자리에 앉았다. 그리곤 정혁에게 다가갔다. 모습이 좀 흉했지만 그렇게라도 해서 좀 더 정혁의 얼굴에 가까이 다가가야만 했다. 그의 상태를 가늠해봐야 했으니….

"그래, 좋아. 까짓것! 나도 너 나갈 때까지 여기서 한 발짝도 안 나갈 거야."

다행이 이를 악물고 정혁을 향해 협박하듯 말했다. 그녀는 자신도 이 벙커에서 버티기로 결심했다. 지금 저 녀석을 데리고 나가지 못한다면 모든 게 물거품이 될 것이다. 앞으로 열흘, 열흘간이라도 죽어라 연습시켜 어찌어찌 모양새라도 갖춰야만 했다.

그렇게 한참의 시간이 흘렀다. 3층 다락은 다행의 숨소리와 정혁이 내는 작은 기척만이 전부였다. 불을 켜지 않은 다락은 너무 어두워 서로를 확인하기 어려웠다. 그 때문에 다행은 마음이 조급해졌다.

얼마나 지났을까, 다행이 캄캄한 벙커의 풍경에 익숙해졌을 무렵이었다. 어둠 속에서 서로가 서로를 가만히 바라보고 있다는 걸 문득 깨달았다. 정혁의 눈을 의식하자 다행은 저도 모르게 침을 꿀꺽 삼켰다.

겹쳐지는 시선 끝에 정혁이 천천히, 아주 조심스럽게 입을 열었다.

"…전에 나한테 물었지?"

"무슨…."

정혁의 목소리에 다행은 그가 말하려고 하는 게 뭔지 기억을 더듬어야 했다.

"재수 없는…."

"응?"

"재수 없는 녀석, 그게 누군지 물어봤잖아…."

"아!"

가볍게 우스갯소리로 넘길 이야기인 줄 알았다. 정혁 역시 심각하게 이야기하지 않았으니….

"재수 없는 녀석이 누구기에… 가사마다… 습작노트마다 있냐고 물었잖아."

정혁에 말에 다행은 그의 방에서 나눴던 이야기를 떠올렸다. 그땐 모든 것이 장난인 줄로만 알았다.

"부잣집 아들에, 하고 싶은 거 다 하고 산다고 뭐가 재수 없냐고 그랬지? 나는 처음부터 숨겨진 존재였어. 밖으로 나오면 안 되는 존재…. 누리고 싶은 건 다 누리고, 가지고 싶은 걸 다 가질 수 있지만, 내가 나라는 걸 드러내면 절대 안 되는 존재거든."

"그런 사람이 어딨어? 무슨 첩보작전도 아니고 밖으로 나오면 안 된다니?"

"그런 사람이, 나야."

정혁이 손가락으로 자신을 가리켰다. 그의 한숨에서 갈증이 느껴졌다.

다행은 아무 말도 할 수가 없었다.

"태어날 때부터 재수 없는 녀석은 계속 재수가 없나 봐, 하하하…. 웃기지? 진짜 하고 싶은 걸 할 수 있는 기회가 겨우 찾아왔는데…."

정혁이 갑자기 말을 멈추고 다행을 빤히 쳐다보았다.

"찾아왔는데?"

여기서 더 말하면 넌 이해할 수 있을까? D-solve를 좋아하는 다행에게 D-solve와 라이언에 대한 험담을 차마 꺼내기 어려웠다.

"왜 말을 하다가 말아?"

"내가 그전에 너한테 나 전에 본 적 없냐고 물었잖아…."

"그랬지."

"…."

"근데 대체 왜 그러는 거야? 맹세코 말하지만, 나 진짜 너 정말 본 적 없어!"

"휴…."

단호하게 대답하는 다행을 보며 정혁이 작게 한숨을 내쉬었다. 자신을 기억하지 못하는데, D-solve 그리고 라이언의 이야기를 해봤자 아무런 의미가 없었다.

라이언에게 뺏긴 기회를 잡기 위해 다시 가수의 꿈을 키웠으나, 라이언의 팬에게 무시당하다니…. 허탈한 웃음이 나왔다.

"기회가 찾아왔지만… 역시나 재수가 없어서 그 기회를 제때 잡지 못했다고. 뭐, 그런 이야기야. 그런데 2주 뒤라고 뭔가 달라질 수 있을 거 같아?"

담담하게 말하는 정혁의 말에 다행은 가슴이 쩡해졌다. 전에 멋대로 지껄였던 게 후회됐다. 알지도 못하면서… 아니, 누구를 판단한다는 것 자체가 얼마나 오만한 일일까?

"형편없어 보인다거나 답이 없어 보인다는 거, 다 취소할게. 그거 아니야. 그냥 내 멋대로 판단한 거야. 내가 뭐 대단한 평론가도 아니고, 내 말에 신경 쓰지 마!"

"아니, 정확해. 아저씨한테 얘기하던 거 보고 꽤 놀랐어. 어쨌건 제3자의 눈이잖아, 현재 음반 시장과 아이돌 분위기에 대해서 말하는 걸 보고 그래, 저 여자라면 우리 그룹을 정확하게 판단해줄 수 있겠다, 제대로 도움을 줄 수 있겠다, 그런 생각이 들었어. 그전에 있던 구해라 대표보다 더 날카로워 보였거든."

사실 라이언의 팬이라는 점이 더 좋았다. 녀석과 자신을 제대로 비교해서 말해줄 것 같았으니까. 하지만 무풍지대가 터무니없이 부족하다는 지적을 받자, 또다시 라이언에게 패배한 것 같아 괴로워졌다.

"그러니까 여기까지 하자. 내가 아저씨한테 잘 이야기할 테니까…."

"아니! 그렇게 말하지 마."

이미 마음을 굳힌 다행이었다. 간절함으로 따진다면 녀석도 만만치 않았다. 그 간절함으로 탈출까지 감행한 자신을 기어코 찾아냈겠지…. 이제는 같은 배에 몸을 실은 것과 다를 바 없었다. 망해도 같이 망하고, 성공하더라도. 같이 성공하는 건가? 물론 성공한다면 그건 차정혁의 근성 덕이겠지.

이미 녀석에게 붙들렸을 때부터 다행은 더 이상의 도망은 단념했다. 도망칠 바에야 차라리 2주 동안 제대로 연습시켜 무풍지대를 무대에 올리겠다고 결심했다. 녀석과 함께 해보고 싶었다. 저렇게 간절히 원하는 정혁에게 아주 조금이라도 보탬이 되고 싶었다. 스스로 생각해도 좀 어색하고 웃겼지만, 그래도 다행의 마음은 그렇게 기울었다.

"우리 그룹이 그렇게 보였다면 무슨 말이 더 필요하겠어, 그렇지? 됐어, 나머진 내가 알아서 할게. 그러니까 제발, 제발 나가줘."

정혁이 그녀를 밀어냈다. 그리고는 할 말을 다 끝냈다는 듯 다시 돌아앉았다. 그렇게 잠시간 정적이 흘렀다.

다행은 무슨 이야기를 해야 할지, 어떻게 그를 설득해야 할지 눈앞이 캄캄했다. 하지만 씁쓸하게 말하는 그를 보자 뭔가 하고 싶었다.

아니, 조금 전 차정혁이 말한 '재수 없는 녀석'의 딜레마를 없애주고 싶었다.

서바이벌 프로그램에서 사연이 있는 출연자가 더 인기 있는 이유를 알 것 같았다. 바로 눈앞에 차정혁이 그러했기 때문이다. 만약 정혁이 그런 프로그램에 나갔다면 지금의 자신처럼 동정과 연민을 넘어 어떻게든 데뷔시키고 말겠다고 결심하는 팬들이 수없이 생길 것이다.

그의 꿈을 여기서 멈추게 하고 싶지 않았다.

하지만 뭐라고 미끼를 던져야 그를 이 수렁에서 건져낼 수 있을까?

"…그래, 좋아. 그럼 내가 여기서 나가면 너도 이제 꿈이고 뭐고 다 포기하는 거야?"

"그게 무슨?"

"목소리를 내고 싶다는 그 마음도 다 접고… 재수 없는 녀석, 재수 없는 놈으로 그렇게 한평생 골방에서 노트나 끄적거리면서 살 거냐고!"

"말이 심하잖아…."

다행의 도발에 정혁은 황당한 기분이었다. 하지만 그녀는 거기서 멈추지 않았다.

"지금 여기서 계속 죽치고 있으면, 답이 나와? 여기서 그냥 멈출 거야? 그냥 여기서 다 끝낼 거냐고! 데뷔 날까지 잡혔다며, 방송국 일정도 있다며! 죽이 되든 밥이 되든 뭐가 되더라도 해봐야 알 거 아니야?"

정혁이 다행을 멍하니 바라보았다. 감정을 가라앉히고 그녀가 하는 말을 듣고 있었다.

다행은 이 틈을 노려 더 거세게 밀어붙였다.

"재수 없는 녀석이라며. 말로만 그럴 게 아니라 재수가 얼마나 없는지 알아보고 싶지 않아? 나도 재수 없기로는 둘째가라면 서러울 정돈데, 한번 안 해볼래? 우리 둘 다 얼마나 운이 없는지, 도대체 어디까지가 바닥인지! 아직까지 결정 난 건 아무것도 없잖아!"

쉬지 않고 따지듯이 말하고 또 말했다. 처음 목표는 차정혁을 이 벙커 안에서 끌어내는 것이었다. 그러나 계속해서 말하다 보니 다행은 자신의 감정까지 휘몰아치고 있음을 느꼈다. 그랬다.

내가 살아온 날들이 그리 잘못되지 않았다는 것을. 그리고 차정혁의 꿈이 절대 헛되지 않았다는 것을.

말을 마치고 나니 그녀는 100미터 달리기를 막 끝낸 사람처럼 숨이 벅찼다. 이 일은 그냥 차정혁만의 문제가 아닌 것만 같았다. 다행 자신의 운 역시 어디까지가 바닥이고 어디까지 버틸 수 있는지 시험해 보고 싶었다. 어느 순간, 다행은 그 지점까지 와버린 것 같았다.

부모를 잘못 만난 건 자신이 결정할 수 있는 게 아니었다. 하지만 이 그룹을 정상에 올려놓을 수 있을지 없을지는 스스로 결정할 수 있는 일이었다. 다행은 '무풍지대'라는 답 없는 그룹을 최고로 키워 보고 싶었다.

시작은 미약했으나, 결국 최고의 D-solve 팬 페이지를 일군 그 집념과 끈기를 가지고 말이다.

다행은 나지막한 벙커천장에 머리를 부딪치지 않기 위해 조심스럽게 다가갔다. 정혁은 옆에서 갑자기 다가오는 다행과 눈이 마주치지 않기 위해 몸을 돌려 외면했지만 다행은 그의 어깨를 기어코 움켜잡았다.

"차정혁, 제발…. 여기서 다 놓으면 그냥 넌 그 노트에 쓰인 대로 평생 재수 없는 녀석으로 살아갈 거야. 그런데 니가 가장 바라는 대로 너라는 존재를 세상에 알리고 싶다면…!"

정혁은 잠시 말을 멈춘 다행의 얼굴을 넋 나간 사람처럼 쳐다봤다. 지붕 위로 뚫린 창을 통해 별빛이 한가득 쏟아져 그녀의 머리 위로 안착했다.

그녀는 마치 별의 계시를 받고 온 수호천사 같았다.

"지금 이 손을 잡아줘, 내가 너를 끌어줄 테니까."

'라이언의 팬인 너를 내가 믿어도 될까?'

정혁은 다행을 멍하니 바라보며 잠깐 망설였다. 하지만 그녀는 이런 정혁의 속도 모르고 한 손을 쭉 내밀었다.

어둠 속에서 다행의 두 눈은 보석처럼 반짝반짝 빛나고 있었다. 정혁은 그런 그녀에게 홀린 듯 눈을 떼지 못한 채, 그대로 손을 덥석 잡았다.

***

"그래서 내가 잠든 사이에 차정혁 그 새끼는 벙커에 처박혔고, 추리닝은 뒤따라 들어갔다고?"

머리가 까치집이 된 상현은 눈을 부비며 태영에게 사실관계를 확인하고자 재차 물었다. 태영은 그런 상현이 귀찮은지 고개를 대충 끄덕여주었다.

"뭔 일이래? 그럼 우리 그룹 활동 잠정적으로 접는 건가?"

상현이 헝클어진 머리를 긁적였다.

"그럼 이제 연습은 안 해도 되는 건가?"

춤 연습을 더는 하지 않아도 된다는 사실에 비실비실 미소가 터져 나왔다.

"내가 그 망할 춤 연습 때문에 얼마나 괴로웠는데! 하하하!"

모두가 걱정하고 있는 가운데, 상현만 눈치도 없이 기뻐했다. 태영의 말대로 정혁을 제외한 나머지 멤버들이 무풍지대에 가지는 애착은 그다지 크지 않았다. 그저 남는 것이 시간과 돈이었고, 새로운 분야에 대한 호기심 충족이었기에… 그렇게 시작했을 뿐. 꿈도, 열망도, 성공에 대한 집착도, 그 어떤 것도 없었다.

특히, 상현의 경우는 연예인이라는 타이틀을 달면 여자 꼬시기가 더 쉬울 것이라 생각해서 합류한 케이스였다. 그렇게 시작한 일이니, 힘든 연습과정을 반길 리 없었다.

태영과 해욱이 한심하다는 눈빛으로 그를 바라보았다.

"야, 우리 내기나 할래? 차정혁이랑 그 추리닝 언제 나올 건지? 난 3일에 건다!"

상현의 가볍기 짝이 없는 말투에 태영이 미간을 찌푸렸다. 저딴 놈이랑 어떻게 십 년을 넘게 알고 지냈는지…. 지나간 세월을 반추해보며 자신의 인내심이 대단하다는 것을 다시금 느꼈다.

"아니다, 3일이 뭐야? 한 10일, 10일만 거기 박혀 있음 좋겠네. 그러면 데뷔도 물거품 되고… 아얏!"

상현이 기지개를 켜며 자신의 꿈을 장황하게 늘어놓던 중에, 뒤통수에 뭔가를 맞고 비명을 질렀다.

"10일 같은 소리 하고 있네!"

상현이 놀란 얼굴로 돌아보았다.

"너, 너… 벙커 어제 들어간 거…."

"그래 이 자식아, 어제 들어갔다. 어쩔래? 너 연습 안 할 생각에 좋아 죽더라?"

정혁이 피식 웃으며 2층에서 천천히 걸어 내려왔다. 태영 역시 놀란 기색을 감추지 못했다.

"차, 차정혁! 야…."

"미안하다. 걱정시켜서…."

"그게 아니라… 너 괜찮냐?"

예상했던 것보다 훨씬 빨리, 그것도 멀쩡하게 나온 탓에 다들 당황한 얼굴이었다.

"어, 괜찮아. 우리 열흘밖에 안 남았잖아. 망할 때 망하더라도, 데뷔 무대에는 서봐야지!"

벙커에 있다가 나올 때마다 보통 죽상이 되어 나오던 정혁이었다. 하지만 이번에는 달랐다. 멀쩡한 얼굴로, 심지어는 멤버들을 토닥이며 힘내자는 말을 하고 있었다.

"정말 괜찮아?"

태영이 다시 한 번 안부를 물었다. 정혁은 민망하다는 과장되게 웃으며 그의 등을 툭툭 쳤다. 그런 정혁의 뒤로 다행이 얼굴을 스윽 내밀었다.

"다행 씨!"

태영은 저도 모르게 반가운 마음이 들었다.

딱 봐도 척박하게 살아온, 저급하고 교양이라곤 찾아볼 수 없는 여자였지만 어쨌건 근성 하나는 인정할 수밖에 없었다.

태영이 지나치게 다행을 반갑게 맞이하자, 정혁이 살짝 미간을 구기며 둘을 번갈아보았다.

어제까지만 해도 다행을 향해 이를 갈던 상현 역시 조금 누그러진 얼굴이었다.

그들의 모습은 마치 이산가족 상봉과 같았다. 하지만 유일하게 이 모습을 씁쓸하게 바라보던 사람이 있었다. 바로, 해욱이었다. 그는 미묘한 표정으로 다행과 정혁을 응시했다.

***

뚜뚜뚜뚜, 뚜뚜뚜뚜, 뚜뚜뚜뚜!

요란한 알람소리에 다행의 눈이 번쩍 떠졌다. 불과 한 달 전, 공시생 시절을 더듬어 보더라도 지금 그녀의 행동은 놀랄 노자였다.

"으…."

더 자고 싶은 욕구가 샘솟았지만, 아랫입술을 깨물며 몸을 일으켰다. 알람을 끄고 날짜를 확인했다.

[D-3 / AM 6:30]

"여섯시 삼십 분…. 야, 김다행 너 진짜 대단하다! 니가 이 시간에 기상을 다 하고!"

다행은 기지개를 켜며, 이불 밖으로 나가기 싫은 마음을 달랬다. 마지막 연습까지도 단점이 눈에 많이 띄었다. 하지만 이대로 흘려보낼 수는 없었다. 매일매일 시간을 죽어라 연습하며 단점을 보완하기 위해 애쓰고 또 애썼다.

처음 봤을 때보다 눈에 띄게 좋아지고 있었다. 데뷔 마지막 날까지 최선을 다해야만 했다.

다행은 힘들고 지칠 때마다 벙커에서 보았던 정혁의 눈빛을 떠올렸다.

-지금 이 손을 잡아줘, 내가 너를 끌어줄 테니까.

"아오! 왜 그런 말을 왜 한 거야? 부끄럽게…."

그의 눈빛을 떠올리자, 그의 손을 잡으며 당당하게 말하던 자신의 모습이 자연스럽게 같이 떠올랐다. 부끄러운 나머지 베개를 팡팡 두드려댔다.

"히히, 그래! 매니저 겸 프로듀서 김다행이 간다!"

마디마디 결리는 몸을 일으켜 주방으로 갔다. 위층에서 자고 있을 거라 생각했던 해욱은 벌써 일어나 커피를 마시고 있었다.

"언제 일어났냐?"

다행은 지난 벙커 사건 이후부터 해욱에게 말을 놓았다. 해욱도 크게 거슬리지 않는 듯, 자연스럽게 다행의 물음에 대답했다.

"한 30분 전쯤?"

"빨리 일어났네. 애들은?"

"태영이는 아직 자고 있고, 정혁이는 지하 연습실에 가 있고, 상현이는….."

"최상현은?"

"음….."

해욱이 도무지 알 수 없는 표정을 지었다.

"상현이는 없어….."

"뭐?"

"안 들어왔거나, 아니면 어딘가에 숨어버렸거나."

"그게 무슨 말이야?"

역시 문제는 상현이었다. 기본 안무조차 다 외우지 못한 녀석인데, 대체 어딜 간 건가 싶었다.

"이 새끼, 잡히기만 해봐. 가만 안 둬!"

다행이 팔을 걷어붙이며 이를 갈았다. 방송 녹화까지 72시간도 채 남지 않았다.

제일 열등생인 놈이 제일 멋대로였다.

다행은 해욱이 내려놓은 뜨거운 커피를 벌컥벌컥 들이켜며 성질을 냈다.

"왜 이렇게 정신을 못 차리는 거야? 도대체 어딜 간 건데? 또 클럽 간 거야?"

다행을 물끄러미 바라보던 해욱은 아무 말 없이 그녀가 내려놓은 커피 잔에 다시 커피를 채워주었다.

"진짜 미치겠다! 3일도 안 남았어!"

다행은 다시 커피를 냉수 들이켜듯 마시며 사자후를 토했다. 정혁이 겨우 마음을 잡았다 싶었더니, 상현이 문제를 일으켰다. 두더지 게임도 아니고, 하나가 들어가면 하나가 튀어나오는 꼴에 속이 뒤집혔다.

"아오, 최상현 이 새끼 진짜 죽었어!"

스툴 끝에 위태롭게 걸터앉아 있던 다행이 화를 내다가 중심을 잃었다. 그 덕에 그녀의 몸이 뒤로 넘어질 듯 휘청거렸다.

"어어, 엄마야!"

그 순간 뒤에서 손 하나가 쑥 들어와 다행의 등을 받쳐주었다.

"조심해야지."

정혁이었다. 언제 올라온 건지 모르겠지만, 제때 받쳐주지 않았다면 주방 바닥에 얼굴을 찧었을지도 모를 상황이었다.

"어, 미안…"

덕분에 넘어지지 않아서 고맙긴 한데, 왠지 머쓱했다. 하지만 정혁은 거기서 멈추지 않고 다행의 의자를 앞으로 바싹 밀어주었다.

"조심해, 의자가 높아서 잘못하다간 크게 다쳐."

그답지 않은 말투와 태도에 다행은 괜히 부끄러웠다.

벙커에 나온 이후로부터 정혁의 행동은 눈에 띄게 달라져 있었다. 그전엔 자신의 말이 법이고 진리인 듯 우겨댔지만, 요즘은 다행을 연장자 취급뿐 아니라, 배려해줬다.

태영은 그런 정혁의 변화에 은근히 만족스러워했다. 하지만 다행에 대해 아직 앙금이 남아 있는 상현은 못마땅한 듯 육두문자를 간간히 내뱉으며 불만을 표시했다.

해욱은 눈에 띄게 달라진 정혁을 보며 때때로 당황스러운 표정을 짓거나 난감한 얼굴로 다행과 정혁을 쳐다보곤 했다. 지금도 마찬가지였다. 해욱의 눈빛이 이상하다는 것을 눈치 챈 다행이 정혁의 팔을 슬그머니 내려놓으며 웃었다. 아무 일도 아닌 듯 태연하게 굴어야 할 것 같았기 때문이다.

"아아, 괜찮아! 잡아줘서 고마워."

"그래도 조심해, 걱정되니까…."

정혁이 다행이 앉은 스툴을 이리저리 둘러봤다. 그 행동이 너무 다정해서 분위기가 어색해졌다. 다행은 헛기침을 몇 번하고는 급히 화제를 돌렸다.

"그건 그렇고, 최상현 그 자식은 아직도 안무 다 못 외웠지?"

"솔직히 내 안무에 집중하느라 녀석이 어떤지는 잘 모르겠네…."

정혁이 턱을 쓰다듬으며 상현의 안무 장면을 떠올리려 했다. 그러자 옆에 있던 해욱이 입을 열었다.

"아직 못 외웠어. 계속 후렴구 부분에서 틀리고 있어. 어떨 땐 한 박자씩, 어떨 땐 아예 1절 안무를 해버리거나…."

"그럼 안 돼. 걔 지금 어디에 있는지 알 수 있어?"

해욱과 정혁은 둘 다 아무 말도 하지 못했다. 모른다는 뜻이었다.

정혁이 다행의 얼굴을 가만히 들여다봤다. 그와 눈이 마주친 다행은 얼굴이 새빨개져서 몸을 뒤로 훅 뺐다.

"왜, 왜?"

"너무 걱정하지 말라고. 내가 상현이 녀석 들어오면 단단히 뭐라고 일러둘게. 앞으로 걱정하지 않게."

다행은 자신이 말하기도 전에 정혁이 알아서 해주겠다고 하는 게 고맙긴 했지만, 그의 태도에 여전히 적응되지 않았다.

'진짜 이상하단 말이야, 저 녀석…'

맞은편에 앉은 해욱 역시 당황한 얼굴이었다. 그는 난감한 표정으로 정혁을 쳐다봤다.

***

"턴, 턴, 턴! 마지막에 엔딩 컷 잡을 때 서로 박자가 안 맞아! 다시 해보자."

결국 상현이 빠진 채로 연습을 시작할 수밖에 없었다.

벌써 세 번째였다. 뒤늦게 합류하긴 했지만, 처음부터 같이 연습을 시작하는 것과 중간에 합류하는 것은 완전히 다를 수밖에 없었다. 분위기부터 멤버 간의 호흡까지.

때문에 다행은 잔뜩 신경이 날카로워졌다. 3일밖에 남지 않은 상황에서 압도적인 퍼포먼스를 기대하진 않았다. 하지만 최소한 실수 없는 무대를 만들고 싶었다. 차정혁의 벙커에서 했던 약속을 지켜주고 싶었다.

"아니, 아니야. 다시요, 다시 한 번만 더 해봅시다!"

그러다 보니 조금의 흠만 발견해도 컷을 외쳤다.

"다행 씨! 미안한데, 우리 잠시만 쉬고 하면 안 될까요?"

땀범벅이 된 태영이 연습실 바닥에 주저앉았다. 정혁도 꽤 힘들었는지, 고개를 끄덕이며 바닥에 엎어졌다. 핵심 멤버 둘이 나가떨어지자 다행도 더는 밀어붙일 수가 없었다.

아무리 생각해도 최상현이 문제였다. 엔딩에서 네 명 합을 맞춰야 하는데 상현의 안무가 뻥 뚫린 상태에서 나머지 세 명을 맞추는 것은 불가능에 가까웠다. 보는 다행도 춤을 추는 나머지 셋도 모두 버거웠다.

"으, 최상현. 그 자식을 어떻게 해야 될까?"

달칵!

말 끝나기 무섭게 상현이 연습실 문고리를 잡고 빠끔 얼굴을 내밀었다.

"야!"

다행은 도끼눈으로 상현을 쳐다봤다. 상현도 본인의 잘못을 알고는 있는 건지, 특유의 팔자 눈썹을 하며 다행을 바라보았다.

"너 진짜 뭐하는 거야? 데뷔 안 하고 싶어?"

하지만 다행이 다짜고짜 화를 내자 미안한 표정이던 상현의 얼굴이 싸늘하게 변했다.

"야, 너. 니가 뭐 PD라도 되냐? 니가 뭔데 날 데뷔 시킨다 만다야?"

다행은 기가 막혀 말이 나오지 않았다.

"너…."

"최상현, 넌 연습 빠진 주제에 혀가 왜 그렇게 길어?"

정혁이 벌떡 일어서 상현 앞으로 성큼성큼 걸어갔다.

둘의 키는 거의 비슷했다. 하지만 정혁이 어깨가 넓고 골격이 큰
데 반해 상현은 뼈대가 얇고 매끈한 타입이라 정혁이 상대적으로
위압적으로 보였다.

얼마 전까지는 다행과 상현이 다투더라도 그저 시큰둥하게 굴거
나 상현을 타이르는 정도로 끝내던 정혁이었다. 그랬던 그가 위협적
으로 나오자 상현이 이해할 수 없다는 얼굴을 했다.

"외우면 될 거 아니야, 완벽하게…."

"지금 못 외우니까, 내가 이렇게 소리 지르는 거 아니야!"

다행이 뻔뻔하게 대거리하는 상현을 향해 짜증을 퍼부었다. 얼굴
이 구겨질 대로 구겨진 상현이 다행을 향해 무섭게 쏘아붙였다.

"사람 쉬지도 못하게 연습시켜서 그런 거잖아. 그래서 자체적으
로 알아서 쉬고 오겠다는 건데, 그것도 죄냐? 어? 아오, 진짜 한주먹
거리도 안되는 게!"

평소 여자에 대한 매너는 둘째가라면 서러웠던 상현이, 다행을 여
자로 보지 않는 건지 아니면 뒤끝이 남은 건지, 주먹을 들어 쥐어박
는 시늉을 했다.

"야!"

그 순간, 정혁이 그를 막아서며 팔을 잡아 뒤로 꺾어버렸다.

"악! 아아… 야, 차정혁! 너 미쳤냐? 어?"

바닥에 앉아 가쁜 숨을 몰아쉬던 태영은 분위기가 심상치 않은
걸 느끼고 벌떡 일어나 정혁의 팔을 잡아끌었다.

"야! 너희들 또 왜 그러는 건데?"

"너, 매니저한테 한 번만 더 이런 식으로 나오면 국물도 없을 줄

알아."

상현과 정혁 사이에 껴서 눈치만 보던 다행은 험악해진 연습실 분위기에 어깨를 잔뜩 움츠렸다. 그걸 눈치 챘던 것인지, 정혁은 더 길게 이야기하지 않고 그쯤에서 마무리했다. 하지만 상현은 팔까지 꺾인 수치심을 견디지 못해 정혁의 가슴팍을 세게 밀었다.

"그만해! 상현아, 왜 이래?"

태영은 상현이 더한 행동을 할까 봐 걱정됐다.

"매니저? 웃기는 소리 하고 있네! 사채 빚이나 져서 도망갈 궁리나 하고 있는 인간이 매니저? 야, 구해라 새끼가 튄 거 벌써 까먹었냐? 저 여자도 언제 튈지 모른다고! 다들 대가리라는 게 달려 있으면 생각이라는 걸 좀 해라!"

상현이 씩씩거리며 말했다. 그리고는 아직도 분이 다 풀리지 않았는지 어깨를 들썩거리며 연습실 문으로 향했다. 그렇게 나가는 듯하더니, 갑자기 몸을 돌려 쏘아붙였다.

"그룹? 데뷔? 연예인? 솔직히 주제파악 좀 하자. 그냥 돈 쓰면서 취미 생활하는 거에 만족해. 이것들이 진짜 똥오줌 못 가리고 꿈꾸고 있네, 참나…."

"야! 최상현!"

태영과 다행은 주먹다짐을 할까 두려워 정혁을 붙잡았다. 그 사이 상현은 잡고 있던 문고리를 열고 밖으로 나가버렸다.

연습실에 한바탕 태풍이 몰아친 후, 멤버들과 다행은 넋이 나간 채 시간을 보냈다. 벙커에 나온 후 일이 술술 잘 풀려나간다 싶었다. 하지만 중요한 순간에 상현이 이런 식으로 어깃장 놓을지는 예상치 못했다. 다행도, 나머지 멤버들도.

이렇게 시간을 계속 보낼 수 없었다. 데뷔가 3일도 채 남지 않았다. 상현의 문제는 일단 미뤄두고서라도, 이런 식으로 준비해서 나갈 수는 없었다.

"있잖아, 이런 분위기에서 또 독촉해서 미안한데…."

다행이 조심스럽게 말을 꺼냈다. 그래도 할 건 해야 하니까… 정혁과 태영이 무슨 말을 하려나 싶어 다행을 빤히 보았다.

"우리가 아직 제대로 된 카메라테스트를 해본 적이 없잖아. 그래서 말인데…."

카메라테스트 얘기가 나오자 해욱도 고개를 돌려 다행을 보았다.

"맨눈으로 보는 건 PD나 방청객만 만족하면 되는 거지만… 우리는 결국 시청자 앞에 서는 거니까, 그걸 잊으면 안 돼."

다행이 벌떡 일어서서 연습실 문을 박차고 나가려고 하자 정혁이 물었다.

"어딜 가는 건데?"

"잠시만 있어 봐…."

연습실에서 나온 다행은 급히 방으로 올라갔다. 그녀는 자신의 배낭 중 하나를 꺼내 지퍼를 열었다. 가방 안에서 마치 신주단지 꺼내듯 조심스럽게 무언가를 꺼냈다. 바로 캠코더였다.

다행은 길게 숨을 들이쉬며 캠코더를 이리저리 돌려보았다. 탈출 사건으로 급히 움직이느라 혹시 흠이라도 생기진 않았을까 살피다 품에 꼭 안았다.

엄마가 남긴 얼마 안 되는 유산으로 산 캠코더. 다들 성능 좋은 디지털 카메라를 사용했지만, 다행은 아날로그 느낌이 나는 이 캠코더를 선택했다. 화질도, 기능도 고성능 DSLR에는 밀렸지만, 자연스러운 느낌이 너무 좋았다. 이 캠코더는 다행의 보물 1호였다. 그녀는 버튼을 눌러 새 테이프가 들어 있는지 확인했다. 그리고는 캠코더 안의 테이프를 꼭 쥐었다.

이 테이프는 '무풍지대'의 첫 번째 기록이 될 것이다. 다행은 결심에 찬 눈빛으로 방을 나섰다.

다시 돌아온 그녀의 품에 캠코더가 들려 있자 멤버들은 그걸로 뭘 하겠다는 거냐는 표정을 지었다.

"이게 좀 구식이긴 한데… 그래도 느낌은 있어. 그리고 분위기나 느낌을 단번에 캐치하기에 좋거든."

다행은 캠코더가 요즘 시대에 맞지 않다 보니 멤버들에게 보여주기 조금 민망했다. 하지만 이것만큼은 화질이든 뭐든 건드릴 수 없었다. 요즘은 전혀 아우라가 없는 스타도 기술의 힘을 빌려 그럴듯하게 조작할 수 있었다. 하지만 그런 조작은 언젠간 들통 나기 마련이다. 그랬기에 가장 정확하고 눈속임 없는 장비가 필요했다.

"이걸 통해서 너희들을 볼 거야. 뷰파인더 안에 들어간 너희 모습이 곧 시청자가 보는 모습이겠지?"

다행이 캠코더를 이리 돌리고 저리 돌려가며 정혁과 나머지 멤버들에게 설명을 했다. 그들도 이해한다는 눈빛을 보였다. 멤버들의 얼굴에 긴장감이 어렸다.

"지금 찍는 건 연습이니까 얼마든지 실수하고 틀려도 돼. 아니다 싶은 건 고치고, 괜찮은 건 부각시키는 데 목적이 있는 거니까!"

딱딱하게 군은 멤버들의 표정에 다행 역시 침을 꿀꺽 삼켰다. 이상하게 긴장이 됐다.

삼각대를 단단히 고정하고 그 위에 캠코더를 올렸다.

"긴장하지 마! 몇 번이고 다시 찍고, 수정하고 그러면 되는 거니까!"

세팅을 마친 다행이 멤버들을 향해 수신호를 보냈다.

그들은 대열을 맞추고 음악이 나오자 천천히 몸을 흔들었다.

REC라고 쓰인 빨간색 버튼을 힘껏 누르는 다행의 손이 떨렸다. 어째서인지 D-solve를 촬영할 때보다 더 긴장됐다. 버튼을 누르는 순간, 온몸에 전율이 흘렀다. 상현의 자리를 비워둔 채 정혁과 태영, 해욱이 순서에 맞춰 자연스럽게 몸을 움직였다. 그들의 모습을 가만히 응시하던 다행은 저도 궁금한 나머지 뷰파인더로 눈을 가져다 댔다. 멤버들의 각 파트가 돌아갈 때마다 줌을 당겨 그들의 전체 샷과 부분 샷을 찍었다.

그렇게 무풍지대의 움직임을 관찰하던 다행은 순간 할 말을 잃었다. 동공이 커질 대로 커졌다. 스스로 의식도 못한 채 입을 틀어막았다.

"이, 이거… 헉!"

캠코더를 잡고 있던 다른 쪽 손도 떨렸다. 뷰파인더로 보이는 세 남자의 모습에서 그녀는 가능성을 봤다.

한 명, 한 명 줌을 당겼을 때 비춰지는 모습은 그녀가 이지이지대출에서, 숙소에서 그들을 처음 만났을 때를 떠올리게 만들었다.

잘생겼다, 매력 있다, 개성 있다… 그리고 역시 너희들은 일반인으로 남아 있기에 아깝다.

캠코더 너머의 그들에게 이야기해주고 싶었다. 특히, 그렇게 간절히 데뷔를 꿈꾸던 정혁을 향해 말해주고 싶었다. 카메라를 잡아먹을 듯 쳐다보는 그 눈빛에서 아우라가 느껴졌다.

"계속해…."

1절까지만 촬영하고 쉬자고 했었지만, 저도 모르게 손짓을 하며 더 이어가라고 신호를 보냈다.

'얘네 뭐지? 와이드 샷으로 잡으면 확실히 엉성한데, 단독 샷으로 잡으면 빨려 들어갈 것 같아….'

정혁은 말할 것도 없었고 태영이나 해욱 역시 괜찮았다.

태영은 춤에 대한 확신이나 자신감이 부족했다. 그래서인지 안무 중간 중간에 수줍게 미소를 지었고 간간히 뺨을 붉혔다. 하지만 그런 모습들이 오히려 매력적이었고, 태영의 캐릭터를 강화시켰다.

무풍지대 중, 키가 가장 큰 해욱은 그냥 서 있기만 해도 모델과 같은 존재감을 내뿜었다. 풀 샷을 잡았을 때는 키가 너무 커 안정감이 떨어지긴 했지만, 중요한 것은 비율이었다.

"최상현, 이 나쁜 자식…."

욕심이 났다.

이 그림 속에 상현을 넣어보고 싶었다. 그가 여기 들어간다면 완벽한 비율을 이룰 수 있을 것 같았다. 제대로 협조해줬더라면….

뷰파인더를 보며 다행은 수만 가지의 조합을 생각하고 또 생각했다. D-solve가 했던 컨셉을 먼저 떠올렸다가 그 컨셉에서 무풍지대에게 어울리는 스타일로 수정을 거듭했다. 그러자 D-slove보다 더 멋진 그림이 나올 것 같다는 생각까지 들었다.

'잘 하면이 아니라, 진짜 성공할 수 있을 거 같아.'

확신이 들었다. 하지만 상현이 문제였다. 최상현, 그 망나니 같은 녀석이 연습만 제대로 했다면, 데뷔무대를 기대할 수 있을 텐데…. 탄식이 절로 났다.

"왜? 별로야? 아님, 각이 안 맞아?"

다행의 한숨 소리를 들은 정혁이 걱정스러운 얼굴로 물었다.

"아! 아니 아니…! 아니야! 너무 좋아…! 우리 카메라테스트 횟수 안 정했는데… 여기서 두 어 번만 더 하고 마칠까?"

다행이 웃으며 손가락으로 YES라는 시그널을 보내자 정혁이 바보처럼 히죽거렸다. 기분 좋아 보이는 그의 모습을 보자 또 다시 마음 한편이 쓰렸다.

"최상현… 가만 안 둘 거야!"

오후 연습을 끝내고 잠시 휴식시간을 가졌다. 상현이 없는 빈자리는 여전히 컸다. 해욱과 정혁이 차례로 나가고 태영도 물에 젖은 솜처럼 묵직한 몸을 이끌고 연습실을 나가려는 찰나였다.

"태영 씨!"

태영은 무슨 일이냐는 표정으로 다행을 쳐다봤다. 다행은 정혁과 해욱이 다 올라갔는지 확인 한 후, 가까이 다가왔다.

"내가 최상현이랑 아직 사이가 안 좋아서 뭐라고 말도 못하고, 어떻게 해결도 안 되는데…. 그래도 태영 씨는 그 녀석하고, 음… 회유라도 할 수 있는 입장이니까 제발, 최대한 빨리 연습실로 돌아오라고 말해줄 수 없어요? 부탁할게요, 제발…."

다행이 간절한 눈빛으로 태영의 팔을 잡았다. 태영이 알겠다는 눈빛으로 고개를 끄덕였다.

"오늘은 몰라도 내일 그리고 마지막 연습 날엔 꼭 나오라고 이야기해볼게요. 안무라도 빨리 다 외웠으면 하는데…."

태영도 상현이 걱정됐다. 아니, 정확히 말하자면 상현의 상태가 아닌 무대가 걱정됐다. 그 녀석이 데뷔무대를 망치면 참을 수 없을 것 같았다. 얘기가 대충 끝났다고 생각한 태영이 연습실에서 나가려는데, 다행이 다시 한 번 그의 팔을 잡아당겼다.

"왜요?"

"저… 혹시 무풍지대 있잖아요, 정식 기획사나 혹은 엔터 등록 같은 거 안 했죠?"

"네, 제가 알기론 아마…."

"근데 어떻게 방송을 단번에 잡은 거예요? 중소형 기획사 경우에도… 라이브는커녕 녹화방송 한 번 잡기도 엄청 치열하다고 들었는데…. 그것도 쌩 신인이 어떻게…."

"음…."

태영은 곤란한 표정으로 머리를 긁적였다.

"그게… 정혁이가 아저씨를 많이 닦달했어요."

사실이 아니었다. 돈이면 다 되는 곳이 엔터계 아닌가. 하지만 태영은 굳이 그런 이야기를 하고 싶지 않았다. 원래 돈을 많이 가질수록, 계급의 상위계층에 머물수록, 돈에 관한 이야기는 꺼내지 않는 거라고 배웠다. 특히 빚만 잔뜩 있는 다행에게는….

태영은 적당히 핑계를 대며 마무리 짓기로 했다.

"네?"

"이지이지 사장님 말이에요, 어쨌거나 명목상 기획사 사장님이니까…."

"그렇게 하고 싶었으면 차라리 제대로 된 기획사를 들어가면 되잖아요."

연이은 질문에 태영이 난감해했다.

"그게…."

말을 해야 하나, 말아야 하나… 고민하던 그는 되도록 간단하게 대답하기 위해 애썼다.

"정혁이는 이미 기획사 경험이 있었고…."

다행의 눈이 왕방울 만하게 커졌다. 차정혁이 기획사에 있었다는 말은 처음 듣는 이야기였다.

"그리고 우리가 데뷔하고 싶거나 제대로 된 아이돌이 되고 싶었다면 여기 이러고 있진 않겠죠? 음, 보통 대형기획사든 중소기획사든 어쨌건 스케줄대로 움직여야 하잖아요. 그게 싫어서…."

"아…."

다행은 무슨 뜻인지 알았다는 듯 고개를 가볍게 흔들었다. 정혁을 제외한 나머지 멤버들은 기획사의 케어를 받아야 할 만큼 절실하지 않다는 의미였다.

"어휴, 내 입으로 이런 거 말하려니 엄청 민망하네…. 사실 차정혁하고 이런 거 해보면 재밌을 거 같았어요. 시키면 녀석들 넷이 붙어서 뭐하는 짓인가 해도, 그런데 정말 데뷔를 할 거라는 건 생각도 못 했어요…."

태영이 머쓱하게 웃어 보였다.

"어쨌건 저를 포함한 나머지 애들은 기획사에서 시키는 대로 고분고분할 성격도 아니고… 남이 우리를 이래라 저래라 하는 거에 익숙하지가 않아서… 아저씨께 부탁했던 거예요. 직접 연예관계자도 섭외하고, PD한테 녹화방송일 잡아달라고 하고… 뭐…."

"그게 가능한가요?"

"어… 뭐, 그거야… 음…."

태영은 더 말하기 민망하다는 듯 다행의 어깨를 톡톡 쳤다.

"너무 걱정 마요. 그 정도는 우리 선에서 다 해결 가능하니까! 하하하…"

그렇게 말을 끝내고 태영은 잽싸게 1층으로 올라갔다.

***

"우릴 너무 이상하게 보면 안 될 텐데…."

태영은 다행에게 괜한 말을 한 건 아닌가 싶었다. 그냥 오래전부터 정혁이 구해라 대표를 통해 총괄PD에게 음반을 전달했다고, 꽤 긴 시간 동안 곡과 안무를 준비했다고 이야기할 걸. 아니다, 그랬다면 지금 안무가 미완성인 것에 대해 무슨 변명을 할 수가 없었다.

태영은 머리가 터져나갈 것만 같았다. 그때 코너 안쪽, 시커멓게 외진 공간에서 갑자기 손이 쑥 튀어나왔다.

"어엇!"

태영의 팔을 움켜쥐고 그를 코너 안쪽으로 끌어당긴 사람은 바로 정혁이었다.

"무슨 얘기한 거야?"

"아, 깜짝이야…."

연습실을 나갈 때 다행이 태영만 슬쩍 붙잡는 것을 보고 괜히 마음이 심란해졌다. 망설이다가 주방까지 올라가지 않고 그들이 연습실에서 나오기만을 기다렸다.

"너 아까 전에 나간 거 아니었어?"

"아, 그러니까 매니저가 너한테 무슨 할 말이 있대?"

"왜?"

태영은 도리어 정혁이 꼬치꼬치 캐묻는 게 이상했다. 의심스러운 눈빛으로 자신의 팔을 잡은 정혁을 떼어냈다.

"뭐라고 했는데?"

"아무 소리 안 했어! 너야말로 진짜 왜 이러냐?"

"새끼가…."

태영이 정색하며 타박하자 정혁이 꼬리를 내리고 웅얼거렸다. 태영은 지겹다는 얼굴로 한숨을 내쉬었다.

"최상현! 상현이 좀 붙들어 달라고, 그 얘기 했어! 궁금하면 직접 물어보든가. 나한테 왜 이렇게 들러붙어!"

계단을 올라가던 태영이 다시 고개를 흘끔 돌려 정혁을 바라보았다. 3층 벙커에서 뭔가 있긴 있었던 것 같은데…. 다행은 예전과 같지만 정혁이 눈에 띄게 달라져 있었다.

이상한 녀석, 이상한 녀석, 몇 번이나 속으로 되뇌며 고개를 절레절레 저었다.

다음날, 상현이 지하 연습실에 모습을 드러냈다. 태영의 부탁 덕이었는지 아니면 그도 계속해서 연습에 빠지는 건 아니라 판단했던 것인지는 모르겠지만.

"야, 니가 없으니까 연습이 제대로 될 리가 없잖아!"

상현에게 정혁이 괜히 투덜거렸다. 하지만 그 속에는 반가움이 가득 묻어 있었다. 하지만 정혁의 노력에도 상현은 여전히 심드렁한 표정을 지었고, 그런 태도가 다행의 속을 긁었다.

"이틀 남았으니까, 끝까지 긴장 놓지 말고 잘해보자! 마지막까지 최선을 다하는 거야!"

다행이 파이팅을 몇 번이나 외치며 무풍지대의 사기를 독려했다.

하지만 그럼에도 불구하고 마지막까지 상현은 안무를 완벽하게 외우지 못했다.

결국 무풍지대는 미완의 상태로 데뷔 일을 맞이했다.

제 4화
데뷔 무대

　방송국은 늘 복잡하고 시끄럽고 열기로 가득 찬 공간이었다. 아니, 설사 그렇지 않다 해도 다행이 있는 공간은 늘 그랬다. 불과 한 달 전만 해도 상주했던 곳이었으니…. D-solve를 위해 기다리고, 응원하고, 환호했다. 여기 이 방송국에서.

　하지만 오늘은 달랐다. 다행이 환호하고 응원해야할 상대는 D-solve가 아닌 무풍지대였다.

　"흐읍… 흡흡…."

　다행은 대기실 복도에 서서 숨을 들이켰다가 크게 내쉬기를 몇 번이나 반복했다. 데뷔하는 당사자는 녀석들인데 어째서 자신이 더 떨리는지….

　방송국 복도를 휘휘 둘러보던 다행은 잠시 자신의 목에 걸린 스탭 카드를 들여다봤다. 가운데 붙은 홀로그램 스티커가 그녀의 시선을 끌어당겼다. 빛이 반사되는 방향에 따라 모양이 이리저리 바뀌었다.

"30분 후에 스탠바이 들어갑니다. 무… 풍지대? 거기 매니저 맞죠?"

음악방송 스탭으로 추정되는 남자가 다행을 불러 세웠다. 다행은 '무풍지대'라는 단어가 들리자마자 손을 번쩍 들었다.

"네!"

그가 스탭을 향해 소리 질렀다.

"무풍지대 세 번째 무대에 녹화 들어갑니다! 두 번은 못하니까, 한 번에 정확하게 해주세요!"

스탭의 칼 같은 말에, 다행은 정신이 번쩍 들었다.

'한 번이라고? D-solve 데뷔 녹화방송은 네 번 이상 리허설했던 걸로 기억하는데?'

뭔가 석연치 않은 기분이 들었다. 하지만 쌩 신인에게 세 번째 무대를 배정해준 게 어디야, 하며 마음을 진정시켰다. 대형기획사가 아니고선 방송을 따기도 힘들 뿐더러 무대 순서 역시 PD 마음이거나 첫 번째 순서이기 일쑤였다.

'그래, 좋게 생각하자. 긍정적인 마음으로!'

"…흡흡!"

데뷔는 녀석들이 하는데, 자신이 제일 심하게 떨려 하는 것 같았다. 대기실에서 메이크업을 받는 녀석들의 표정이 어제와 그리 다르지 않았기 때문이다.

마음을 진정시키기 위해 다시 스탭 카드를 만지작거렸다. 문득 D-solve 팬 페이지를 처음 만들었을 때가 생각났다.

'그땐 이거 하나 구해보려고 온갖 방법을 다 썼는데….'

웃음이 나왔다. 이 카드 한 장이면 리허설 무대를 마음대로 볼 수 있는 건 기본이고, 대기실을 드나드는 것도 자유자재였다. 말 그대로 조커 카드 같았다. 극성팬 중에선 이 스텝 카드를 비싼 돈을 주고 위조까지 했다. 다행 역시 이 카드를 구하려고 얼마나 애썼는지 모른다. 오직 라이언 얼굴을 가까이서 보기 위해…

"뭔가 웃기네, 진짜 필요할 땐 구할 엄두도 못 냈는데…. 정작…"

"뭐가 그렇게 재밌어서 혼자 피식거리는 거야?"

카드를 보고 있던 다행 곁으로 정혁의 얼굴이 쑥 들어왔다. 메이크업이 끝나자마자 다행의 뒤에 슬금슬금 다가와 그녀를 한참 동안 관찰하고 있었다.

"엄마! 깜짝이야!"

다행이 소리를 지르자 대기실에 있던 무풍지대와 더불어 처음 보는 신인그룹도 그녀를 보았다. 그녀는 본의 아니게 소란을 피운 거같아 대기실 쪽으로 꾸벅꾸벅 인사했다.

"너 때문에 놀랬잖아!"

괜히 분한 마음에 다행은 정혁의 옆구리를 팔꿈치로 쿡 찌르며 핀잔을 했다. 그러자 그가 괜히 엄살을 떨었다.

"어우! 매니저가 사람 잡네…."

"시끄러워! 엄살 피우지 마! 으휴, 깜짝 놀랐네."

다행이 한쪽 눈을 흘기며 정혁을 바라보다 갑자기 손을 덥석 잡았다.

"왜, 왜? 왜 이래?"

"나, 여기가 엄청 이상한 거 같아…"

"뭐가?"

다행의 손을 움켜쥔 정혁이 자신의 가슴팍에 그녀의 손을 갖다 댔다.

다행은 정혁의 돌발행동에 한 번 놀라고, 예상치 못한 심장박동에 두 번 놀랐다.

쿵쿵쿵 쿵쿵쿵쿵….

정혁의 가슴이 미친 듯이 뜀박질하고 있었다. 다행은 괜한 오해를 사지 않도록 자신의 손을 슬며시 빼며 말했다.

"떠, 떨려서 그래? 데뷔 무대라서?"

손을 억지로 빼는 데 살짝 섭섭해하던 정혁은 그녀가 말을 더듬 자 빙긋 웃었다. 감정은 전염된다는 거라더니, 정혁의 두근거림이 다행으로 옮겨간 모양이었다.

"아니, 너는 왜 떨어…?"

"너, 너부터 쿵쿵거렸잖아!"

"아, 그랬지."

담담하게 인정하는 정혁이 웃겼다.

'저렇게 초조해하면서 표정에는 감정이 하나도 안 읽히네, 참 신 기해….'

다행은 그를 빤히 쳐다봤다. 잠시 머뭇거리는 정혁의 얼굴을 바라 보던 그 순간, 갑자기 누가 대기실 문을 거칠게 두드렸다.

쾅쾅쾅!

문을 두드리던 당사자가 누군지 확인하는 순간, 다행은 온몸의 피 가 머리로 몰리는 것 같았다.

"마, 맙소사…."

정혁은 정혁대로 얼굴이 찌푸려졌다. 갑자기 다행의 팔목을 잡으며 자신의 등 뒤로 그녀를 숨겼다.

"왜 이러는 거야?"

불청객의 등장에 대기실은 삽시간에 웅성거리는 소음이 가득 찼다.

"헐! 저게 누구야?"

누군가 탄성을 터뜨렸다. 사람들 반응에도 상대는 아랑곳하지 않고 문 앞에 꼿꼿이 선 채로 그가 입을 열었다.

"어, 차정혁! 너 데뷔한다는 소문이 있더니… 진짜였네?"

"신경 끄고 나가. 여기 너네 대기실 아니니까."

날 선 눈빛으로 정혁은 상대를 노려보았다. 살기마저 느껴질 정도였다. 그러거나 말거나 다행은 문 앞에 선 남자를 보기 위해 가로막고 선 정혁의 등을 마구 쳤다.

"차정혁! 좀 비켜, 비키라고!"

하지만 정혁은 필사적으로 다행을 막았다. 그녀가 상대방을 보지 못하게 하기 위해선지, 아니면 상대가 그녀의 존재를 알아내지 못하도록 하기 위해선지. 이유는 알 수 없었다.

불청객의 정체가 D-solve의 리더 라이언이었기 때문이다.

다행이 그토록 오매불망하던 존재, 그녀의 아이돌.

***

대기실은 라이언의 등장에 몹시 산만해졌다. 메이크업을 받던 다른 멤버들도 무슨 일인가 싶어 문쪽을 쳐다봤다.

"소문이 아니라… 진짜였네?"

한없이 착해 보이는 얼굴의 남자가 정혁은 다정하게 바라보았다.

험악한 눈빛을 한 정혁과 비교되었다.

"여기서 데뷔하는 거면 미리 말이라도 좀 하지 그랬냐?"

"내가 왜?"

정혁은 라이언을 가증스럽다는 듯 쳐다봤다. 그 웃는 얼굴 뒤에 무슨 꿍꿍이를 감추고 있는지 알 수 없었다. 기분 좋은 날이 되어야 하는데, 오늘은 그동안의 노력이 헛되지 않았다는 걸 확인하는 날이 되어야 하는데…. 왜 하필 저 녀석을 보게 된 걸까?

정혁은 불안했다. 3년 전, 데뷔를 코앞에 뒀을 때도 저런 미소를 하고 자신에게 다가왔기 때문이다.

"차정혁, 좀 비켜…."

라이언을 노려보며 지난날을 떠올리던 정혁은 뒤에서 발버둥치는 다행이 신경 쓰였다.

"비켜… 보라고!"

"가만히 좀 있어!"

여기서 그녀를 놓아주면 그녀가 자신이 아니라 라이언에게 갈 것만 같았다. 오늘은 무풍지대의 데뷔데, 무대도 보지 않고 라이언에게 가버릴 것만 같았다.

"어휴, 좀 비키라고!"

정혁을 겨우 밀쳐낸 다행은 눈앞에 있는 사람을 확인했다. 라이언이 맞았다. 순간 다행은 자신이 보고 있는 것이 현실인지 아닌지 얼굴을 꼬집어 확인하고 싶었다. 전혀 예상 못한 장면이었다. 라이언, D-solve의 라이언이라니!

"라, 라이… 어언…."

다행은 라이언을 확인하자, 당황해서 말이 제대로 나오지 않았다.

그런 모습을 본 정혁이 차갑게 굳은 얼굴로 입을 열었다.

"신경 끄고 나가라. 말로 할 때."

정혁의 말에 다행은 당황한 얼굴로 그를 쳐다봤다.

'뭐야? 둘이 아는 사인가?'

"너 말을 왜 그렇게 하는 거야?"

라이언을 이미 잘 알고 있는 사람처럼 대하는 모습과 적개심이 가득한 정혁의 태도에 의구심이 생겼다. 다행은 라이언을 향해 씁쓸한 웃음을 지으며 정혁의 옆구리를 찔렀다. 그러나 정혁은 꿈쩍도 않고 도리어 다행의 팔을 꽉 틀어잡았다.

"암튼 그쪽이랑 할 말 없으니까 빨리 꺼져."

"살벌하게 말하는 건 여전하네. 반갑다! 방송국에서 다시 볼 거라곤 생각도 못 했어…."

둘이 무슨 관계인지 도무지 가늠할 수 없었다. 정혁은 한 번도 라이언에 대해 언급을 한 적이 없었다. 다행은 양쪽을 번갈아보며 분위기를 파악하기 위해 바쁘게 눈알을 굴렸다. 사납게 대하는 정혁과 시종일관 웃음을 머금고 있는 라이언, 둘 사이엔 보이지 않는 불꽃이 튀고 있었다.

"됐으니까, 두 번 이야기 하고 싶지 않아. 빨리 나가."

"아, 내가 방해했어? 첫 데뷔 무댄데 긴장되지? 넌 잘할 수 있을 거야. 원래 실력이 있는 녀석이니까."

정혁이 갑자기 라이언 앞으로 위협하듯 다가갔다. 그의 돌발행동에 다행이 깜짝 놀라 옷자락을 잡았다.

"왜 그러는 거야, 그러지 마…."

말리는 다행 때문에 더 화가 난 정혁이 미간을 잔뜩 찌푸린 채 으르렁거렸다.

"신경 끄고 나가라고!"

라이언보다 한 뼘 정도 더 큰 키의 탄탄한 체구는 충분히 위압적이었다. 심상치 않은 분위기에 다행이 급하게 정혁을 막아섰다.

"하지 마! 너 왜 그래?"

이상한 분위기에 대기실 사람들도 웅성거렸다. 다행이 아무리 말려도 정혁은 시선을 떼지 않고 끝까지 노려보았다. 그러자 라이언이 어쩔 수 없다는 표정으로 양 어깨를 으쓱해 보였다.

"아직도 화가 나 있는 거야?"

"뭐?"

"사소한 오해가 너무 오래가는 거 같아서…."

라이언은 손을 올려 그의 팔을 살짝 두드렸다. 그러면서도 여전히 미소를 머금은 채 선배의 여유를 보였다.

"뭐 어떻게 됐든 오늘 데뷔한다고 들었는데, 잘해라. 넌 충분히 실력 있는 녀석이니까."

라이언의 말에 정혁은 그를 당장이라도 죽일 듯 노려보았다. 신사답게 행동하는 라이언과 치기어린 모습을 보이는 정혁. 사정을 모르는 사람이 보았을 때 확실히 정혁에게 문제가 있어보였다.

"그만해, 다들 쳐다보잖아!"

그 사이 라이언은 대기실 밖으로 나갔다. 다행은 그를 조금이라도 더 보기 위해 고개를 복도까지 쭉 내밀었다.

'솔로 앨범 때문에 온 거 같은데, 사인이라도 받아둘 걸….'

아쉬움에 눈물이 다 날 것 같았지만, 다행은 얼른 정신을 차리고 정혁을 챙겼다.

"도대체 왜 그러는 거야? 선배한테! 어휴…."

대기실 사람들의 주목을 받는 게 민망했다. 다행은 정혁의 등을 팡팡 두드리며 분위기를 전환하려고 애썼다. 하지만 정혁은 서운하다 못해 잔뜩 화가 난 얼굴을 하고 쳐다봤다.

"앗! 야, 너 어디 가려…."

정혁이 갑자기 대기실을 박차고 뛰어나갔다. 조금 있으면 리허설 차례가 돌아올 텐데…. 다행은 제멋대로 행동하는 그를 도무지 이해할 수 없었다.

"너 진짜!"

다행이 급히 뛰어가 정혁을 붙잡았다. 아니, 팔을 벌려 그 앞을 막았다.

"왜 그러는 거야? 라이언이 너한테 뭐 사기라도 쳤어? 아님 부모님 욕을 했어? 뭘 했기에 이러냐고. 제발 성질부리지 마!"

정혁을 다그쳤다. 라이언과 무슨 사연이 있는지 알지 못했지만, 다짜고짜 화를 내는 그가 미웠다. 하지만 정혁은 도리어 다행을 섭섭하게 쳐다봤다. 왜 자신의 편이 아니냐고, 왜 라이언 편을 드냐는 그런 눈빛이었다.

"조금 있으면 우리 무대야! 리허설 안 할 거야?"

"…넌 아무것도 모르잖아! 모르면서 멋대로 말하지 마."

잠자코 듣고만 있던 정혁이 겨우 입을 열었다.

"모르긴 뭘 모른다는 거야? 열심히 하라고 응원하러 와준 사람이잖아! 그리고 대기실에 있던 사람들, 아앗!"

정혁이 그녀의 어깨를 틀어잡았다.

"아, 아프다고!"

"고작 그 자식을 두둔하려고 이러는 거면… 내 앞을 가로막지도 말고 내 눈에서 보이지도 마!"

정혁은 아픔을 호소하는 다행의 어깨를 놓아줬다. 그리고는 끓어오르는 화를 가라앉히기 위해 눈을 감았다.

"왜 그래, 도대체! 스트레스 받아서 그래?"

이해할 수 없는 정혁의 태도에 라이언과 무슨 사이냐, 어떻게 안 사이냐고 묻고 싶었다. 하지만 섣불리 물었다간 자신의 팬질 경력이 드러날까 두려워 입을 다물었다.

"내가 그딴 걸로 이러는 줄 알아?"

정혁이 감았던 눈을 떴다. 그의 눈빛은 어딘지 모르게 쓸쓸하고 슬퍼 보였다.

"곧 무대야, 프로답게 굴어. 지금 너 하는 거 보면 완전 아마추어…."

다행은 답답한 마음에 마음에도 없는 잔소리를 늘어놓았다. 정혁에 대한 걱정은 팬으로서 라이언을 좋아하는 것과는 달랐다. 하지만 정혁은 그녀의 이야기가 길어질수록 답답해졌다.

그때, 대기실로 헤드셋을 낀 스탭 하나가 급히 들어왔다.

"무풍지대! 무풍지대! 지금 스탠바이 들어갑니다. 빨리 준비해요!"

스탭의 호출에 다급해진 다행이 정혁의 어깨를 두드렸다.

"아무것도 모르는 건 너라고! 빨리 정신 차려! 데뷔 무대 망치고 싶어?"

그녀의 마지막 말에 정혁은 참았던 이야기를 내뱉고 몸을 돌렸다.

"3년 전에 봤던 얼굴도 기억 못하는 주제에 뭘 안다고?"

다행은 정혁이 도대체 무슨 말을 하는 건지 알 수 없었다. 그저 이제 막 첫걸음을 내딛는 게 무서워서 히스테리를 부린다고만 생각했다.

***

"녹화 들어갑니다. 한 번이고, 리허설 없습니다."

"네? 그게 무슨? 한 번 만에 녹화를 끝낸다니요? 리허설도 없어요?"

다행은 기가 막혔다. 멤버들에겐 리허설 먼저 한 후 정식 녹화라고 말까지 해놓은 상태였다. 그녀는 스탭에게 항의하고 싶었지만 혹시나 무풍지대가 불이익을 받을까 봐 입술만 깨물었다. 상대는 생각보다 단호하게 나왔다.

"이거 녹화방송이잖아요, 라이브도 아닌데 뭘."

스탭은 헤드셋에 달린 마이크를 잡고는 신경질적으로 대답했다. 다행은 어이가 없어서 앞을 가로막으며 다시 물었다.

"실수, 만약에 실수하게 되면 다시 재녹화는 없어요?"

"아, 진짜. 어차피 라이브 아니잖아요. 우리가 알아서 편집합니다."

다행은 뒤돌아 네 명의 남자를 바라보았다.

저들이 과연 한 번에 무사히 녹화를 마칠 수 있을까? 다른 멤버들은 그렇다 해도… 상현이 실수 없이 할 수 있을까.

아무리 생각해도 그건 무리다.

"아, 어떻게 한 번에 녹화를 끝요? 중간에 대열이 안 맞거나 혹시 긴장해서… 가사라도 틀리면….."

스탭은 무슨 말을 하자는 거냐는 눈으로 다행을 빤히 보았다.

"시간 없으니까 용건만 빨리 얘기해요."

"그러니까, 예를 들자면 제가 어디서 듣기로 D-solve는 녹화방송 때도 리허설 포함해서 여섯 번 정도 촬영했던 걸로 기억하거든요?"

3년 전, D-solve의 데뷔 무대가 그랬다. 그때 온라인 팬 페이지 운영자로 그 자리에 갔으니 모를 수가 없었다. 최정상 아이돌, D-solve의 이름을 꺼내면 스탭도 대충 알아들을 것이라 생각했다.

"뭐, D-solve요?"

스탭은 갑자기 한쪽 입꼬리를 올리며 비웃었다.

"네…"

"하, 이 아가씨 진짜 웃기는 아가씨네. 하하하! 저기요, 거긴 몸값 탑인 S급 아이돌이고, 거기 아가씨 뒤에 있는 애들은 성공할지 아닐지 알 수도 없는 신인이고요. 그것도 우리가 편집하면 방송에도 못 나가는 거 몰라요?"

어이없다는 듯 대꾸하는 스탭에게 다행은 아무 말도 하지 못했다. 그저 이 치욕적인 말이 멤버에게 들리지 않길 바랄 뿐.

"그, 그렇지만…"

"PD한테 괜히 찍혀서 이상하게 편집당하지 말고 빨리 올라갈 준비나 해요. 한 번에 끝. 오케이?"

스탭은 다행과 무풍지대를 향해 손을 까닥거리며 빨리 준비하라고 신호를 보냈다.

기분이 나빴다. 현실이 냉정하다는 건 알지만, 무명 신인의 설움은 생각보다 컸다. 하지만 멤버들에게 이런 모습을 보일 순 없었다.

다행은 우울한 표정을 감추고 어색한 미소를 지었다.

"무슨 일이야? 얼굴이 왜 그래?"

정혁은 다행의 표정이 심상치 않다는 것을 알아챘다. 들키지 않으려는 그녀를 잡고 물었다. 다행은 아무 일도 아니라는 듯 고개를 저으며 손가락으로 오케이 사인을 보냈다.

지금 괜한 말을 꺼내봤자, 멤버들 사기만 떨어뜨릴 게 뻔했다.

"아무것도 아니야. 무대 올라갔을 때 주의사항 같은 것들 들었거든."

"근데 표정이 왜 그 모양이야?"

"너희들이 알아서 잘 하겠지만… 그냥 걱정돼서 그런다, 왜!"

다행은 네 명의 남자들을 향해 주먹을 들어올렸다. 잘하자는 의미였다.

"기회는 한 번뿐이야, 두 번은 없어. 딱 한 번의 녹화야…. 미안, 리허설이 있을 줄 알았는데 아니래. 그러니까 우리가 그동안 준비했던 거 한 번에 다 보여주자! 알았지?"

이를 악물었다. D-solve 팬질을 하면서도 느꼈지만 연예계는 야생의 세계와 다를 바가 없었다. 약자가 강자에게 큰소리칠 수 있는 방법은, 성공해서 강자가 되는 수밖에 없다.

"잘하고 와, 후회 없이! 여태까지 연습하고 고생했던 거 다 보여줘!"

다행은 그들의 등을 두드리며 무대를 바라보았다.

"무대 3번, 무풍지대! 스탠바이 들어갑니다!"

정면에서부터 사이드까지 촘촘히 놓여 있는 카메라의 모든 초점이 무풍지대의 네 멤버에게 향했다. 다행은 생각보다 더 긴장이 되었다. 무대에 서 있는 4명의 녀석들 속은 오죽할까…. 무대 위의 라이트란 라이트가 죄다 켜졌다. PD와 카메라 감독에게 무대 구성을 대충 설명해두긴 했지만, 기획사도, 케어해줄 관계자도 없는 그룹이라 매니저인 다행이 일일이 체크해야만 했다.

"흐읍!"

전주가 시작되자 양 손에 땀이 났다.

'제발, 제발….'

열흘 이상 귀에 딱지가 앉도록 듣던 노랜데도 불구하고 새로웠다. 초조한 마음을 다잡으며 캄캄한 무대 밖에서 그들을 지켜보았다.

노래가 시작하고 한 삼십여 초 정도가 흘렀을까, 갑자기 PD쪽에서 컷 신호를 보냈다.

"컷컷컷!"

잘 흘러나오던 음악이 끊기자 무풍지대도 다행도 당황스러운 얼굴로 PD를 봤다. 혹시, 조금 전 상현이 실수한 걸 본 건가. 다행의 심장이 정신없이 쿵쾅거렸다.

"어이, 이거 세 번째 무대 맞아?"

PD는 재차 확인하려는 듯 스탭을 향해 물었다.

"네, 세 번째 무대. 무풍지대 맞습니다."

"신인 맞지? 근데 저 녀석들 왜 이렇게 낯이 익지?"

뜬금없는 이야기에 다들 당황스러울 뿐이었다.

'왜, 왜 저래?'

다행은 엉겁결에 스탭 카드를 쥔 손에 힘을 주었다. PD가 스탭에게 뭐라고 하는 것 같았는데, 그 내용이 다행의 예상과 달랐다.

"야, 쟤네 무대 감 좋은데? 신인 맞아? 얘네 순서가 세 번째라고? 더 뒤로 보내도 될 것 같은데!"

PD는 연신 감탄하면서 스탭들이 대답을 하든 말든 상관없이 하고 싶은 말을 줄줄 늘어놓았다. FD가 난감한 얼굴로 말을 이었다.

"아, 그게…. 이번 주에 K엔터 출신 신인도 있고, 또 D-solve 라이언 솔로 무대도 있고, 좀 빡빡해서…."

"웃기는 새끼네. 야! 네가 PD야?"

PD는 무풍지대가 꽤 마음에 든 듯, 멀찍이 서서 무대에 선 멤버 네 명을 쭉 둘러보았다.

'그래, 그림이 나오긴 나오지?'

다행은 안도의 숨을 내쉬었다. 중간에 노래를 끊기 직전 상현의 실수를 눈치 채지 못한 것 같았다. 그러나 무대 밑의 상황을 모르는 멤버들은 당황한 얼굴로 시선을 주고받았다. 다행은 멤버들의 불안을 잠재우기 위해 무대 앞으로 다가가 손가락으로 사인을 보냈다.

괜찮아. 너희들이 잘해서 PD가 놀란 거라고. 지금 이대로만 해달라고.

빙긋이 웃었다. 무대에 오르기 직전 시종일관 냉랭한 표정을 짓던 정혁도 그녀를 향해 살짝 미소를 보냈다.

다시 전주가 흘러나왔다. 무대 위 라이트가 한꺼번에 켜지며 눈부실 정도의 밝은 빛을 뿜어냈다. 다행은 천천히 뒷걸음질 치며 다시 자신이 서 있던 자리로 돌아갔다.

제발… PD에게 좋은 인상을 줬으니까 실수 없이 잘하자. 그 마음뿐이었다. 카메라가 다시 돌아가며 무대에 포커스를 맞췄다.

노래가 시작되기 직전, 동선을 맞추는 네 명의 멤버는 다행이 보아도 눈이 돌아갈 정도로 멋있었다. 괜히 스스로가 뿌듯해졌다. D-solve처럼 기획사가 내놓은 작품이 아닌, 자신의 노력이 들어간 작품을 보는 순간이었다. 가슴 한쪽이 뻐근했다.

"그쪽이 매니저죠?"

그때 다행의 옆, 어두운 그림자 사이로 아주 익숙한 남자의 목소리가 들렸다. 무대에 시선을 놓지 않고 잔뜩 긴장해 있는데 남자의 목소리를 듣는 순간, 그녀는 머리부터 발끝까지 온몸이 감전된 것 같았다.

조금 전 대기실에서 봤던 D-solve의 라이언이었다.

＊＊＊

"그쪽이 매니저죠?"

고개를 돌려 옆에 선 사람을 확인하는 순간, 다행은 머릿속이 하얗게 변했다. 아무 생각이 나질 않았다.

D-solve를 그렇게 따라다닐 때도 이 정도로 가까이서 그를 본 적이 없었다.

"어, 엇!"

다행은 급히 자세를 고쳤다. 급히 손에 쥐고 있던 스텝 카드를 목에 걸었다. 라이언을 보자 그녀는 어찌할 바를 몰랐다.

'라이언이 왜 여기 있는 거지?'

"네, 제가 매니저…."

"멋있네요, 네 명 다."

라이언은 칭찬하듯 무대를 슬쩍 보았다가 그녀에게 고개를 돌렸다. 그의 칭찬에 다행은 미소가 번졌다. 그리고 확신했다. 나의 라이언은 역시 다정한 남자라고.

"고, 고맙습니다."

다행은 떨지 않으려고 애썼지만 그의 앞에선 한없이 작아졌다. 늘 꿈에서 그리던 상황인데, 너무 두근거려 한마디도 제대로 하지 못했다. 그와 몇 마디 더 하고 싶었지만, 라이언의 관심은 다행이 아닌 무풍지대에 있는 것 같았다.

절대 가까이 할 수 없는, 꿈속에만 그리던 스타와 말을 섞었다는 것에 만족하며 작게 한숨을 내쉬었다.

'그런데 라이언이 왜 여기에 있는 거야?'

분명 라이언 정도면 당연히 마지막 무대에 설 거고, 이제 막 데뷔하는 무풍지대와는 급이 다르기 때문에 굳이 한참 앞 순서부터 나와 있을 이유가 없었다.

'아까 대기실에서 있었던 일과 관련이 있는 건가?'

라이언과 정혁 사이엔 아무런 접점이 없다. 아니 찾으려고 눈을 씻고 봐도 그 둘의 세계는 완전히 달랐다. 데뷔한 지 3년이 넘어 이제 4년차를 달려가는 D-solve의 라이언과 이제 막 데뷔한 무풍지대. 도대체 둘 사이엔 무슨 과거가 있는 걸까?

다행은 아직 시작되지 않은 무대를 잠시 바라보다 라이언의 얼굴을 곁눈질했다. 고운 옆선에 다행은 저도 모르게 또 한 번 홀릴 뻔했다. 티를 내지 않기 위해 얼마나 애썼는지 모른다. 비실비실 새어 나오는 웃음에 표정관리가 힘들었다.

"흠흠, 저기….."

싸가지 없는 정혁에게 물어볼 바에야 신사적인 라이언에게 물으면 제대로 된 대답을 해줄 것 같았다. 둘 사이에 무슨 일이 있었는지, 서로 잘 아는 사인지. 다행은 긴장으로 잠긴 목을 가다듬었다.

쿠쿠쿠쿵, 파파파팍, 파파팍!

무대 위로 거대한 폭죽이 터지며 동시에 라이트가 들어왔다. 눈이 아플 정도였다. 방송국이 가지고 있는 빛이란 빛은 다 꺼내 쓴 느낌이었다. 아마도 PD가 무대장치를 자기 입맛에 맞게 바꾼 듯했다.

"어, 어?"

라이언에게 말을 걸려던 다행은 바뀐 무대 분위기에 쉽게 적응되지 않았다. 무대를 보자 온몸이 딱딱하게 굳었다.

"어? 왜…."

자신과는 달리 무풍지대 멤버들은 노래 시작 직전에 무대장치가 바뀐다는 걸 이미 알고 있는 것 같았다. 누구도 당황하지 않고 자연스럽게 노래를 시작했다. 당황한 건 오히려 다행이었다. 갑자기 자신이 무풍지대 멤버들이 아닌 라이언에 신경 쓰고 있었다는 사실이 부끄러워졌다.

라이언 역시 폭죽소리에 살짝 놀라며 눈을 크게 떴다. 그는 PD가 임의로 무대에 손을 댔다는 사실에 크게 놀란 것 같았다. '베스트 뮤직 25'의 PD는 마음이 가는 신인을 알아서 푸시해주는 걸로 유명했기 때문이다.

매니저의 본분을 잊고 있었다는 사실과 자신 옆에 라이언이 있다는 현실에 다행은 꿈을 꾸는 것 같았다. 라이언에게 묻고 싶은 질문과 무풍지대가 잘해야만 한다는 생각이 머릿속에서 뒤죽박죽 섞였다.

그리고 다행의 마음이 정리되기도 전에 무대가 시작되었다.

처음부터 상현의 안무가 있었다. 실수투성이인 녀석의 파트라 다행은 온몸에 힘이 잔뜩 들어갔다.

'제발, 제발… 가사든 안무든 잘하라고 바라지도 않을 테니 실수만 하지 마!'

다행의 두 손바닥이 땀으로 흥건해졌다. 하지만 다행의 간절한 바람에도 불구하고 전주 끝부분에 상현의 작은 실수가 있었다.

"푸흡!"

가뜩이나 부끄러웠던 다행의 귀에는 모든 소음들이 상현의 실수에 관한 웃음, 질책 같았다.

전주가 끝나갈 무렵, 차정혁의 안무가 다음 차례로 이어졌다. 진작 그를 첫 안무로 넣었어야 했는데…. 상현 실수를 커버하는 정혁의 모습에 다행은 이런저런 생각으로 마음이 복잡해졌다. 정혁의 안무가 시작되자 다른 멤버를 잡고 있던 카메라가 일렬로 정혁을 향해 초점을 맞췄다.

무대 조명 아래에 서 있는 정혁은 캠코더 속 모습과 차원이 달랐다. 그는 라이언처럼 타고난 스타였다. 물론 다른 멤버들도 나쁘지 않았다. 다들 늘씬하고 미끈한 체형 덕에 보는 사람의 눈을 사로잡았으니까, PD가 감탄할 정도였으니 말이다. 하지만 정혁은 달랐다. 그는 무대를 완전히 장악했다.

'저 녀석이 저런 애드리브도 할 줄 알았나?'

정혁이 정해진 안무에는 없던 모습을 몇 번 보이자 다행은 그때마다 놀랐다. 틀린 건 아닌지, 실수한 건 아닌지, 마음은 바짝 타들어갔다. 하지만 그 행복도 그리 오래가지 않았다. 노래를 시작하자마자 아니나 다를까 상현이 가사를 틀리는 실수를 하고 말았다.

'연습에서도 계속 같은 부분에서 틀리더니.'

드러내놓고 보이진 않았지만 다행은 알 수 있었다. 상현의 실수를. 한 번 어긋나기 시작한 상현은 저도 당황했던 것인지 연이어 비슷한 실수를 반복했다. 이후에도 두어 번 더 틀리더니 마지막 후렴구에선 안무도 한 박자 늦고 말았다. 상현이 연이어 실수를 하자 다행은 속이 상했다.

PD는 컷을 외치고 싶어 하는 눈치였으나, FD가 시계를 가리키며 뭐라고 웅얼거리자 다시 카메라와 무대를 번갈아봤다.

다행은 인상을 찌푸렸다.

"으…."

상현의 실수를 모두 메우겠다고 결심한 것인지 정혁은 더욱 현란하게 춤을 췄고 좀 더 열정적으로 노래를 불렀다. 다행이 알던 허술하고 고집만 센 모습이 아니었다. 문득 다행은 그가 자랑스러웠다.

앨범을 내는 데 참여한 적도 없고, 고작 2주짜리 땜빵 매니저에 불과했지만 차정혁이라는 보석을 발굴해냈다는 것에 가슴이 뛰었다. 자신도 모르게 주변을 한 번 둘러보며 사람들의 분위기를 읽으려 애썼다.

그녀의 눈에 가장 먼저 들어 온 사람은 바로 라이언이었다.

조금 전까지 무풍지대의 미숙함을 은근히 웃으며 보던 그의 얼굴이 딱딱하게 굳어 있었다. 그의 달라진 표정에서 다행은 설명할 수 없는 묘한 기분이 들었다. 뭐라고 해야 할까, 경계와 놀람… 그 사이 어딘가의 감정이었다.

그녀는 다시 고개를 돌려 무대 위의 정혁을 바라보았다. 눈이 부셔서 제대로 볼 수 없을 만큼 빛나고 있었다. 만인에게 사랑받을 수밖에 없는 남자였다. 무대에 완전히 빠져들어 넋을 놓자, 다행은 어느 순간 매니저가 아닌 무풍지대의 팬이 된 느낌이었다. 정혁의 찬란한 모습에 빠져, 라이언의 존재조차 까먹고 있었다.

2주 만에 완벽한 그룹을 만든다는 것은 어려웠다. 하지만 차정혁이라는 스타는 기어코 빛을 뿜었다. 그는 정말 타고난 연예인이었다.

마지막 후렴구 턴이 끝나면서 다시 한 번 작게 폭죽이 올라오더니 라이트가 동시에 꺼졌다.

"핫, 하…."

온몸에서 기운이 쭉 빠져나가는 것 같았다.

'최상현, 최상현! 그녀석만 아니었어도….'

짧은 시간이었지만 그래도 무사히 마쳤다는 안도감과 함께 상현에 대한 실망 그리고 정혁의 스타성을 발견한 감격들이 한데 뭉쳐 폭발할 것만 같았다.

"어땠어?"

무대를 마친 정혁은 물에 빠졌다가 나온 사람처럼 땀으로 범벅되어 있었다. 다행은 그가 대견했다. 무대 올라가기 직전 티격태격하던 자잘한 감정은 사라진 지 오래였다.

"잘했어! 진짜 잘…."

그때 태영 뒤로 내려오던 상현의 얼굴을 보자 다행은 말을 얼버무렸다. 저도 모르게 눈이 세모꼴이 되어 상현을 바라볼 수밖에 없었다. 그 역시 자신의 죄를 잘 알고 있다는 듯 그녀를 외면한 채 대기실로 향했다.

"상현이가 실수한 거…."

"잠시만! 내가 한 번 얘기하고 와볼게."

태영이 다행의 눈치를 보며 입을 떼자 그녀는 고개를 끄덕거렸다. 무슨 의미인지 안다는 뜻이었다.

무대 들어가기 직전 FD가 했던 말이 생각났다. 그땐 화가 나서 제대로 받아들이지 못했지만, 지금 상황에선 최고의 묘수가 될 수 있다는 생각이 들었다.

어차피 라이브가 아니니까, 우리가 알아서 편집합니다.

'편집'이라는 참 쉽고도 편리한 말. 다행은 그 단어를 되뇌며 FD를 찾았다. 가까스로 그를 찾아 등을 두드리며 아는 척했다. 그러자 그는 또 무슨 일이냐는 얼굴로 다행을 쳐다봤다.

"저… 무풍지대 매니저인데요…."

"알고 있어요. 그래서 뭐 어쩌…."

"편집!"

"네?"

"알아서 편집해주신다고 하셨죠?"

FD는 그제야 바람 빠지는 소리를 내며 입 꼬리를 말아 올렸다.

"제발, 제발… 이렇게 부탁드릴 테니까…."

다행은 눈을 꼭 감았다. 그리곤 두 손을 꼭 잡고 FD 앞에서 세상 간절한 척했다.

'FD 너, 무풍지대 뜨고 나서 보자. 혹시라도 뜨게 되면….'

FD는 다음 무대 때문에 정신이 없는 와중에 다행이 와서 방해를 하니 귀찮아 죽겠다는 얼굴이었다.

"아, 알았어요. 그 정도는 우리 쪽에서 알아서 해줄 테니까 걱정 마세요. 아휴, 그러니까 이제 좀 비켜줄래요? 네?"

다행 앞으로 팔을 휘휘 저으며 날파리 보듯 그녀를 취급하자 다행은 살짝 기분이 나빴다. 하지만 찬밥, 더운밥 따질 때가 아니었다.

"제발, 제발요…."

다행은 안간힘을 다해 부탁했다. FD는 아예 다행을 향해 쳐다보지도 않았다. 하지만 그녀는 몇 번이나 더 꾸벅거리고서야 돌아섰다. 알아서 해주겠지. 그것뿐이다. 믿어야지. 여태껏 많이 속아왔지만 저 말만큼은 믿어야지, 그렇게 돌아섰다. 최상현에 대한 자신의 마지막 노력은 여기까지였다.

대기실로 향하던 찰나, 다시 그곳에서 라이언을 봤다. 정혁의 퍼포먼스에 흠뻑 빠져 잠시 잊고 있던 라이언이었다. 그렇게 간절히 바라고 또 바라던 순간이었는데… 다행은 그 순간이 아쉬워 몇 번이나 라이언 쪽으로 눈길을 줬다. 돌아가기 직전까지 그에게 말 한마디라도 더 걸어볼까 말까 고민했다.

'앨범이라도 들고 올 걸, 사인이라도 해달라고 할 걸….'

빨리 대기실로 가서 멤버들에게 기운을 북돋아줘야 하는데, 그런데도 자꾸만 라이언에게 눈길이 갔다.

하지만 무풍지대 매니저라는 사실을 잊으면 안 된다. 발을 힘겹게 옮기면서도 끝까지 라이언에게서 눈을 떼지 않았다.

슬쩍 보니, 라이언과 PD가 대화 중인 것 같았다.

'솔로 무대 리허설 때문에 그런가?'

흔히 있는 장면이니, 신경 쓰지 않았다. 하지만 이야기가 계속 진행될수록 PD는 라이언의 이야기에 미간을 잔뜩 찌푸리며 고개를 몇 번 저었다. 그러자 라이언은 으레 그가 잘하던 미소를 지으며 뭔가를 설명했다. 딱 봐도 뭔가 마찰이 있어 보였다.

무풍지대 매니저 이전에 D-solve의 팬이라는 게 더 컸던 걸까, 다행은 자연스럽게 슬금슬금 다가갔다. 라이언과 PD 사이에 무슨 일이 있는지 알고 싶었다.

'대기실에서 애들이 기다릴 텐데….'

그래도 어쩔 수 없었다. 그때, 갑자기 PD가 언성을 높였다.

"그건 라이언이 개입할 일이 아니잖아?"

"이번 솔로무대도 그렇고, 다음 D-solve 첫 무대는 무조건 베스트 뮤직 25에서 하는 걸로… 그러면 어떨까요?"

"딜 하자는 거야, 어? 그래서 지금 나보고 신인 애들을…."

"그건 PD님 자유입니다."

"하, 참나!"

PD가 비딱하게 선 채로 머리를 쓸어 올렸다. 뭔가 짜증이 잔뜩 난 얼굴이었다.

'무슨 일이야?'

다행은 행여나 라이언이 불합리한 일이라도 당할까 계속 그 근처를 어슬렁거렸다. 무슨 이야기라도 들으면 증거를 남기기 위해서 말이다. 그녀가 좋아하는 D-solve고 라이언이니까.

그때 미소를 짓던 라이언의 얼굴이 차갑게 돌변했다. 그리고는 한마디 덧붙였다.

"아시잖아요? 이 바닥에 널리고 널린 게 그런 애들이라는 거…."

뭔가 석연치 않은 대화였다. 널리고 널린 애들이라는 건 누구를 말하는 걸까? 도대체 무슨 말을 하는 것인지 의문의 눈빛으로 그 둘을 뚫어져라 바라보았다.

무슨 일인지 좀 더 듣고 싶어 몸을 쭉 빼던 순간, 라이언은 이제 할 말을 다했다는 얼굴로 몸을 돌려 복도 쪽으로 나갔다.

대화를 엿들었다는 게 들켰을까 봐 다행은 괜히 딴청을 했다. 화들짝 놀란 티를 내서는 안 되니까. 주변에 있던 카메라를 만졌다. 라이언 역시 다행을 알아보지 못한 듯, 빠른 속도로 그녀 옆을 지나갔다.

'도대체 무슨 이야기를 주고받았던 거지?'

대기실 쪽으로 천천히 사라지는 라이언을 불안한 눈빛으로 쳐다봤다. PD가 언성을 높였던 게 자꾸만 걸렸다.

그가 복도 끝에서 사라질 때까지 한참이나 눈을 떼지 못했다.

***

냉탕과 열탕을 수십 번 오간 첫 녹화가 있은 지 5일이 지났다.

"오늘 방송 맞지?"

바로 오늘이 그 무대의 방송 일이었다. 리허설도 없이 겨우겨우 촬영했던 게 벌써 5일 전이었다. 완전 쌩 신인, 무명에 불과한 무풍지대였으니 '베스트 뮤직 25' 이후로 스케줄이 있을 리 만무했다. 다행만이 무풍지대가 이렇게 묻힐까 봐 노심초사했다. 정혁을 제외한 나머지 멤버들은 그날 이후 무기력한 하루하루를 보냈다. 그렇게 지루한 시간이 흘렀다.

"여기 다 앉아봐!"

다행은 급히 방문을 두드리며 멤버들을 모았다. 녹화가 끝난 후 다들 늘어져 있기만 한 모습을 보자 한숨이 나왔다. 곡이 나오고 난 후 시간이 꽤 있었음에도 마지막까지 안무를 왜 제대로 못 맞췄는지 알 것 같았다. 한마디 하고 싶은 걸 가까스로 참으며 거실로 내려갔다.

"또 무슨 일인데? 아, 저 추리닝 진짜!"

상현은 무풍지대와 관련된 일을 이제 하기도 싫다는 눈치였다. 하지만 무대에서 한 실수가 있어 나름 자숙 중이었다. 그런데 갑자기 다행이 멤버들을 또 부르기 시작하니 들어보지도 않고 짜증부터 냈다.

"오늘 혹시 방송날인가요?"

태영이 그녀를 향해 차분하게 말했다. 다행이 급하게 부른 건 그 이유 외엔 없을 테니까.

"맞아요, 5일 전에 했던 그 녹화, 오늘이 방송 날이잖아요!"

평소 감정표현이 무디던 해욱도 방송이라는 말에 긴장한 기색이었다.

"빨리 앉아서 보자! 지금 우리가 스케줄이 안 잡히는 것도 홍보가 너무 안 되니까…. 베스트뮤직 25에 나오고 나서 뜨는 신인들이 꽤 있거든? 아마 편집 잘해줬을 거야! PD가 괴팍하긴 해도 프로정신은 있는 사람이니까…."

다행은 확신을 가지고 말했다. 아니, 그래야만 했다. 어떻게 준비한 건데. 그녀는 심호흡을 한 번 하고 TV를 틀었다. 뒤늦게 연습실에서 있던 정혁이 마지막으로 거실에 올라왔다.

"뭐야, 벌써 시작하는 거야?"

이미 방송을 기다리고 있던 정혁이었다. 그가 마지막으로 자리를 잡고 앉자 TV 화면을 향해 모든 시선이 모였다. 초조한 눈빛이 역력했다. 거실에 긴장감이 감돌았다.

무풍지대 무대가 있기 바로 직전 무대가 나오고 있었다. 좋은 타이밍이었다.

다행은 무풍지대 무대가 시작하기 전, 두 손을 꼭 잡고 눈을 감았다.

제발, FD 말대로 알아서 잘 편집했기를…. 오직 그것만 바랄 뿐이었다.

사회자의 시끄럽고 장황한 무대 소개가 끝나자, 익숙한 전주가 흘러나왔다. 전주가 흐르자 다행은 감았던 눈을 번쩍 떴다.

'제발!'

이 무대로 무풍지대가 관계자들의 눈에 띄어야만 한다. 어떻게든 다음 방송 스케줄이 잡혀야만 한다. 오로지 그 생각뿐이었다. 그러나 다행의 간절한 기도는 무참하게 깨져버렸다.

"이게 뭐야? 야, 추리닝! 이게 뭐냐고!"

상현이 가장 먼저 소리를 질렀다. 전주가 채 끝나지 않았는데도 불구하고 상현의 실수가 카메라에 그대로 노출되어 있었다. 아니, 이미 다른 멤버의 안무가 시작되었음에도 상현을 촬영한 영상만이 계속 송출되고 있었다.

"이, 이게… 어떻게 된 거야?"

다행이 그렇게 신신당부하고 조롱까지 받으며 말했던 그 편집에 대한 약속은 다 거짓이었다. 기대했던 무풍지대의 멋진 모습은 거의 찾아보기 어려웠다.

-아, 알았어요. 그 정도는 우리 쪽에서 알아서 해줄 테니까 걱정 마세요.

FD가 자신에게 짜증내며 마지못해 대답했던 게 떠올랐다.

유명한 기획사가 아니라서 그랬던 건가? 뭔가 신고식 차원에서 돈이라도 쥐어줬어야 했던 건가?

무대를 장악할 정도로 강렬한 퍼포먼스를 보여준 정혁의 모습은 어디에도 없었다. 분명 카메라가 그를 중심으로 찍었건만 편집에서 그의 모습은 잘린 상태였다. 정혁의 파트가 돌아올 때마다 방청객을 비추는 걸로 그의 모습을 대신했다.

다행은 눈앞이 캄캄해졌다. 이럴 수는 없는 거다.

-아, 진짜… 어차피 라이브가 아니니까 우리가 알아서 편집합니다.

FD의 약속은 온데간데없었다. 무대의 끝이 보일 무렵 멤버들의 표정은 기대에서 실망으로, 실망에서 좌절로 딱딱하게 굳어갔다.

모든 가능성을 따져 봐야 했다. 모든 가능성을.

분명, 베스트 뮤직25에서도 프로그램 질적 차원에서 이런 방송을 보내는 게 좋지 않을 것이다. 제정신이 박힌 PD라면, 이 정도 수준의 무대를 용납하지 않았을 것이다. 이 방송은 사고에 가까웠다. 그럼에도 왜? 모든 가능성을 열어두던 다행은 갑자기 불편한 한 마디가 떠올랐다. 도무지 이해할 수 없는 PD의 말이….

-딜 하자는 거야? 그래서 지금 나보고 신인 애들을….

라이언과 PD의 이야기, 그때는 무슨 말을 하는지 몰랐던 그 말이었다.

***

다행의 기억 속 무풍지대의 무대는 반짝반짝 빛이 났다. 차정혁이라는 스타가 이제 막 연예계에 발을 내딛은 무대였다. 그녀는 분명히 그렇게 기억하고 있었다.

그러나 TV 속 무풍지대의 무대는 재롱잔치보다 조금 나은 수준이었다. 어째서 그 무대가 이렇게 변할 수 있을까, 다행은 어안이 벙벙했다.

아, 알았어요. 그 정도는 우리 쪽에서 알아서 해줄 테니까 걱정 마세요.

새빨간 거짓말이다. 그렇게 자신만만하게 말해놓고 어떻게 이런걸 방송에 내보낼 수가 있는 걸까.

딱히 편집을 하지 않고 그냥 카메라가 찍은 순서대로만 방송에 내보냈어도 이것보다는 나았을 것이다. 다행은 저도 모르게 속에서 뜨거운 것이 치솟았다.

모든 가능성을 따져봐야 한다. 앞으로 다시 무풍지대가 무대에 섰을 때, 이런 일이 절대 발생하지 않도록.

왜 이런 식으로 보냈을까? 누가 편집을 했던 것일까? 분명 PD도 무대연출까지 바꿨을 정도로 무풍지대를 마음에 들어 했는데, 도대체 누가? 왜? 무엇 때문에?

끊임없이 머리를 굴렸다. 계속해서 생각했다.

-딜 하자는 거야? 그래서 지금 나보고 신인 애들을….

다행은 PD가 언성을 높여가며 라이언을 향해 말하던 장면이 떠올랐다.

딜? 무슨 딜을 말하는 걸까? 여러 가지 가능성을 열어두었지만, 그중 계속해서 다행의 마음에 걸리는 것은 라이언과 PD가 했던 그 의미심장한 이야기들이었다.

-그건 라이언이 개입할 일이 아니잖아?

PD가 말했던 개입이라는 건 뭐였을까? 다행은 머릿속에 떠오르는 장면들을 애써 모른 척하고 싶었다. 라이언은 절대 그럴 사람이 아니었다. 아니, 그렇게 믿고 싶었다. 지금 떠오르는 '그랬다' 혹은 '그럴 것이다'라는 정확하지 않은 사실을….

다행의 머릿속에는 계속해서 불길한 장면들이 파노라마처럼 흘러가고 있었다. 어느새 TV 화면은 엔딩 컷으로, 무대가 끝나고 있었다.

"이게 아니잖아! 이게 뭐야? 이게 뭐냐고! 추리닝?"

상현이 비명을 질렀다. 저승사자라도 만난사람처럼 시퍼렇게 변해 있었다. 폭발할 대로 폭발한 그는 다행을 물고 늘어졌다.

"니가 책임질 수 있다며!"

실수를 연발하는 상현에게 포커스가 맞춰져 있었다. 결국 무풍지대는 그동안 실패한 그리고 앞으로 실패할 숱한 그룹 중 하나가 되고 말았다. 거기에 정혁의 모습은 고의적으로 삭제되어 있었다.

"편집, 편집이 왜…."

다행은 뭐에 쓰인 사람처럼 '편집'이란 단어를 중얼거렸다. 가뜩이나 폼생폼사 인생이었던 상현은 비명을 지르다 못해 악을 쓰며 다행의 멱살을 잡았다.

"야! 너, 나 엿 먹이는 거지, 어? 저거 보라고! 지금 내가 연습 제대로 안 했다고 실수한 거만 계속해서 나오잖아!"

"아니야, 이게 아니야…."

태영이 상현을 재빨리 저지했다. 그러나 상현은 틀어잡은 다행의 멱살을 쉽게 놔주지 않았다.

"최상현, 너 지금 뭐하는 거야? 다행 씨가 저렇게 만든 게 아니잖아!"

"야, 이거 봐! 추리닝 저 계집애가 나 대놓고 먹이는 거야. 그렇지 않곤 저따위로 방송이 나갈 수 없잖아! 잘 생각해보라고! 데뷔 2주 전에 어디서 툭 튀어나와서는 데뷔하는 날까지 사람을 쪼아댈 때부터 알아봐야 했어! 쟤가 여기 온 이후로 숙소가 조용했던 적이 있냐? 어? 쟤 혹시 어디 라이벌 기획사 같은 데서 보낸 첩자 아냐?"

봇물 터지듯 사정없이 다행을 몰아붙이는 상현이었다. 태영은 있는 힘껏 그를 말리려 했으나 쉽지 않았다. 보다 못한 해욱이 그의 어깨를 잡았다.

"와, 진짜 내가 연습 좀 빠졌다고 이런 식으로 사람 뒤통수를 쳐?"

상현은 오로지 자신의 실수가 연달아 나온 것 때문에 과도하게 홍분했다. 그리고 그 불만의 모든 화살은 당연히 다행을 향했다. 다행은 당연하게 믿었던 일들이 전부 어그러지자 현기증이 났다.

그러고 보니 D-solve 때 리허설을 제외하고도 녹화를 몇 번이나 다시하고 또 했다. 그렇게 하고도 멤버들 간 합이 안 맞는 부분을 전부 걷어내어 편집했다. 당시 팬 입장에선 저렇게 공들여서 해준 스텝과 PD에게 삼보일배라도 하고 싶은 심정이었다.

같은 신인인데도 불구하고 무풍지대에게 한 짓은 너무했다. PD가 악의적으로 방송에 내보냈다는 게 노골적으로 보였으니까.

'D-solve는 K 엔터 출신이었기 때문에 그런 혜택을 줬던 걸까?'

다행은 라이언과 PD의 대화를 떨쳐내기 위해 어떻게든 합리화해야만 했다.

"그만해, 그만하라고! 최상현, 니가 똑바로 했으면 이런 일이 없었을 거 아니야!"

정혁은 다행의 멱살을 잡은 상현의 손을 차갑게 밀쳐내며 입을 열었다. 다행은 여전히 TV 화면에서 눈을 떼지 못했다.

상현은 더 이상 다행에게 화를 낼 수 없었다. 정혁의 눈빛에서 이 이상 더 분란을 일으켰다가는 위험할 거라는 신호를 보았기 때문이다.

"쳇!"

상현은 소파 위에 털썩 주저앉았다. 매 순간이 폭풍이었다.

"내가 다시 한 번 알아볼게. 확실히 뭔가 잘못된 거 같아."

다행이 떨리는 목소리를 가다듬으며 정혁의 팔을 잡았다. 하지만 정혁은 그곳에 있는 어떤 사람과도 말을 섞기 싫다는 듯 나가버렸다. 다행도, 멤버들도 차마 그를 붙잡지 못하고 뒷모습만 바라볼 뿐이었다.

"도대체 왜 저러는 거야?"

상현은 정혁이 사라지고 나자 다시 짜증을 냈다. 하지만 그의 말에 공감하거나 이해해주는 사람은 아무도 없었다.

"다시 벙커로 들어갈까?"

태영이 한숨을 쉬며 머리를 감싸 안았다.

"벙커엔 안 들어 갈 거 같아. 그냥, 느낌이 그래."

그동안 입을 꾹 닫고 있던 해욱이 태영을 보며 낮게 읊조렸다. 모두가 패배감에 휩싸여 있었다. 거실의 분위기는 한없이 무겁고 또 무거웠다.

다행은 괜히 자신의 잘못 같아서 마음이 무거웠다.

'프로그램 퀄리티를 생각해서라도 저런 식으로 편집을 해서는 안 될 텐데 왜 그랬지? 베스트 뮤직 25라면 음악방송 중에서도 꽤 괜찮은 프로그램인데 어째서?'

D-solve 팬 정보망이라도 이용해서 알아보고 싶은 심정이었다. 하지만 D-solve의 일과 관련 없는 걸 알기 위해 정보망을 이용했다간 이중간첩으로 몰릴 가능성이 높았다.

"하아, 미치겠네…."

다행이 엎어지듯 고개를 숙이며 한숨을 내쉬었다.

따르릉! 따르릉! 따르르릉!

갑자기 다행의 휴대폰이 무섭게 울렸다. 다 죽어가는 얼굴로 주머니에서 휴대폰을 꺼내들었다. 화면에 뜬 번호를 확인하자마자 그녀의 얼굴이 굳어졌다.

이지이지 대출 사장이었다.

제 5화
사랑과 전쟁

"하…."

지하 연습실로 내려온 정혁은 벽 한쪽에 몸을 기대고 눈을 감았다. 이대로 끝인가 싶었다. 뭐 어차피 크게, 아주 크게 기대를 하진 않았지만 그래도 이런 식으로 끝나는 건 예상범위에 없었다. 허탈감에 온몸이 짓눌리는 것 같았다.

"하하, 진짜 웃기지도 않네…."

지난 2주간의 일들이 꿈 같았다.

3년 전, 라이언에 대해 투지를 불어넣게 만든 여자 그리고 다시 볼 거라곤 상상도 못했던 그 여자를 3년 만에 만나게 된 과정. 그 여자 말에 반쯤은 속아 무작정 믿고 맡겨버린 일. 뭔가 그 여자라면 이 엉망진창의 그룹을 어떻게든 바꿔줄 수 있을 거란 믿음. 인생 처음으로 가본 경찰서. 그리고 벙커에서 나눴던 대화. 그리고 마지막으로 무대 위를 바라보던 그 눈빛….

그래, 무대 위에 서 있던 자신을 홀린 듯이 바라보던 그 추리닝의 눈빛을 잊을 수가 없었다.

"걔 뭐냐? 진짜…."

머쓱해진 나머지, 정혁은 아무도 없는 연습실에서 혼자 멋쩍어서 헛기침을 했다. 하지만 처참한 방송 상태는 그 역시도 어쩔 도리가 없었다.

"이 잘난 얼굴을 어째 한 번도 안 보여주냐, 참나…."

상현의 실수만 집중적으로 나온 건 정말 기가 막혔다. 구해라 대표가 '베스트 뮤직 25'에서 데뷔하는 건 탄탄한 앞길이 열리는 거라고 그렇게 자신만만하게 이야기했는데….

"웃기지도 않아. 도망간 녀석의 말을 믿는 게 아니었는데…."

TV에선 망쳐버린 무대였으나 녹화 당일에는 그래도 나름 괜찮은 무대라고 생각했다. 추리닝, 그 계집애의 초롱초롱한 눈빛을 봤을 때 확신이 섰다.

또 의기소침해 있겠지. 모든 게 자기 탓이라고 하면서. 그 와중에 성질을 부릴 대로 부리며 내려온 자신이 한심했다. 괜찮아, 그럴 수도 있지. 다음에 더 잘해보자. 그런 말 한마디라도 해줄 걸…. 생각할수록 미안했다. 화를 컨트롤 하지 못하는 스스로가 한심했다.

"나름대로 애 많이 썼을 텐데…."

최상현, 그 자식을 생각하면 화가 치솟았다. 그래도 그 녀석 때문에 고생한 다행에게 매몰차게 군 자신이 부끄러웠다. 좀 더 잘해주고 싶었다.

무대 아래서 자신을 바라보던 그 눈빛을 몇 번이고 더 보고 싶었다.

그래, 다행의 그 눈빛 때문에 상현이 실수한 것만큼 더 움직이고 더 격렬하게 췄다. 그 눈빛에, 기대에 부응하고 싶어서….

자리에서 일어나 엉덩이를 털고 위층으로 올라갔다. 거실에서 여전히 지들끼리 아옹다옹 싸우고 있지나 않을까 하는 마음으로. 그런데 어떻게 된 일인지 태영만 소파에 앉아 멍하니 TV를 보고 있었다.

"왜 너만 있어? 다 어디 갔어?"

또 벙커에 처박힐 것으로 생각했던 정혁이 다시 나타나자 태영이 살짝 놀란 얼굴로 그를 쳐다봤다.

"최상현 이 새끼는 반성할 생각은 안 하고 또 어딜 갔어?"

태영은 어깨를 한 번 들썩이며 자신도 모르겠다는 눈빛을 보냈다. 그때 찻잔을 들고 거실로 들어오던 해욱이 자신의 예상이 맞았다는 듯 평온한 얼굴로 정혁을 향해 말을 걸었다.

"뭐 마실래?"

정혁은 대답하지 않았다. 왜 다행에 대한 얘기가 없는지 궁금했다. 상현이 그러든 말든 무풍지대의 첫 무대가 엉망이 된 이상, 더 부딪히고 싶은 생각은 사라졌다.

그는 다행의 흔적을 눈으로 빠르게 훑었다.

"어디 갔어?"

"상현이? 짜증내면서 방에 올라갔지."

"아니, 걔 말고."

정혁이 알고 싶어 하는 사람이 다행이라는 것을 알자 해욱은 미간을 찌푸리며 대답했다.

"아저씨한테 연락이 와서, 호출 받고 갔어."

"뭐?"

정혁이 정색했다.

"왜?"

태영의 태연한 대답에 정혁은 머리를 쓸어 올리며 깊이 숨을 들이쉬었다. 이윽고 터지는 짜증을 예고라도 하듯 말이다.

"누구든 따라가든가! 그게 아니면 나한테 알렸어야지!"

"왜 그렇게 과민반응이야?"

정혁은 답답한 나머지 크게 한숨을 쉬었다.

"생각해봐! 우리야 실패하든 성공하든 사채를 빌린 적이 없으니 상관이 없지만. 걘 채무자잖아! 그것도 우리를 제대로 서포트하라는 조건부로!"

태영은 정혁의 반응에 당황해하며 눈을 깜빡였다.

"알았어. 알았다고! 일단 진정 좀 해… 우리…."

"지금 진정이 되냐, 어? 진짜 미치겠네. 정말! 걘… 이번이 진짜 마지막일 수 있다고!"

정혁은 화를 내며 차 키를 집어 들고 뛰쳐나갔다. 거실에 있던 태영과 해욱은 황당하다는 얼굴로 서로를 바라봤다.

***

"편집이 잘 안 됐다고?"

"그런 것 같아요. 분명히 FD랑 얘기 제대로 했고, 또 베스트뮤직 25라는 프로그램이 그렇게 엉성한 프로그램이 아니거든요. MM뮤직 채널이 개국한 이후로 큰 타격 없이 계속했던 방송인데…. 퀄리티가 있는 방송에서 그렇게 말도 안 되게…."

사장실에 앉은 다행이 인상을 찌푸렸다.

-그건 라이언이 개입할 일이 아니잖아?

잊으려고 해도 자꾸만 그 장면이 반복됐다. 다행은 얕게 한숨을 내뱉으며 사장을 쳐다봤다.

사채회사로 불려갔을 때, 또 무슨 일을 요구할지 눈앞이 캄캄했다.

데뷔무대가 엉망이 되었으니, 매니저로서의 역할도 꽝이라는 게 입증된 거다. 그러니 매니저는 집어치우고 돈이나 갚으라고 독촉하겠지. 그런 생각에 사장이 보낸 차를 타고 오는 동안에도 잔뜩 긴장해 있었다. 두 손은 땀으로 축축 젖어 있었다. 장기매매라든가 섬으로 팔려갈 생각도 해봤다.

그런데 정작 사무실에 오자마자 사장은 돈에 대한 독촉보다 정혁의 현재 상태와 데뷔 무대의 실패 요인과 같은 질문만 던졌다.

"혹시 돈을 찔러주지 않아서… 뭐 그런 건 아니야?"

"음…."

베스트 뮤직 25 PD의 성향을 정확히 모르니, 그것도 이유가 될 수 있다는 생각이 들었다. 하지만 겨우 그런 PD였다면, 프로그램이 그렇게 오랫동안 가지 못했을 것이다. 돈에 연연하기 보단 프로그램 퀄리티에 목숨을 거는 쪽에 더 가까웠다. 실력 있는 신인이라면 잘 찍어주기로 소문이 나기도 했고….

"그건 아닌 거 같아요."

"그럼 왜? 네 말대로 그렇게 프로의식이 있는 사람이라면 못하는 건 적당히 자르고 잘하는 걸 포장해서 보냈어야지!"

사장은 다행과의 스무고개가 짜증난다는 듯 책상을 크게 후려쳤다.

"저도 그게 이상해요. 분명 돈은 아니고… 또, 녹화 초반에 PD 반응도 나쁘지 않았거든요. 그런데…."

"그럼 도대체 왜?"

"제가 짚이는 게 있긴 한데, 아직 확실하지가 않아서… 확실해지면 꼭 말씀드릴게요!"

"음…. 믿을 만하긴 한 거야?"

"꼭 증거나 근거를 찾아…."

단호하게 대답하긴 어려웠다. 하지만 다행 스스로도 이렇게 넘어갈 순 없었다. 자신의 촉을 믿기로 했다. 뭔가 의심의 기미가 완전히 가시지 않는 상황에서는 그게 D-solve가 됐든 라이언이 됐든 누가 됐든 확실히 알아볼 필요가 있었다.

그렇게 생각하니 그날 대기실에서 있었던 작은 마찰도 함께 떠올랐다.

"그건 그렇고…."

쾅!

갑자기 사장실 문이 부서질 듯 열렸다.

"아저씨!"

정혁이었다. 얼마나 정신없이 달려온 건지, 온몸이 땀으로 흠뻑 젖어 있었다. 하얀 셔츠 뒷부분이 등에 찰싹 붙어 있었다.

"아이고, 깜짝아! 너는, 이 자식아…. 아무리 내가 편한 사람이라도 그렇지, 여기 사장실이야! 노크도 할 줄 모르냐, 어?"

사장은 예상치도 못한 정혁의 방문에 굉장히 놀란 것 같았다. 그가 앉아 있던 의자가 뒤로 몇 바퀴나 굴러가 있었으니 말이다.

"아저씨, 얜 아무 잘못 없어요! 아저씨 일단 내 말부터 좀 들어줘요!"

정혁이 다행을 자신의 등 뒤로 숨겼다. 마치 소중한 것을 빼앗기지 않으려는 것처럼….

사장실에 갑자기 들이닥친 정혁이 무조건 하지마라, 안 된다, 이러고 있으니 이지이지 사장은 황당했다. 다행 역시 데뷔 무대가 엉망이 된 사정에 대해 대화를 나누다가 갑자기 튀어 들어온 정혁을 어이없이 바라보았다.

그러거나 말거나, 정혁은 그 사이에 사장이 다행에게 무슨 해코지라도 하진 않았는지 살폈다. 다행스럽게도 사장이 그녀에게 협박이나 어떤 위해를 가하진 않은 것 같았다.

"너 뭔 소리를 하는 거냐?"

기가 막힌다는 표정으로 정혁을 쳐다본 사장은 이해할 수 없다는 눈빛으로 노려봤다. 무슨 급한 일이 있다는 건지, 온몸이 땀으로 범벅되어 기척도 없이 사장실에 뛰어 들어왔다. 기가 막힐 노릇이었다.

"잘못? 무슨 잘못? 이 아가씨가 무슨 잘못이 있는데?"

"아, 그러니까 그게…."

숨을 고르기 위해 정혁은 잠시 허리를 숙이고 무르팍을 짚었다. 얼마나 급하게 뛰어왔는지 숨소리가 거칠었다. 다시 허리를 편 정혁은 등 뒤에 다행이 잘 있는지 몇 번이나 손을 뒤로 넘겨 그녀의 어깨를 짚었다.

"그, 베스트 뮤직 25 PD가…."

"PD가 뭐 어쨌다고?"

사장은 정혁이 어차피 말도 안 되는 소리나 늘어놓을 것을 알았다. 이미 그가 오기 전에 다행을 통해 대충 그날의 상황이나 분위기를 모두 파악한 상태였기 때문이다.

"그러니까, 그 PD가…."

말을 꺼내긴 했으나 뭐라고 얼버무려야 할지 몰라 정혁은 위아래로 눈알을 굴렸다. 어쨌든 이 순간을 모면해, 다행을 여기서 꺼내야 한다는 생각뿐이었다.

그녀를 처음 만났던 날, 사장이 위협하듯 말했던 장면들이 모두 떠올랐다.

처음엔 뻔뻔하고 어이없는 여자였다. 하지만 지금은 아니다. 지금은 그 누구보다 필요한 존재가 됐다. 아니, 단순히 필요한 걸 넘어 마음을 차지해버린 사람이었다. 그랬기에 정혁은 사장실로 뛰어오는 내내 간절히 빌었다. 제발 자신이 도착하기 전에 무슨 일이 일어나지 않길, 그렇게 빌고 또 빌었다.

"야, 이 녀석아! 우물쭈물하지 말고 그냥 똑바로 말해!"

사장은 차마 말을 잇지 못하고 눈알만 굴리는 정혁을 한심하게 쳐다보았다.

정혁에게 친근한 아저씨이기도 했으나 그래도 나름 회사 사장이었다. 예의도 없이 벌컥 들어온 정혁의 행동은 과한 것이었다.

"앞으로 한 번만 더 노크 없이 들어오면, 당장 사람 시켜서 빌딩 밖으로 쫓아낼 거다! 날 만나려고 한 달 전에 예약해야 하는 사람도 있다고!"

사장은 정혁을 향해 고래고래 소리를 지르다가 가까스로 화를 눌렀다. 그리고는 다시 침착하게 다행에게 말했다.

"그래서, 아가씨는 언제까지 그 증거를 찾아올 수 있을 것 같아?"

"증거? 무슨 증거?"

정혁은 등 뒤에 숨겨놨던 다행 쪽으로 몸을 돌려 물었다. 다행은 팬한 소리가 정혁의 귀에 들어간 건 아닌가 싶은 생각이 들었다. 하지만 사장의 묻는 말에 딴청을 할 수도 없었다. 정혁의 질문은 애써 모른 척하며 고개를 쭉 내밀어 말했다.

"최대한, 최대한 빨리 찾아볼게요!"

"최대한 빨리라는 게 언제까지인지 대충이라도 말해야지, 우리같이 돈 거래하는 사람들한테는 시간이 곧 돈이고, 신뢰고, 생명이야."

"아…"

다행은 발아래로 고개를 떨어뜨렸다. 자신이 없었다. 당장 라이언이 그런 사람이라고 믿고 싶지도 않을 뿐더러 라이언과 PD의 대화역시 자신의 추측에 불과하지 또렷한 증거도 없었으니까…

"내가 처음부터 말은 안 꺼냈지만… 알고 있지? 팀을 무사히 잘데뷔시켜 성공 궤도에 올리는 것! 아가씨한테 당장 빚을 요구하는 대신 이 일을 시킨 거야. 그런데 지금 이게 뭐야? 성공적인 데뷔는커녕, 눈뜨고 못 봐줄 지경인데."

정혁이 다시 끼어들려 했다. 사장이라 하지만, 자신의 대부이기도 하지만, 다행에게 협박하듯 말하는 걸 듣고 싶지 않았다.

"아저씨!"

"이 자식아, 또 왜? 내가 말 끊는 거 싫어하는 거 모르냐?"

"그게 아니라, 얜 잘못 없어요. 그렇게 알아두시라고요!"

정혁은 잔뜩 움츠린 다행의 어깨를 살짝 토닥였다.

이유도 제대로 대지 못하는 정혁이 계속해서 '잘못이 없다'는 소리만 반복하니, 사장 입장에서는 저 녀석이 뭐 잘못 먹었나 싶은 생각이 들었다.

"아까부터 계속 무슨 소리를 하는 거야? 어? 도대체 잘못이 뭔데?

그럼 누가 잘못을 한 건데?"

"최상현! 상현이 그 녀석 말이에요. 녀석이 제대로 연습만 했으면… 그렇게 엉망으로 방송 타진 않았을 거고…."

정혁은 기다렸다는 듯 대답했다. 그러자 사장은 머리를 짚으며 고개를 흔들었다.

"야, 상현이 그 자식이 이러니저러니 해도 기획사 차리고 숙소잡고 하는데 돈 제일 많이 내놓으신 분이 상현이 부모님이란 걸 모르냐? 그… 아이돌 하겠다고 아들이 난리칠 때 제일 너그럽게 돈을 내놓으신 분이라고!"

"그 돈! 그건 상현이 말고 우리도 다 할 수 있어요."

"그래, 할 수 있겠지! 니가 아니라 너희 할아버지가. 그리고 태영이 아니라 태영이 집이. 해욱이가 아니라 해욱이 부모님이! 니들이 할 수 있어? 세상물정도 모르는 도련님들이 뭘 안다고 까불어!"

"아저씨!"

"너 하는 일에 눈에 불을 켜고 반대하는 너희 할아버지보단… 상현이가 하자는 대로 다 들어주는 개 부모님을 생각해서 하는 말이라고!"

'할아버지'라는 말이 반복해 나오자 정혁의 얼굴은 딱딱하게 굳어졌다. 어쩌면 사장은 그걸 의도했는지도 모른다. 말도 안 되는 소리를 늘어놓는 정혁의 입을 닫게 하는 데는 '할아버지'가 최고라는 걸.

"그래, 좋아. 나도 말이 나와서 하는 건데… 너 경찰서는 왜 갔냐?"

경찰서라는 말에 다행도, 정혁도 꿀 먹은 벙어리가 되었다. 자동으로 둘은 사장의 눈을 피하게 되었다. 사장은 그 속사정을 아는지 모르는지 입꼬리를 말아 올리며 웃었다.

"경찰서는… 왜 갔을까? 응? 새벽에 연락받고는 태영이 녀석한테 무슨 일이냐고 캐물어도 말을 안 하던데?"

사장은 각을 잡고 앉았다. 이건 반드시 짚고 넘어가겠다는 듯, 매서운 눈빛으로 그를 쳐다봤다.

"도대체 중 고등학교 때도 안하던 짓을 왜…. 그리고 니가 아무리 멋대로 하고 싶어도 의원… 아, 아니 할아버지 이름에 먹칠할까 봐 경찰서 가는 짓은 죽어도 안 한다고 약속하지 않았어?"

정혁은 아무 말도 하지 못했다. 할아버지에 대해 언급할 때부터 말수가 점점 줄어들더니 경찰서 이야기에선 아예 다른 곳으로 시선을 돌렸다. 자신이 경찰서에 간 건 상관없었다. 그게 김다행 때문이라는 것도 이젠 아무렇지 않았다. 그가 진짜 걱정하는 건 그 말에 엮여 다행의 숙소탈출 사건이 언급되는 것이었다.

"왜 대답을 못하는 거냐? 응? 내가 너희 할아버지 귀에 안 들어가게 하려고 얼마나 애썼는지 알아? 그런데 지금 나한테 이렇게 달려들어?"

날을 잡았다는 듯, 사장이 거침없이 정혁을 몰아쳤다. 그럴수록 정혁은 더더욱 입을 꾹 닫았다. 보다 못한 다행이 자수를 해야겠다고 결심하자 갑자기 정혁이 다행의 입을 막았다.

"저, 사장님! 그게 아니라…. 으읍! 야, 으읍!"

다행이 숨이 막혀 버둥거릴수록 정혁은 더 단단히 다행의 입을 틀어막았다.

"네, 그때 애들하고 연습하는데 트러블이 좀 있어서… 술 먹고 소리 좀 질렀어요."

정혁이 능청스럽게 거짓말을 했다. 얼굴이 화끈 달아올랐지만 다행의 잘못이 드러나면 사장이 가만두지 않을 게 뻔했다. 어차피 이렇게 된 거 다행에게 털끝 하나라도 책임을 돌리지 않겠다고 결심했다.

"그래? 그런데 강남에 있는 애들이 왜 강북까지 올라갔을까?"

"그건….."

연이은 추궁에 정혁도 차마 뭐라고 둘러댈지 몰라 눈알을 굴렸다. 그때 다행이 입을 열었다. 사장의 집요한 질문에 정혁이 더 난감해지는 걸 차마 볼 수가 없었기 때문이었다.

"반드시, 반드시… 증거 찾아올게요. 한 달만 시간을 주세요. 어떻게든 찾아볼게요. 못 찾더라도 누가 이런 식으로 편집을 유도했는지, 아니면 왜 이렇게 방송을 내보내게 했는지 알아낼게요."

증거와 편집이라는 말에 정혁은 무슨 말이냐는 표정으로 다행을 쳐다봤다. 다행은 앞으로 정혁에게 이 모든 것을 설명해야만 한다는 생각에 골치가 아팠다. 하지만 이쯤에서 이야기를 끝내려면 어쩔 수 없었다.

사장은 작게 고개를 끄덕이더니 다시 눈을 빛내며 그녀를 쳐다보았다.

"그리고 또, 또 해야 할 일이 있을 텐데?"

"네, 네, 데뷔 무대는 망쳤지만 애들 연습 다시 시키고 어떻게든 다음 무대가 잡힐 때까지 완성된 모습으로 만들어놓겠습니다. 해볼게요, 꼭!"

다행은 가슴이 답답해져왔다. 상현과 다시 부딪칠 생각, 정혁에게 이 모든 사정을 찬찬히 설명해야 할 생각 그리고 속을 알 수 없는 해욱의 속내를 알아봐야 할 일 등등…. 하지만 이 일을 하지 않으면 당장 돈을 갚기 위해 공사판 알바라도 알아봐야 할 지경이었다.

사장은 다행의 대답이 만족스러운지 턱을 쓰다듬으며 고개를 끄덕였다.

"한 번은 그럴 수 있다고 본다. 뭐 아가씨도 이런 일은 처음 해봤을 테니까 한 번은 봐줄게. 하지만 다음은… 없어. 다음은 아가씨 아빠를 찾아내거나 아님 돈을 갚을 수밖에."

***

지하주차장으로 내려온 다행은 정혁의 등을 멍하니 쳐다봤다. 사장실의 빵빵한 에어컨 덕에 땀으로 절은 셔츠는 좀 나아지긴 했지만 여전히 군데군데 젖어 있었다. 얼마나 정신없이 사장실로 달려왔는지 알 것 같았다.

"뭐 땜에 그렇게 달려온 거야?"

다행이 가볍게 등을 툭, 건드리자 정혁이 화들짝 놀라 돌아봤다.

"야아! 깜짝 놀랐잖아."

"왜? 뭐 때문에 이렇게 땀으로 샤워를 했냐고 물었잖아."

"아휴, 됐다. 니가 뭘 알겠냐?"

정혁은 다시 몸을 돌려 저벅저벅 무심하게 걸어갔다. 그러자 다행은 그에게 괜히 장난을 치고 싶었다. 사장실에서 자신을 감싸준 게 고맙기도 했다. 정혁에게 달려들 듯 다행은 그의 허리를 잡고 얼굴을 쑥 내밀었다. 괜히 배시시 웃어 보였다.

"혹시 나 걱정돼서 온 거야? 히히…"

"비켜!"

정혁은 갑자기 얼굴이 시뻘겋게 변했다. 옆으로 고개를 획 돌렸다. 다행의 눈을 보면 가슴이 터질 것만 같았다. 어색한 나머지 그녀의 어깨를 잡고 옆으로 냅다 밀어버렸다. 다행은 갑자기 어색하게 구는 정혁을 보고 당황했다.

"야! 왜 사람을 밀치고 그래?"

다행은 괜히 성난 척 소리를 빽 질렀지만, 그는 여전히 못들은 척 앞만 보고 걸었다. 그녀도 더는 장난할 마음이 없어져 바닥만 내려보며 따라갔다.

그런데 갑자기 앞서 걷던 정혁이 몸을 휙 돌리더니 다행에게 저돌적으로 걸어왔다. 땅만 바라보던 다행은 갑작스런 기척에 고개를 들었다. 다행이 고개를 들기 무섭게 정혁이 그녀를 끌어안았다. 아프지 않게, 사장실에서 그랬던 것처럼 소중한 것을 대하듯이….

다행의 시야엔 정혁의 가슴팍 말고는 아무것도 들어오지 않았다.

"야, 너 왜 이래? 어디 아파?"

땀이 식어 몸이 차가울 법도 한데 정혁의 몸은 여전히 감기몸살에 시달리는 사람처럼 후끈거렸다. 그는 식지 않은 몸으로 그녀를 안았다. 이상하게 오한이 든 사람처럼 떨렸다. 온몸에서 전율이 느껴졌다. 품속에 있는 다행의 작은 몸이 더 작고 가녀리게 느껴졌다. 여기서 조금만 힘을 줘도 바스라질 것 같은 어깨를 가졌는데….

이 작은 어깨로 데뷔 무대까지 끌고 온 걸 보면 깡 하나는 정말 알아줘야 했다. 자기 앞가림 하나 안 되면서 말이다. 이 멍청한 여자, 눈앞에서 사라지면 불안해서 한참을 걱정하게끔 만드는 여자. 벼랑 끝에 서 있는 주제에 저보다는 몇 십 배나 건강한 놈의 건강을 챙기는 바보 같은 여자, 그래서….

"야, 야!"

다행이 그를 살짝 밀어내며 올려다봤다. 정말 어디 아픈 건 아닌지 걱정됐다.

"추리닝…."

차정혁은 그녀의 얼굴을 두 눈에 빠짐없이 담은 채 다정하게 쳐다보았다.

"왜, 왜 그러는데? 너 진짜 어디 아픈 거 아니야?"

정혁의 눈빛에 민망해진 다행은 곁눈질로 그를 쳐다봤다. 그리곤 아예 쳐다보는 그 얼굴 너머로 시선을 돌렸다. 그러다가 그의 머리칼로 다시 눈을 돌렸을 때, 바짝 깎은 그의 짧은 옆머리가 땀으로 촉촉하게 젖어 있는 걸 발견했다.

'아직도 땀이 나는 거야?'

민망한 겨를도 없이 다행은 손을 올려 촉촉하게 눌어붙은 정혁의 옆머리를 쓰다듬었다. 그러자 정혁은 그녀의 손 위에 자신의 손을 덮어 끌어내렸다.

"차로 다니는 거면 좀 여유 있게 다니면 되잖아. 뭐가 급해서 이렇게 땀범벅이냐?"

다행의 말이 끝나기도 전에 정혁은 다시 그녀를 사정없이 끌어안았다. 누군가 장난처럼 불렀던 가사마냥 '그녀의 갈비뼈가 으스러질 정도'로 말이다. 다행은 여전히 그의 행동을 이해할 수 없었지만, 왠지 그래야 할 것 같아서 그의 등을 가만히 토닥였다.

"왜? 내가 진짜 사장한테 혼날까 봐 걱정된 거야? 의리 있는 자식, 하하! 그래도 얘가 꽤 의리는 있네? 웅?"

정혁은 그런 다행에게 볼멘소리를 했다. 여전히 그 품에서 그녀를 놓지는 않은 채.

"모르면 그냥 가만히 있어라, 어?"

"모르긴 뭘 몰라! 걱정돼서 그런 거 맞지? 밀당하지 마. 그냥 누나가 걱정돼서 빨리 왔어요, 하면 되는 거야."

다행이 말을 덧붙일수록 정혁은 팔에 더 힘을 줬다. 그녀가 둘러 대는 이야기를 부정이라도 하듯이.

정혁의 늦은 첫사랑이 이제 막 시작되고 있었다.

***

삑삑

이지이지 건물 주차장에 주차를 마친 태영은 괜히 짜증이 났다. 가타부타 말없이 뛰쳐나간 정혁을 찾으러 여기까지 와야 했으니⋯. 아무튼 성가시게 만드는 데 일인자였다.

"아저씨가 김다행을 도대체 어떻게 한다고 이 난리야?"

태영은 한숨을 푹 내쉬며 차 키를 챙겨들었다. 정혁이 지프를 몰 고 가는 바람에 평소에 잘 타지 않던 제 차를 가지고 나와야 했다. 키를 찾는 데만 꽤나 시간이 걸렸다. 지금 올라가면 사무실에 얌전 히 앉은 둘을 발견할 것이라는 계산이 대충 나오자, 지끈거리는 머 리가 좀 맑아지는 것 같았다. 그는 빠르게 발을 움직였다.

"어⋯?"

지하 엘리베이터에 도착하려던 순간, 태영은 낯익은 인물 둘이 끌 어안고 있는 모습을 목격하고 말았다.

"저게⋯ 누구야?"

우뚝 솟아 있는 장신의 남자는 바로 정혁이었다. 잘못한 게 없음 에도 불구하고 태영은 재빨리 근처 기둥 뒤로 숨었다. 스스로 생각 해도 어이가 없었다. 내가 왜 숨어야 되냐고!

여자와는 백만 광년이나 떨어진 정혁이 누군가를 안고 있다는 사실 자체가 충격적이었다. 그렇다 보니 자연스럽게 숨어 그 모습을 탐색하듯 쳐다볼 수밖에 없었다.

누군가를 한참 동안 끌어안던 정혁은 천천히 품에 있던 사람을 놓아주었다. 태영은 정혁이 품고 있던 사람이 누군지 알기 위해 실눈을 떴다. 자세히 보기 위해 기꺼이 기둥 옆으로 목을 쭉 뺐다.

"뭐야? 왜 저게…."

태영은 정혁의 품안에 있던 사람이 다행이라는 걸 알자, 반사적으로 탄식이 나왔다. 그러다가 들킬까 봐 급하게 입을 틀어막았다.

"뭐야! 왜? 어째서?"

태영은 자신이 보고 있는 광경을 믿을 수 없었다. 정혁의 품안에서 나온 다행이 아무렇지 않게 웃고 있는 모습은 더 믿을 수가 없었다.

'나도 모르는 사이에 언제 저 둘이….'

이미 사귀고 있는 사이였던가? 눈을 비비고 다시 그들을 봤다. 언제부터 저런 사이였지? 정혁의 행동에 그녀가 소스라치게 놀라지 않는 것이 신기할 따름이었다. 아니, 오히려 너무 자연스러워서 더 어이가 없었다.

"언제부터…?"

기둥 뒤로 몸을 숨기고 있던 태영은 그대로 주저앉아버렸다. 어쩐지 전부터 정혁이 다행을 향해 이유 없이 화내고 이유 없이 오버할 때부터 진작 눈치를 챘어야 했다.

"기가 막혀서…."

태영은 이 모든 상황이 섭섭했다. 아니, 솔직히 말하자면 배신감이 들었다. 다행과 정혁 둘 모두에게.

"뻔뻔한 거 봐!"

멤버간의 균형자 역할을 자처했던 태영이었다. 아니, 멤버들 역시도 태영에게 그런 역할을 기대했다. 제멋대로인 성격을 조율해줄 수 있는 사람이 필요했기 때문에, 태영은 다른 녀석들의 비밀을 대부분 알고 있었다. 모든 트러블의 완충지역은 태영이었다.

처음엔 성가셨고, 자신의 역할이 그런 식으로 굳어질까 봐 피하기도 했다. 하지만 시간이 지날수록 그 역할이 나쁘지 않다고 생각했다. 멤버들이 자신에게 여러모로 의지하는 데서 묘한 우월감을 가졌다. 외부적으론 정혁이 리더지만, 실질적으로 중심은 결국 자신이라는 점이 이런 역할을 자처하는 이유였다.

하지만 몇 분 전, 눈앞의 장면을 보고 난 후 그런 믿음과 확신이 산산이 깨졌다. 누구보다 먼저 상황이나 비밀을 알고 있어야 한다는 태영의 우월감도 함께….

"하, 기가 막히네! 정말…."

태영은 사고회로가 정지된 것 같았다.

***

"정혁아, 너 태영이 못 만났어?"

숙소로 돌아온 정혁과 다행에게 해욱이 당황한 얼굴로 물었다. 둘은 무슨 소리인지 모르겠다는 표정이었다.

"걔가 왔었어?"

"니가 매니저 누나 불려갔다는 소리 듣고 엄청 화내며 나가고 난 후에…."

해욱은 곁눈질로 다행을 슬쩍 쳐다봤다. 나갈 때와 들어올 때, 둘 사이의 분위기가 묘했다. 그 모습이 괜히 탐탁지 않았다.

"글쎄, 못 봤는데? 배고픈데 밥이나 먹자!"

해욱의 말을 듣는 둥 마는 둥, 정혁은 밥 타령을 했다. 그리고는 좀 씻고 오겠다며 제 방으로 들어갔다.

해욱과 다행, 둘만 남은 거실은 어색한 공기로 가득 찼다. 다행은 괜히 어색해져 소파에 앉았다 일어나기를 반복했다. 해욱과 함께 하는 게 어색해 방으로 들어가려던 찰나였다. 그가 넌지시 한마디 던졌다.

"아저씨가 별말 없었나 봐요?"

"뭐… 별말이 있을 것도 없지 않나요?"

해욱은 잠시 눈을 내리 깔았다. 마음에 들지 않았다. 분명 이 정도 사태라면 이지이지 사장에게 엄청 깨지고 들어오든가, 뭔가 불행한 일이 일어나야 했다.

웃으며 들어오는 그녀의 낯짝이 짜증났다.

"데뷔 무대를 그렇게 만들었으면 매니전지 뭔지 그만두고 돈 값을 궁리나 할 텐데, 그쪽도 참 배짱 좋으네요."

싸늘한 말에 다행은 멍한 얼굴로 자리에 다시 앉았다. 해욱은 늘 그렇게 다행이 예상하지 못한 상태에서 치고 들어왔다.

"어…"

다행의 얼굴이 뻘겋게 달아오르자 해욱은 목적을 달성했다는 듯 여유로운 얼굴로 소파에서 일어났다.

-최대한 빨리라는 게 언제까지인지 대충이라도 말해야지. 우리 돈 거래하는 사람들에게는 시간이 곧 돈이고, 신뢰고, 생명이야.

-반드시… 증거 찾아올게요. 한 달 정도만 시간을 주세요. 어떻게

든 찾아볼게요. 못 찾더라도 누가 이런 식으로 편집을 유도했는지, 아니면 왜 그렇게 방송이 나간 건지 알아낼게요.

해욱의 비난에 다행은 이지이지사장과의 약속이 다시 떠올랐다. 한 달, 그 안에 어떻게 해서든 증거를 찾아내야 했다.

지하주차장에서 갑자기 자신을 끌어안던 정혁의 태도를 곱씹어 볼 시간도 없이, 다행은 해욱의 질타에 번뜩 정신을 차렸다.

***

그날 저녁, 상현도 없고 태영마저 돌아오지 않은 상태로 세 남녀 의 어색한 식사가 있었다.

"아저씨 회사에서… 태영이 진짜 못 봤어?"

해욱은 평소의 그답지 않게 말이 많아졌다. 셋이서 밥을 먹다 체 할 것만 같아서였다.

"봤음 같이 왔겠지."

답답한 해욱과 달리 정혁은 그저 담담하게 대답했다. 그러자 다행 이 은근히 눈을 돌려 숙소와 해욱의 분위기를 읽으려 애를 썼다. 다 들 제멋대로인 무풍지대 숙소에서 유일하게 에어백 역할을 하던 태 영이 사라졌으니 불안했다.

포커페이스를 유지하던 해욱은 정혁의 대답이 못마땅했다. 원래 남을 잘 챙기지도 다정히 대하지도 못하는 성격이긴 하지만 오늘따 라 그가 더 꼴불견으로 느껴졌다.

"근데 왜 아직 안 들어오지?"

"내가 그걸 어떻게 알아? 들어올 때 되면 오겠지."

"넌, 진짜!"

해욱은 참다못해 정혁이 먹으려던 찌개를 번쩍 들어 올렸다. 아무 생각 없이 밥을 먹던 정혁은 '지금 뭐하는 짓이냐'는 표정으로 해욱을 노려봤다.

"니가 그렇게 깽판치고 나간 후에 걱정돼서 나간 사람이 아직 안 들어왔어. 그런데 넌 아무렇지 않아?"

"그럼… 여기서 내가 뭘 어떻게 해줘야 하는데?"

그전까지 담담하게 말하던 정혁도 짜증을 났다.

"리더면 리더답게 제발 멤버들 신경 좀 쓰라고!"

해욱은 할 말이 다 끝났다는 듯 식탁에 찌개를 내려놓았다. 정혁은 자기 나름대로 굉장히 할 말이 많다는 표정이었다. 다행은 이 상황이 조마조마한 나머지 밥을 편히 먹을 수가 없었다.

"말 잘 꺼냈네."

"뭐?"

"말 잘 꺼냈다고. 그래, 리더답게 멤버 신경 좀 쓰라 그랬지?"

이왕 이렇게 된 거 다 쏟아놓겠다고 작정을 한 건지 정혁은 자세를 고쳐 앉았다.

"니들 한 번이라도 나를 리더라고 생각한 적이나 있어?"

"그게 무슨…."

"니들이 한 번이라도 팀에 대해 애정을 가져본 적이 있냐고."

"나는 그런 뜻으로…."

"그런데 연습을 그따위로 해? 그래서 데뷔 무대를 그따위로 하나고. 너희들이 무풍지대라는 팀에 진짜 애정이나 가져본 적 있으면서 그렇게 얘기하는 거야?"

해욱은 전혀 예상하지 못한 정혁의 반응에 당황했다.

"너랑 태영이는 상현이 새끼처럼 농땡이는 안 부렸다고 하지만… 그래도 애정이 없었어. 그냥 하는 느낌. 하, 그래. 내가 하자고 니들 부추겨서 시작하긴 했지만, 적어도 리더 자격 운운하려면 그렇게 해서는 안 되는 거 아니냐, 어?"

몰아치는 정혁의 말에 해욱은 꿀 먹은 벙어리가 되었다. 하지만 이어진 말에 그의 인상은 구겨진 종잇장처럼 변했다.

"니들이 무시하고 밖에서 굴러 들어온 돌이라고 하는 매니저…. 그래, 니들은 매니저만큼이라도 팀을 생각해본 적 있어? 쟨 심지어 멤버도 아니고 뭣도 아닌데. 적극적으로 움직여본 적 있냐고… 니들이."

다행조차도 못 들어줄 것 같았다. 어쩌다 화살이 이쪽으로 날아온 것인가. 아까 주차장에서부터 평소에 안 하던 짓을 한다 했더니, 기어이 하지 않아도 될 말까지 하고 말았다.

"정혁아, 그만…."

"어?"

정혁은 더 할 말이 있는 듯 했으나, 다행의 만류에 입을 다물었다.

해욱은 둘을 보며 한 번 더 미간을 찌푸렸다. 십 수 년 동안 쌓아온 우정에 금이 가고 있었다. 하지만 정혁은 거기서 끝내지 않았다. 안하무인에 눈치 꽝인 녀석의 행동에 결국 불똥이 엄한 곳에 튀고 말았던 것이다.

식탁을 물끄러미 보던 정혁은 다행이 집으려던 반찬이 해욱 근처에 있자, 접시를 다행 쪽으로 쭉 밀었다.

쨍그랑!

그 바람에 다른 찬그릇이 밀려 식탁 아래로 떨어졌다. 돌이킬 수 없는 강을 건너버린 듯, 해욱이 자리에서 벌떡 일어났다.

"알아서들 처먹고 치워."

"야, 그깟 반찬 좀 떨어졌다고 짜증이야?"

해욱이 정혁을 노려보았다. 순간 주방의 분위기가 오한을 느낄 정도로 싸늘해졌다.

"얘기 좀 하자, 차정혁."

여기서 흐름을 끊어야겠다고 결심한 다행이 자리에서 벌떡 일어나 그의 팔을 잡았다. 정혁은 못이기는 척 순순히 일어나 다행을 따라갔다.

그 순간 해욱은 눈이 휘둥그레졌다. 자신이 지금 본 게 현실인지 확인하려고 몇 번이나 눈을 깜빡거렸다.

천하의 고집쟁이 차정혁이, 누구라도 시비 붙으면 끝장을 보는 차정혁이, 김다행의 말을 순순히 듣고 따라가다니 믿을 수 없었다. 조금 전 다행의 언급 한 번에 씩씩거리던 성질을 죽이질 않나, 밥 먹다 말고 냅다 따라가질 않나⋯. 정혁이 아닌 것 같았다.

정혁은 숙소 밖으로 나가기 직전 다시 해욱을 돌아봤다. 하지만 해욱은 시선을 피했다. 저 녀석의 눈빛을 보고 나면 자신의 입에서 '둘이 무슨 관계야?'라는 물음이 나올 것만 같아서, 그리고 그 관계가 사실이 될 것만 같아서 두려웠다.

***

다행은 정혁을 데리고 정원으로 나와서 조심스럽게 입을 열었다.

"자꾸⋯ 애들하고 좀 싸우지 마."

잔소리 같은 이야기지만 꼭 해야만 했다. 데뷔 무대는 비록 실패했지만 팀을 다시 정비해서 또 스케줄을 잡아야 한다. 그러려면 더이상 팀워크를 깨는 행동도, 말도 자제할 필요가 있었다. 하지만 정혁은 뭔가 못마땅한 듯 고개를 돌렸다.

"데뷔 무대는 좀 그랬지만… 다음번부턴 제대로 할 거잖아. 그리고 니가 리더니까, 잘 다독이고 잘 이끌어야지…."

'그리고 나도 사장과 약속 좀 지키고….'

다행은 말을 마무리하면서 여전히 머릿속 한쪽에 맴도는 사장과의 약속을 되새겼다. 그러나 정혁은 오로지 다행 생각뿐이었다.

"애들이 너 무시하고 또 멋대로 굴면 얘기해."

"자꾸 그렇게 생각하지 말고 다 같이 잘해보자! 이런 분위기로 가야지!"

다행은 답답한 나머지 정혁의 등짝을 퍽, 때렸다. 그래도 자신을 걱정하고 있다는 생각에 괜히 든든했다. 낮에 지하주차장에서도 그러더니, 생각보다 의리 있는 녀석이었다.

"애들이 추리닝… 아니, 매니저 너 무시하는 거 내가 모를 줄 알아? 다 알아."

"무시 좀 하면 어떠냐? 어차피 난 임시고, 너희들이 잘되면 진짜 매니저가 따로 붙을…."

"아니! 넌 그냥 앞으로 쭉 무풍지대 매니저고, 우릴 케어해줄 거니까… 무시하면 안 돼."

정혁은 다시 뭔가를 말 하려고 하는 듯하다 갑자기 다행을 안으려고 했다. 그러자 다행이 녀석의 가슴팍을 툭 밀었다.

"너 왜 자꾸 은근슬쩍 안으려고 해? 이상한 놈이네, 이거."

다시 넓은 등짝을 툭 치자 정혁의 입이 자동적으로 나왔다. 다행은 녀석이 왜 이렇게 행동하는지 이해할 수 없다는 표정으로 고개를 저었다.

"야! 주차장에선 내가 고마워서 한 번 받아준 거야, 자식아! 어리다고 오냐오냐 해주니까 진짜 누나한테 기어오르려고 하네? 안 되겠다."

다행은 괜히 머쓱해져 다시 팔꿈치로 옆구리를 쳤다. 하지만 정혁은 여전히 아쉬운지 입을 쭉 내밀었다.

* * *

-최대한 빨리라는 게 언제까지인지 대충이라도 말해야지. 우리 돈 거래하는 사람들에게는 시간이 곧 돈이고, 신뢰고, 생명이야.

눈만 감으면, 이지이지 사장이 나타나 다그쳤다. 그리고 새우잡이 배에 그녀를 직접 태우기까지 했다.

-한 번은 그럴 수 있다고 본다. 뭐 아가씨도 이런 일은 처음 해봤을 테니까. 하지만 다음은 없어. 다음은 아가씨 아빠를 찾아내거나 아님 돈을 갚을 수밖에.

"휴, 잘 수가 없네."

벌떡 일어난 다행은 위에 해욱이 깨진 않을까 조심스럽게 움직였다.

사장실에서 차분하게 잘 이야기를 마쳤다. 앞으로 한 달 안에 증거를 가져오겠다고 단단히 약속까지 했다. 상대가 사채회사 사장이다 보니 가볍게 여길 약속이 아니었다. 소파에 앉아 앞으로의 일들을 천천히 생각하던 다행은 갑자기 PD와 라이언의 대화가 다시 떠올랐다.

"정말 그 둘이 얘기 한 게 무풍지대와 관련 있는 걸까?"

-딜 하자는 거야? 그래서 지금 나보고 신인 애들을….

PD의 말이 자꾸만 걸렸다.

그 주에 신인 무대는 딱 세 팀 밖에 없었다. 하나는 D-solve와 같은 기획사 출신의 남자 아이돌, 또 하나가 무풍지대. 그리고 나머진 여자 아이돌이었다. 라이언이 만약 PD와 딜을 한다면 자기네 기획사 K엔터의 후배든가 아니면 무풍지대와 관련된 것일 것이다. 설마 여자 아이돌을 상대로 딜이니 뭐니 같은 소리는 하지 않을 테고….

D-solve와 같은 기획사인 K엔터의 신인 무대는 누가 봐도 화려하고 훌륭했다. 딜의 대상이 아니라는 소리였다. 결국 타깃은 무풍지대밖에 없었다.

"말도 안 돼. 라이언이 왜 그런 짓을 하겠어. 탑 중의 탑인 애가 뭐가 아쉬워서…."

그렇게 아니라고 몇 번이나 부정했지만, 결국 돌고 돌아서 걸리는 지점은 대기실에서 라이언과 정혁이 부딪혔던 장면이었다.

다행은 D-solve와 관련된 자료를 찾다가 한창 D-solve를 쫓아다닐 때 찍어뒀던 캠코더용 테이프가 산더미로 쏟아져 나왔다. 하나씩 확인하다 보면 뭐라도 나오지 않을까, 문득 그런 생각이 들어 캠코더를 찾았다. 하지만 캠코더가 보이지 않았다.

"그게 어디 갔지?"

무풍지대 데뷔 전날, 카메라테스트를 마치고 그 이후에 갈무리를 했는지 하지 못했는지 기억나질 않았다. 그렇게 한참을 찾다 연습실에 두고 온 사실을 깨달았다. 갑자기 등 뒤로 식은땀이 흐른 것 같았다.

'누가 D-solve 영상을 봤다간….'

다행은 부랴부랴 연습실로 내려가서 캠코더의 행방을 찾았다. 깜깜한 연습실에 불을 켜자 밝은 불빛으로 연습실이 한눈에 들어오지 않았다. 하지만 다행의 머릿속엔 오로지 캠코더를 최대한 빨리 찾아야 한다는 생각뿐이었다. 다른 누군가의 손에 들어가기 전에 말이다.

무풍지대 연습 장면을 촬영한 테이프 속에 D-solve의 촬영 앞부분이 남아 있었다. 다행은 자신의 정체가 들킬까 두려운 것도 있었지만, 가뜩이나 뒤숭숭한 상황에서 괜한 오해를 사는 것도 싫었다.

"어디로 갔니? 응? 돌아버리겠다!"

연습실 구석구석, 주변 캐비닛을 뒤지던 다행의 뒤로 익숙한 남자의 목소리가 들려왔다. 그 순간, 다행은 손을 멈추고 딱딱하게 굳은 얼굴로 그 자리에 가만히 섰다. 차마 뒤는 돌아보지 못할 것 같았다.

"다행 씨, 혹시 이거 찾는 거예요?"

종일 실종 상태였던 태영이 다행의 캠코더를 든 채 물었다.

태영의 목소리에 다행은 눈을 질끈 감았다가 떴다. 다른 누구도 아닌 태영의 손에 들어간 게 다행인지 아님 불행인지 감이 오질 않았다. 어색한 미소를 지으며 천천히 몸을 돌려 태영을 쳐다봤다.

"아, 그게 왜 거기 있지? 하하하…."

어물쩍 넘기려고 했지만, 태영의 굳은 표정과 눈빛 사이에 비집고 들어갈 틈은 보이지 않았다.

"그러게요."

태영이 말을 멈추자 다행은 긴장하며 침을 꿀꺽 삼켰다. 한나절 보이지 않은 것도 뭔가 찜찜한데, 하필 그의 손 안에 캠코더가 들어가 있을 줄이야.

"농담이고, 캠코더로 찍은 영상을 좀 봤어요."

"네, 네? 테이프요?"

"네, 우리 카메라 테스트 한 거."

태영의 말에 다행은 놀랐지만, 최대한 담담한 척 연기했다. 테이프 앞부분엔 D-solve 라이언의 모습이 담겨 있을 텐데… 혹시나 태영이 그걸 봤을까 등골이 서늘해졌다.

그러는 동안 태영은 묘한 눈빛으로 다행을 훑어봤다.

"왜, 왜 그러는…."

다행은 그런 태영의 눈빛이 부담스러워 애써 화제를 돌렸지만 그는 여전히 할 말이 많아 보였다.

태영은 주차장에서 본 장면이 끊임없이 떠올라서 미칠 지경이었다. 처음엔 정혁이 괘씸했다. 김다행과 그 정도로 감정이 진행되었음에도 아무것도 알리지 않은 게 너무 서운했다. 친구이자, 같은 그룹인데 다행과 그렇고 그런 사이라는 걸 알려주지 않은 그 자식이 너무 괘씸했다.

그 새벽에 한 번도 가보지 못한 동네에 가서 진상을 떨던 것이 갑자기 떠올랐다. 그때 눈치를 챘어야 했나? 아니다, 그때는 아니었겠지. 몇 번이나 시기를 가늠해봤다. 둘이 언제 그렇고 그런 사이가 되었는지 말이다. 그러다 보니 정혁에 대한 괘씸함이 다행에 대한 배신감으로 넘어갔다.

'원래 없이 사는 것들은 이렇게 뒤통수를 잘 치나….'

정작 본인은 빚더미에 앉은 주제에 '무풍지대'라는 이름을 듣자마자 비웃던 그 꼴이 떠올랐다. 하찮고 근본도 없는 여자가 어느 날 툭 튀어나와서 매니저라고 들어왔다. 그런 여자가 시키는 대로 하는 게 우스웠지만 자신은 매너가 있으니까. 배려와 매너의 아이콘이었으니까, 참았다. 리더가 하자는 대로 하는 게 팀의 평화를 위해서도 좋은 거니까.

때때로 현실자각을 할 때마다 이런 거지같은 생활을 청산하고 그냥 유학이나 가버릴까 생각했다. 오히려 집에선 반길 것이다. 하지만 끝까지 무풍지대에 대한 책임감 있는 모습을 보여줘야 하니까. 그게 녀석들에 대한 의리니까.

그런데 먼저 뒤통수를 쳐?

추리닝이 어쩌고저쩌고 하며 다행을 괴롭히던 정혁도 결국 뛰어난 연기자였다. 멤버 모두를 감쪽같이 속이다니, 결국 그 사이에서 자신만 고생을 진탕 한 꼴이었다.

"잘 봤어요, 녹화한 거 말이죠."

태영이 다행을 향해 웃었다.

"아, 네… 그럼 캠코더는…."

다행이 손을 내밀었다. 그러자 태영이 캠코더를 건넸다. 그러다가 그녀가 작게 안도의 한숨을 내쉬는 걸 발견했다.

"고마워요…."

다행이 캠코더를 들려는 순간, 태영이 손을 뒤로 뺐다. 다행이 당황한 얼굴로 그를 쳐다봤다.

'어떻게 하면 좋을까? 이 여자를….'

태영은 이 배신감을 어떻게 잠재울지 다시 한 번 생각했다. 김다행이라는, 이 하찮은 여자를 어떻게 하면 좋을지 말이다.

아이돌에 대해 잘 안다고 헛소리를 지껄일 때, 사기꾼 같다고 생각했다. 숙소를 탈출했을 때, 이미 마음을 굳혔다. 사채 빚을 갚지 않기 위해 잔머리나 굴리는구나. 어쩔 수 없는 인간이라고 생각했다. 하지만 벙커에서 차정혁을 꺼내온 이후부터 달리 보게 되었다. 2주 남짓 되는 시간 동안 밤낮을 안 가리고 열심히 뛰는 모습에. 카메라 테스트나 뭐 기타 여러 가지를 시도하는 모습을 보고는 제법이다 싶었다. 단순히 사채업자와의 약속만으로 자신들을 케어 하는 게 아닐 거라고 믿었다.

그런데 정혁과 얼싸안고 있는 모습에 태영은 그녀에 대한 정의를 다시 쓰기로 결심했다. 결국 멤버 중 하나라도 낚아서 사채 빚을 갚고 어떻게 팔자를 펴보려는 게 목적인 것 같았다. 거기까지 생각이 미치자 태영은 다행이 미워지기 시작했다.

우스운 것은 그 생각이 돌고 돌아 '왜 그게 나는 아닌가?'라는 엉뚱한 결론에 도달했다. 착하고 배려 넘치는 내가 아닌, 제멋대로에 삑 하면 욕이나 해대는 차정혁을 선택한 이유가 뭘까? 그렇게 생각이 쌓이고 쌓여, 넘치기 직전의 물 양동이 같았다.

"그 캠코더 안에 뭐가 들었기에 그렇게 좋아하는 거예요?"

손을 뒤로 뺀 태영이 빙긋 웃으며 물었다. 그러자 다행이 불안한 얼굴로 조심스럽게 대답했다.

"아, 그냥… 이것저것 찍은 거. 그리고 캠코더는 엄마가 남겨준 돈으로 산 거라서…."

'어디서 동정유발이야.'

태영은 저런 부류의 여자를 많이 보았다. 기생하기 위해 연민을 파는 양심 없는 부류들.

"아!"

태영은 다시 묻고 싶었다. 연습할 때, 카메라테스트 할 때 캠코더

뷰파인더를 보면서 도대체 뭐가 그렇게 좋아서 웃었던 건지 묻고 싶었다.

"카메라테스트를 할 때마다 왜 그렇게 웃었던 거예요? 누구⋯ 마음에 드는 사람이라도 있어요?"

"네?"

'언제 내가 그렇게 기쁘게 웃었다는 거지?'

다행은 태영이 뭘 물어보는 건지 감을 잡을 수 없었다.

"아니, 캠코더 화면을 들여다 볼 때마다 좋아서 어쩔 줄을 몰라 하기에, 그래서 물어 본 거예요."

"네?"

다행은 혹시나 테이프 안에 있던 D-solve 영상을 보고 웃었던 게 들켰나 싶어 입을 꾹 다물었다.

둘 사이에 잠시 정적이 흘렀다.

"멋있던데요? 다행 씨도 그렇게 생각해서 웃었던 거죠?"

침묵을 깨고 태영이 다시 입을 열었다. 멋있다는 상대가 누구인지 헷갈려 다행은 곧 바로 대답하지 못했다.

"아⋯."

"정혁이는 남자가 봐도 멋있더라고요, 테스트 영상만 보는 데도 눈길이 가니까."

정혁이라는 말에 그제야 다행은 안도의 숨을 내쉬며 고개를 끄덕였다. 미소를 보이던 태영의 입가가 딱딱하게 굳어졌다. 둘 사이에 무언가 있다는 확신이 들었기 때문이다.

태영은 다행을 한 번 더 떠보기로 했다.

"남자가 봐도 멋있는데⋯ 여자가 보면 장난 아니겠죠?"

다행은 그가 왜 계속 같은 질문을 하는지 이해할 수 없었다. 정혁의 모습이 멋졌던 건 사실이었다. 하지만 사심이 없는 상황에서 태영이 저런 질문하는 게 당혹스러웠다. 되짚어 생각을 해봤을 때, 자신이 캠코더 화면을 보며 웃은 이유는 하나일 것이다. 차정혁의 모습에서 무풍지대의 가능성을 봤다는 것, 아마 그 때문일 거라고….

어쨌건 태영의 입에서 D-solve에 관한 얘기가 나오지 않는 데 안도하며 고개를 끄덕였다.

"…나도 정혁이처럼 꿈이나 확신이 있다면, 그렇게 반짝거리겠죠?"

"무슨 말이에요?"

뜬금없는 꿈 타령에 다행이 의아한 얼굴로 태영을 쳐다보았다.

"정혁이처럼 확신을 가지고 시작했다면 나도 그렇게 멋있을 수 있…."

태영의 난데없는 한숨에 다행은 무표정하게 그를 바라보았다. 그러자 괜히 머쓱해진 태영이 이런저런 말을 꺼내기 시작했다.

"그 녀석처럼 꿈이 확실하고 목표가 뚜렷해서 거침없으면… 나도 화면의 모습처럼 멋있지 않을까요?"

'왜, 나한테도 어디 한 번 어필해보지 그래?'

태영은 순간, 다행을 시험해보고 싶어졌다. 그녀가 정혁과 얽힌 게 결국 돈 때문이라는 걸 확인하고 싶었기 때문이다. 그렇게 해서 자신이 가지는 불편한 배신감을 지워버리고 싶었다. '배신'이라는 단어는 신뢰를 쌓을 만한, 그리고 쌓을 수 있는 상대에게나 가지는 것이니까.

태영은 다시 고개를 들어 다행의 얼굴을 보았다.

"아, 전 정혁이처럼 가수가 꿈도 아니고… 솔직히 재미삼아 시작했어요. 과연 내 꿈이 뭔지, 내가 잘하는 게 뭔지 몰라서요. 왜 그런 거 있잖아요, 도대체 뭘 하고 싶은지 모를 때 누가 나한테 꿈을 정해주기라도 해줬으면 하는 마음으로 이것저것 다 도전해보자. 이런 거….'

가만히 듣고 있던 다행이 그를 향해 살짝 어색한 미소를 지었다.

"차정혁… 그 녀석이 특이한 거예요."

"네?"

"누구나 꿈을 가지고 살진 않아요. 살다보니 꿈이 생기는 사람이 있고, 죽을 때까지 꿈이 없는 사람도 있고. 그런데 그까짓 거 좀 없음 어때요?"

태영은 한 대 맞은 듯한 얼굴로 다행을 바라보았다. 태영의 예상은 '그쪽도 멋있어요'라든가 '그럼 내가 도와줄 테니 잘 해볼래요?'라는 의도가 보이는 대답이었다. 하지만 다행은 심드렁한 표정으로 무슨 소릴 하냐는 눈빛만 보냈다.

"꿈을 가져라, 소년이여 날개를 펼쳐라… 이런 거 너무 진부하지 않나요? 사람이 되는 대로 살다가, 되는 대로 죽을 수도 있는 거지. 뭘 또… 어휴."

예상하지 못한 다행의 말에 태영은 허를 찔린 기분이었다.

'그럼 도대체 차정혁 그 녀석과는 무슨 관계지?'

"그냥, 일단 주어진 거 하다 보면 꿈도 생기고… 뭐 운이 좋으면 길도 생기겠죠. 그러니까 음….'

멍하게 자신을 바라보는 태영을 향해 다행은 방긋, 웃어주었다.

'그 손에 있는 캠코더나 빨리 달라고!'

204

"태영 씨도 꿈이 없다고 좌절하지 말아요."

태영은 조금 전 주절주절 이야기하던 자신의 모습이 우스웠다. 그녀의 속내를 테스트 해볼 생각이었다가 은연중에 자신의 고민도 함께 이야기해버리고 말았다.

태영 앞으로 슥 다가간 다행이 그의 어깨를 톡톡 쳤다.

"꿈이 없어도 마음이 이렇게 따뜻한데, 그게 뭐가 그렇게 중요해요?"

다행의 마지막 말에 태영은 순간 울컥했다. 듣고 싶었던 이야기 중 하나였다. '균형과 평온'을 유지하기 위해 들였던 노력에 대한 위로를 만난 지 고작 한 달도 채 되지 않은 여자에게 받게 될 줄이야.

당황한 태영은 순간 무슨 말을 꺼내야 할지 몰라 머뭇거렸다. 드디어 마음이 일부분 정리되는 것 같았다. 지하주차장에서부터 느꼈던 배신감은 차정혁에 대한 우정에서 비롯된 게 아니라는 것을. 다행에 대한 관심 그리고 그녀가 차정혁이 아닌 자신을 바라봐주었으면 하는 욕심에서 비롯된 것이라는 걸….

"자, 여기요. 캠코더 덕분에 카메라를 보는 감각을 익혔어요. 고마워요."

태영은 자신의 손에 있던 캠코더를 다행에게 넘겼다. 그러자 그녀가 몰래 안도의 숨을 내뱉었다.

'어쩌면 차정혁 혼자만의 착각일지도….'

"데뷔 무대는 조금 실망스러웠을지도 모르지만… 우리한테는 다음이 있으니까!"

다행은 살며시 웃으며 태영의 손에서 낚아챈 캠코더를 소중히 품에 넣었다.

태영의 속을 모르는 그녀는 재빨리 연습실 문으로 향했다. 말이 없는 태영을 보며 D-solve의 촬영이 들키지 않았을 거라 확신했다.

'이제부턴 무대를 망친 증거를 찾고 그룹을 다시 재데뷔 시키는 것에 온 힘을 쏟기만 하면 된다!'

연습실 문을 열기 직전 태영의 마지막 말만 없었다면, 아마 모든 게 완벽했을 것이다.

"고마워요… 다행 씨가 D-solve 팬이라는 건 나 혼자만 알고 있을게요."

***

그날 밤, 다행은 마음이 심란해 연신 뒤척일 수밖에 없었다.

-다행 씨가 D-solve 팬이라는 건, 나 혼자만 알아둘게요.

뭐지? 테이프 안에 있던 D-solve 영상을 봤다는 건가?

뒷맛이 영 개운하지 못한 태영의 말에 다행은 결국 그 상태로 밤을 꼬박 새우고 말았다.

"휴…."

D-solve의 팬이던 시절엔 몰랐다. 사람을 다루는 게 이리도 힘든 일이라는 것을. 무대 위에 올라가 있는 화려한 모습에만 취해 있었을 뿐, 뒤에선 어떤 알력 다툼이 있는지, 누가 음해하려고 하는지 그리고 얼마나 질투하고 경계하는지….

물론, 알 수도 있었지만 모른 척하는 부분도 있었다. 아이돌의 꽃 같은 모습만 보는 것에 만족했다. 하지만 무풍지대를 맡게 되면서 현실과 마주할 수밖에 없었다. 무대에 오르기 직전까지 모든 것을 신경 쓰고 챙겨야 하는 것은 절대 혼자서 할 수 있는 일이 아니라는 걸….

거기다가 네 명의 성격이 얼마나 제멋대로인지, 두더지게임을 하는 느낌이었다. 누구 하나를 잠재우면 누구 하나가 모나게 튀었다. 정혁을 이제 좀 컨트롤 할 수 있겠다 싶었더니, 제일 얌전하던 태영이 이런 식으로 나올 줄이야.

"진짜 미치겠네…."

예전처럼 어디론가 도망치고 싶었다. 감당하기 벅찼다. 하지만 두 번은 안 된다. 한 번 도망친 걸로 이미 녀석들에게 단단히 빚을 졌다, 특히 정혁에게. 갑자기 벙커에서 봤던 녀석의 눈빛이 떠올랐다. 꼭 성공하고 싶다던 그 눈빛….

"아오!"

날이 밝자마자 다행은 거실로 급히 나갔다.

"잠깐만! 잠깐만 여기 좀 와줘."

다행은 큰 소리로 멤버들을 불렀다. 다음 스케줄도 계획도 아무것도 정해지지 않은 터라 멤버들은 무기력하게 반응했다. 다행은 속이 타들어가는 걸 꾹꾹 참으며 얘기했다.

"최상현은 아직 안 들어온 거야?"

"나흘 째 안 들어오고 있는데, 뭘…."

나흘째 숙소 이탈 중이라는 해욱의 말에 다행이 도끼눈을 떴다.

"그래서 그냥 이렇게 넋 놓고 있을 거야? 어?"

"어쩌라고? 걔를 어떻게 잡아와?"

해욱의 말이 끝나자마자 뒤에 있던 정혁이 그의 등짝을 때리며 덧붙였다.

"야, 매니저 누나한테 말이 짧다? 그리고… 상현이 이대로 둘 거야? 찾아서 잡아와야지!"

해욱에게 핀잔을 주던 정혁이 다행을 향해 싱긋 이를 드러내고 웃었다. 다행은 작게 한숨을 쉬었다. 아침부터 또 왜 저러나 싶었다. 그래도 제 편을 들어주는 마음이 고마워 고개를 두어 번 끄덕였다.

해욱은 그런 둘을 노려보았다.

"그래서 어떻게 할까? 내가 찾아볼까?"

"아니."

도와주려고 한 말에 다행이 칼같이 대답하자 얼빠진 표정을 했다. 소파에 앉아 그들을 지켜보던 태영은 다행의 단호함에 슬며시 미소를 지었다.

'차정혁 혼자 착각한 것일 수도 있겠네.'

"왜? 난 리더잖아."

"리더라서 그래! 이런 데 힘쓰지 말고 끝내주는 곡이나 써! 데뷔곡 하나로 끝낼 셈이야? 싱글앨범만 낼 거야? 비싼 돈 주고 명곡 받아올 거 아니면 니가 죽여주는 곡을 써야지!"

"그건… 뭐…."

수긍할 수밖에 없는 말이라 정혁은 떨떠름하게 고개를 끄덕였다. 그렇다 해도 옆에 딱 붙어 있고 싶었다. 하지만 다행은 단호했다.

"애가 작업할 동안… 너랑 너!"

다행은 소파에 앉아 있는 태영과 느긋하게 차를 마시는 해욱을 손가락으로 가리켰다.

"뭐!"

"뭘 해줄까요?"

짜증 가득한 얼굴로 노려보는 해욱과 그녀를 향해 싱긋 웃는 태영을 번갈아 바라보던 다행은 두 눈을 빛내며 말했다.

"최상현, 사냥하러 가자!"

다행이 힘껏 탁자를 내리쳤다. 태영은 다행의 뜻에 따라줄 의사가 있는 듯 보였으나 해욱은 가당치도 않은 듯 콧방귀를 꼈다.

"걔가 어디 있는 줄 알고?"

"야! 말 길게 하라 그랬지."

학생주임처럼 하나하나 지적하는 정혁이었다. 그러거나 말거나 다행은 해욱을 향해 손가락을 뱅글뱅글 돌렸다. 빨리 대답하라고 재촉하듯이.

"그 자식 SNS 하는 거 없어? 아이디나 뭐… 닉네임 몰라?"

해욱은 다행의 질문에 딴청을 피우며 고개를 돌렸다.

"알고 있는 거 맞지? 왜 대답 안 하는 건데!"

"어이가 없으니까…."

그는 다짜고짜 추궁하는 다행이 못마땅했다. 매니저로 인정도 하지 않을 생각이었다. 그러자 태영이 해욱을 옆으로 밀어내며 대신 대답했다.

"영문자로 상현 앞에 음… 그걸 붙이면 될 거예요."

"뭘?"

태영은 조금 민망한 듯 천장을 한 번 쳐다보고 난후, 다시 다행의 얼굴로 시선을 돌렸다.

"으음, baby…."

"푸하하하!"

태영의 말이 끝나기 무섭게 다행이 박장대소했다. 태영도 민망한지 뒤통수를 쓸어내렸다.

"베이비? 크큭… 웃겨서 진짜!"

태영이 다행 옆으로 쓰윽 다가가 상현의 SNS 페이지를 열어주었다.

다행은 화면을 보며 혀를 끌끌 찼다. 하지만 잠시 후 그녀는 상현의 삶과 자신의 삶의 갭을 확연히 느꼈다. 아니, 한심하게 여기던 상현뿐만 아니라 무풍지대 녀석들 모두에게 거리감을 느꼈다.

고작 21살밖에 안 먹은 녀석의 삶이 어떻게 온통 여자와 여행 그리고 클럽으로 점철되어 있는 것일까? 기가 막혔다.

[클럽, 그것은 나의 인생]

[포X쉐 타고 함께하는 춘천여행]

[W, 코사무이에서 그녀와 뜨거운 밤]

"아주 염병을…."

상현의 SNS를 보고 있으니 어이가 없어, 욕이 저절로 나왔다. 태영이 작게 웃음을 터뜨렸다.

"야! 니들 계속 그러고 있을 거야?"

반대편 소파에서 지켜보던 정혁이 괜히 짜증을 내며 둘 사이에 끼어들었다. 정혁이 끼어들자 다행은 인상을 잔뜩 쓰며 소파 끝으로 떠밀리듯 자리를 옮겼다.

"어우, 너 진짜 왜 이래?"

다행이 뭐라 한마디 던지자, 정혁은 만족스러운 표정을 지었다. 다행의 관심을 다시 자신에게 돌렸다는 그런 유치한 마음에서였다. 그럴수록 태영은 확신했다. 다행이 정혁을 대하는 마음과 정혁이 그녀를 향해 품은 마음이 서로 다르다는 걸.

"넌 빨리 작업실로 가서 곡이나 써!"

정혁이 섭섭하다는 듯 다행을 쳐다봤다.

"왜, 왜 그래?"

"나도 상현이 찾을래."

상현을 찾는 것도 중요했지만, 다행과 떨어지는 것 자체가 싫었
다. 하지만 다행은 정혁이 놀고 싶어 하는 걸로 착각해 정혁의 등짝
을 때렸다.

"어휴, 이 자식아!"

"내가 몇 번이나 얘길 해야 되는 거야? 상현이 찾는 일은 내가 알
아서 할 테니까, 넌 곡이나 써!"

그래도 정혁은 뭔가 망설이듯 태영과 해욱을 번갈아 쳐다봤다. 못
미더웠던 것이다.

불과 한 달 전만 해도 유년시절을 함께 보낸 죽마고우였다. 하지
만 지금은 시커먼 짐승 두 마리와 다를 바가 없었다. 다행이 자신의
마음을 전혀 몰라주는 거 같아 애가 탈 뿐이었다.

"아니, 나도 같이 찾을 거야."

"같이 찾긴 누가 같이 찾아!"

다행이 이마를 찌푸리며 정혁을 노려봤다. 하지만 정혁은 시선을
피하면서도, 절대 굽히지 않겠다는 듯 자리를 지켰다.

"애들하고 구역 나눠서 찾을 거야. 애 SNS 좀 보라고, 한두 군데
가 아니야. 시간도 없는 와중에 우르르 몰려다니면서 어느 세월에
걔를 찾아?"

"뭐? 그럼 더 안 돼!"

그나마 해욱이든 태영이든 어쨌거나 아는 놈들이니 같이 움직여
도 그렇게 불안하진 않았다. 하지만 따로따로 찾으러 간다니, 위험
한 놈들이 우글거리는 클럽에 혼자 보낼 수는 없었다.

"어휴, 너 이리 좀 나와봐. 면담 좀 하자."

다행은 모두가 지켜보는 자리에서 정혁을 타박할 수 있었다. 하지만 어째서인지 이제는 리더 대접도 해주고 싶고, 쓴소리도 둘만 있을 때 해야겠다는 마음이 들었다. 아마도 최근 자신의 편을 들어주는 정혁이 고마워서였을 것이다. 그렇게 생각하는 게 편했다.

다행의 뒤를 따라 나서는 정혁은 꽤나 흐뭇한 얼굴이었다. 태영은 씁쓸한 눈으로 둘을 지켜보았다. 그런 태영의 표정을 감지한 해욱이 의미심장한 표정으로 셋을 번갈아 쳐다봤다.

**

"상현이 그 자식만 찾으면 바로 다음 스케줄 알아보고 연습 들어가야 돼. 데뷔 곡 하나로는 모자란다는 거 너도 알지? 너라도 여기에 휘둘리지 말고 차근차근 준비하고 있으라는 거야."

다행은 정혁의 팔을 톡톡 두드려가며 나지막하게 말했다.

사실 정혁도 알고 있었다. 자신의 역할이 무엇인지. 하지만 어째서인지 자신의 눈이 닿지 않는 곳에 다행을 보내고 싶지 않았다.

틱틱거리며 싸가지 없게 구는 해욱도 마음에 안 들고 다행을 바라보는 태영의 묘한 눈빛도 신경 쓰였다.

"아오, 돌아버리겠네."

"뭐? 뭐라고?"

정혁은 마음이 복잡했다.

"아, 그게 아니라! 어휴, 암튼 넌 좀…"

"내 말 듣고 숙소에서 열심히 곡 작업해, 알았지? 정말 날 생각한

다면 그렇게 해줘!"

"내가 걱정돼서, 그래서 같이 찾자는 건데 이렇게 나올 거야?"

"걱정? 지금 누가 누구 걱정을 하는 건데?"

"…."

다행이 정색하며 말했다.

도대체 누가 누구를? 기가 막혔다.

"니 걱정부터 해! 지금 데뷔 무대가 망했다고! 그룹걱정부터 해, 제발!"

"누가 걱정 안 한다고 했어?"

다행의 질타에 정혁 역시 언성이 높아졌다. 자신을 앞뒤분간 못하는 녀석 정도로 취급하는 게 허탈하고, 괜히 화가 났다.

"지금 너 하는 행동이…."

"누군 그룹 걱정 안 하는 줄 알아? 안 해서 이러는 줄 아냐고!"

정혁이 울컥 해서 랩을 하듯 말을 쏟아냈다.

"그만하자, 나는 빨리 상현이 찾아야 되고, 너는 빨리 다음 무대를 준비해야 돼. 그러니까 걱정이니 뭐니 개 풀 뜯어먹는 소리 하지 말고 각자 할 일 하자. 그래야 빨리…."

"…그래야 빨리 여길 벗어날 수 있어서?"

"무슨 소리야?"

"그런 거잖아. 우리가 성공적으로 데뷔하고 어느 정도 궤도에만 오르면 넌 자유의 몸이 되니까."

"…뭐?"

"아저씨하고 한 약속 때문에 이렇게 발악하듯 움직이고, 찾고, 걱정해주는 사람 무시하면서까지 난리 치는 거… 그런 이유 때문 아니야?"

"너 무슨 말을 그렇게 해?"

답답하게 구는 정혁에게 던진 한마디가 이렇게 돌아올 것이라고는 상상도 못했다. 다행은 당황스러운 얼굴로 정혁을 바라보았다. 정혁의 마음을 알지 못하는 다행으로서는 그의 태도가 부담스러울 뿐이었다.

반대로 자신의 마음을 알아주지 못하는 다행에 대해 정혁은 서운하기만 했다.

"그게 사실 아니야?"

정혁이 싸늘하게 식은 눈으로 다행을 쳐다보며 말을 이었다.

"최상현 찾겠다고 죽자 살자 뛰어다니는 것도, 증거인지 뭔지 하며 데뷔 무대를 뒤지는 것도, 결국 여기서 벗어나려고 발버둥 치는 거라는 거, 다 안다고."

정혁의 신랄한 말에 다행은 멍하니 그를 올려다봤다. 벙커 속에서 있었던 그날의 얘기들을 모두 잊어버린 것만 같았다.

"어떻게, 어떻게… 그렇게 말할 수 있어?"

다행은 자신도 모르게 눈물이 고였다.

그래, 차정혁의 말이 모두 틀린 이야기는 아니었다. 이지이지 사장이 무서웠으니까, 얼른 무풍지대를 제대로 데뷔시키고 싶었다. 그래서 애꿎게 떠안은 지긋지긋한 빚에서 얼른 벗어나고 싶었다.

하지만… 그 이전에 정혁과의 약속이 있었다. 그 캄캄한 벙커 속에서 서로가 서로에게 약속했던 그 소중한 마음을 지키기 위해 이렇게 나서는 것이었다. 정혁은 그걸 깡그리 잊은 모양이었다. 다행의 두 눈에서 당장이라도 뭔가가 후두둑 떨어질 것 같았다. 그녀는 재빨리 몸을 돌려 정혁의 눈을 피했다.

"마음대로 생각해. 마음대로 판단하고 마음대로 결정하고! 나는 나대로 해야 될 일 할 테니까, 넌 너대로 할 일 해!"

다행이 돌아보지도 않고 자리를 떴다. 더 있다간 눈물을 보일 것만 같았다.

제 6화
문제아, 최상현

"이태원 쪽은 해욱이가 가야겠다. 상현이 SNS를 확인해보니까 이태원 쪽에 들르는 술집은 몇 군데 안 되더라. 그리고… 해욱이 집도 그쪽이라고 들었거든. 아무래도 지리를 잘 알 테니…."

다행이 해욱에게 반 강제로 위치를 찍어줬다.

해욱은 다행이 아닌 태영을 노려보다가 핸드폰 화면을 확인했다.

"강남 쪽은 자주 가는 클럽이나 바가 너무 많아서 아예 구역으로 나눴어. 친분 있다 싶은 여자애들 SNS 다 들어가봤는데… 너무 많아! 무슨 영역표시하고 돌아다니는 동물도 아니고, 어휴…."

다행이 이마를 짚으며 한숨을 내쉬었다. 태영이 다행의 어깨를 도닥였다.

"생각보다 그렇게 많진 않아요. 맘먹고 찾으려면 얼마든지 찾을 수 있으니까… 너무 걱정 마요."

다행은 고개를 끄덕였다. 정혁과 틀어진 상황에서 더 일을 크게 만들 수 없었다. 어쨌든 상현만 찾고 보자는 생각뿐이었다. 다시 연습을 시작하면 정혁과 싸운 일도 이래저래 무마될 것이다. 그렇게 믿고 싶었다.

"같이 찾아요."

태영이 머뭇거리며 말을 꺼냈다. '같이'라는 표현이 이렇게 어려운 건지 처음 알았다. 그만큼 다행을 의식하고 있다는 것일까? 당연히 수긍하는 대답이 돌아올 것이라 생각했다.

그러나 이게 웬걸.

"아니, 좀 더 합리적으로 동선을 짜봤거든? 구역을 나눠봤어. 강남대로를 기준으로 나는 강남로 쪽, 태영 씨는 도산…."

원하는 답은커녕 각자 알아서 찾을 수 있는 방향으로 가자는 말에 슬며시 올라간 태영의 입 꼬리가 처졌다. 그의 눈빛은 싸늘하게 변해 있었다.

"내 얘기 듣고 있어요?"

다행은 어느 순간 자신도 모르게 태영에게 반말을 하고 있다는 걸 깨닫고 미안한 얼굴을 했다. 다른 녀석들에겐 정혁에게처럼 내키는 대로 말했지만, 태영한테만큼은 예의를 갖춰주었다.

"아, 듣고 있어요. 계속해요."

실망이 가득한 눈빛을 지우고 태영은 옅은 미소를 보였다.

"오버하는 걸 수도 있겠지만… 중점적으로 몇 군데를 뽑아봤거든요."

클럽과 라운지 바가 밀집한 곳을 중심으로 지도를 출력한 다행은, 태영에게 표시를 해주며 이곳을 반드시 확인해보라고 몇 번이나 당부했다. 다행이 짚은 곳은 태영도 이미 잘 아는 장소였다. 상현과 몇 번 들러본 적이 있는 곳이었다.

"부탁 좀 할게요, 태영 씨. 난 여기 반대편으로 돌아볼 거니까…."

"알겠어요, 걱정 마세요. 개미 하나 놓치지 않는다는 심정으로 찾아볼게요."

그 말에 다행은 한시름 놨다는 얼굴로 태영의 손을 꼭 잡았다.

"해욱이한테도 잘 좀 얘기해줘요. 우리, 이번에 꼭 최상현 잡아야 해요!"

다행은 주먹을 한 번 쳐들더니 각오를 다지듯 태영을 향해 싱긋 웃었다. 다행이 출력한 지도가 눈앞에 놓여 있었다. 촌스럽기 그지 없었지만, 태영은 웃는 낯으로 돌돌 말아 챙겼다. 하지만 그녀가 나가자마자 언제 그랬냐는 듯 무표정한 얼굴로 지도를 펼쳐봤다.

"그렇겐 안 되지."

찌이익, 태영은 다행이 넘겨준 지도를 천천히 찢었다.

***

최상현, 사냥하러 가자!

큰소리를 땅땅 쳤지만 막상 유흥가 사거리에 나와 클럽 몇 군데를 돌아보고 나니 막막해졌다. 다행은 땅이 꺼져라 한숨이 나왔다.

"저길 또 들어가야 한다는 거지? 후…."

대학생활을 해보진 않았지만, 공무원 공부 중에 친구와 나름 놀만큼 놀았다고 생각했다. 하지만 이런 세계엔 좀처럼 발을 들이지 않아, 클럽이나 나이트에 들어가는 일 자체가 곤욕스러웠다. 다행은 이마에 손을 짚었다. 폐쇄공포증을 유발할 것 같은 곳에 들어가려니

식은땀이 다 났다.

쿵쿵쿵쿵, 쿵쿵쿵, 쿵쿵쿵쿵.

청바지에 면티를 걸친 다행의 복장이 다소 마음에 들지 않은 클럽가드는 그녀를 껄끄럽게 바라보며 들여보냈다. EDM의 특유의 전자음과 심장까지 울리는 묵직한 우퍼사운드가 클럽 바깥까지 새어나왔다.

안으로 들어가자 사람들이 내지르는 소리와 음악소리가 더욱더 커지며 귀를 어지럽혔다. 정신없는 분위기에 다행은 현기증을 느꼈다.

"와, 죽인다! 더 벗어! 더!"

스테이지 중간에 우뚝 세워진 흰색의 봉은 이상하리만치 야하게 느껴졌다. 불빛에 봉이 반사될 때마다 요사한 느낌이 점점 더해갔다.

분위기가 고조되자 갑자기 스테이지 위로 술이 떡이 된 여자가 기어 올라왔다. 스테이지 중앙에 단단히 박힌 봉을 잡고는 EDM 곡에 맞춰 춤을 추기 시작했다. 여자는 자신의 흥에 못 이겨 윗도리를 벗어던지며 더욱 농밀하게 춤을 췄다.

"벗어! 벗어! 내가 찍어줄게!"

스테이지 아래서 여자에게 환호성과 추파를 던지는 남자들의 모습은 마치 동물의 왕국을 연상시켰다. 휘파람 소리를 내던 남자 몇이 여자를 향해 핸드폰 카메라를 들이대며 촬영을 하자, 다행은 역겨움에 고개를 획 돌렸다.

'최상현 이 새끼는 이러고 노는 거야? 아이돌을 하겠다는 녀석이? 찾기만 해봐… 가만히 안 둘 거야….'

다행은 이를 갈며 클럽을 이 잡듯이 뒤졌다. 하지만 비트에 몸을 맡긴 사람들 사이에서 움직이기란 쉬운 일이 아니었다. 이리 쏠리고 저리 쏠리고, 파도에 휩쓸리듯 그녀는 사방으로 떠내려갔다.

"자, 잠깐만요!"

시끄러운 EDM 소리에 다행의 목소리가 들릴 리가 없는 건 당연지사. 그녀는 사람들을 억지로 밀치며 클럽 안으로, 안으로 들어갔다. 그때였다.

"너 이러고 들어왔냐? 문 앞에서 검사 안 하디? 어떻게 들어왔어?"

술 냄새로 범벅이 된 젊은 남자 무리가 다행을 향해 건들거리며 다가왔다. 그 중 제일 건장한 녀석 하나가 무시하고 지나가려던 다행의 팔을 움켜쥐었다.

"청바지에 면 티? 와… 너 무슨 자신감으로 여기 들어왔어?"

다행은 순간 짜증이 일었다. 하지만 여기서 실랑이를 해봤자 좋을 게 하나도 없다는 생각에 모른 척했다. 얼른 손아귀에 잡힌 팔을 빼려고 했다.

"불빛이 어두워서 쟤 얼굴이 잘 안 보이네…"

무리 중 하나가 다행의 옆으로 다가가 그녀의 얼굴로 손을 쭉 뻗었다. 얼굴을 확인하고 싶다는 뜻이었다. 다행은 당황한 나머지 소리를 지를까 생각도 했지만, 시끄러운 클럽에서 소리를 질러봤자 아무도 모를 게 분명했다. 뒤로 몸을 잽싸게 빼며 남자들 무리에서 벗어나려는 나려는 순간이었다. 건장한 체격을 가진 남자가 다행을 다시 붙잡았다.

"어딜 가려고? 일행도 없어 보이는데 같이 놀지?"

"이거 놔! 이거 놓으라고!"

다행은 자신을 잡은 남자의 팔을 퍽 소리가 날 정도로 밀쳤다.

"하, 얘 좀 잡아. 오늘 너 나한테 제대로 걸렸어!"

남자는 입맛을 다시며 턱 끝으로 다행을 가리켰다. 그러자 무리에 있던 젊은 남자 두어 명이 다행의 양팔을 단단히 잡아 그녀가 몸부림치지 못하게 고정시켰다.

"야, 야! 이거 놓으라고! 너희들 다 신고할 거야!"

"이거 왜 이래? 너도 즐기려고 여기 온 거 아니야? 그리고 여기선 너 이러는 거 아무도 신경 안 써, 크큭…."

다행은 온 힘을 다해 양팔을 붙잡고 있는 남자들에게 저항했다. 여차했다간 여기서 더 큰일이 생길 수도 있겠다는 불길한 예감이 들었다.

다행은 어떻게든 조용히 빠져나가고 싶은 마음에 발버둥을 쳤지만 생각처럼 쉽지 않았다. 남자들의 눈은 이미 맛이 간 상태였다.

"이거 놓으라고! 놔!"

다행이 다시 소리를 질렀지만, 여전히 아무도 쳐다보지 않았다. 아니, 들리지 않는 듯했다. 건장한 체격의 남자는 두툼한 손으로 다행의 얼굴을 잡고 확인했다.

"생각보다 반반한데? 좀 꾸미고 다녀라. 그럼 더 놀 맛 날 것 같으니까, 키킥."

남자는 다행의 얼굴로 입술을 갖다 댔다. 무슨 짓을 하려는지 안 봐도 알 수 있었다. 다행은 눈을 질끈 감으며 고개를 비틀었다.

퍽!

그때 남자의 얼굴로 주먹 하나가 날아왔다.

남자가 옆으로 고꾸라지자 그 뒤로 익숙한 얼굴이 보였다. 냉랭한 표정의 태영이었다.

***

태영은 다행이 시키는 대로 하겠다고 일단 대답했다. 하지만 따로 갈 생각은 없었다.

'무슨 일이라도 생기면 어쩌려고?'

걱정은 현실이 되고 말았다. 클럽 입구에서부터 다행을 몰래 지켜보던 태영은, 다행이 이런 곳에 익숙하지 않다는 걸 알 수 있었다. 어떻게 들어가야 하는지도 잘 모르는 듯했다.

"저 상태로… 최상현을 찾는다고?"

태영은 조용히 어디론가 전화를 걸었다. 클럽은 바로 호텔 지하에 자리 잡고 있었다. 그 호텔이 태영의 집안 소유였으니 그의 부탁 한 마디면 다 해결될 일들이었다.

여태까지 집에다 부탁이든 뭐든 해본 적 없는 태영이었다. 하지만 다행을 보고 있자니 불안한 마음에 결국 평소에 하지 않는 짓을 했다. 다행을 잡고 있던 클럽가드는 이어폰과 호출기로 몇 번의 신호를 받더니 그녀를 통과시켰다.

하지만 그게 다가 아니었다. 불안해하던 찰나, 결국 일이 터지고 말았다.

"뭐야? 이 새끼가!"

태영에게 얼굴을 맞은 남자가 둘을 노려봤다.

"쟤 건드렸으니까…"

태영은 남자를 때린 주먹을 몇 번 흔들었다. 조금 얼얼했다. 그는 바로 다행의 상태를 확인했다. 그녀의 눈빛에는 당황, 두려움 그리고 태영을 향한 고마움과 함께 의문이 뒤섞여 있었다.

"잡고 있는 손 떼라고."

"이 새끼가 진짜, 한주먹거리도 안 되는 게!"

태영에게 맞은 남자는 분이 풀리지 않는지 씩씩거리며 태영 앞에 섰다. 그리곤 천천히 주먹을 들어 올리며 싸울 자세를 잡았다.

그때, 갑자기 스테이지 근처에서 검은 정장을 입은 남자들이 뛰어 들어왔다. 그리곤 태영의 주변을 둘러싸고 있던 젊은 남자 무리의 팔을 꺾어 바닥에 눕혔다.

"다치신 곳은 없습니까?"

정장 중 한 명이 태영을 향해 물었다. 그러자 태영은 눈을 깜빡이 더니 괜찮다는 뜻으로 손을 들어올렸다.

"너, 너 이 새끼… 너 뭐야? 이 클럽 사장 나오라고 해!"

팔이 꺾인 남자 하나가 고래고래 소리를 질렀다.

하지만 태영은 들은 척도 않고 고개를 몇 번 좌우로 움직이며 그 들을 적당히 클럽 밖으로 내보내라는 신호를 보냈다. 정신없이 놀던 사람들도 무슨 일인가 해 기웃거렸다.

"너, 너 내가 누군지 알아? 어? 사장 나오라고 해! 사장!"

남자는 가드들에게 끌려 나가는 그 순간까지 발악을 했다. 그러자 태영이 고개를 비스듬히 꺾으며 씩 웃었다.

"그게 나야. 내가 소유주야. 그러니까 앞으로 여기 오지 마."

태영이 손을 까딱하자 가드 중 한 명이 달려왔다.

"여기 앞으로 관리 좀 해야겠는데? 여성분들한테 추접하게 구는 새끼들 잘 좀 관찰해주세요. 아무 손님이나 다 받으면 저희 호텔 평 판도 안 좋아지잖아요, 안 그래요?"

***

"너! 왜 날 따라왔어… 요?"

차에 탄 다행은 어이없다는 눈으로 태영을 쳐다봤다. 그는 다정한 얼굴로 태연하게 미소를 지었다. 조금 전 날이 잔뜩 서 있던 사람과 동일인인지 구분이 안 갔다.

클럽에서 만난 태영은 평소에 보던 그의 모습이 아니었다. 다행은 혼란스러운 얼굴로 태영을 쳐다보았다. 반가움과 고마움 이전에 왜 여기 있는지에 대한 의문이 먼저 들었다.

"왜 정해진 구역에 가서 최상현을 안 찾았냐고요? 그거 때문에 화났어요?"

"아니, 그것도 있지만…."

"만약에 내가 저 자리에 없었으면 어쩔 뻔했어요! 나는 아직도 용서가 안 되는데…."

다행은 고개를 떨어뜨렸다. 그 말이 맞았기 때문이다. 태영이 와 주지 않았다면 큰일이 날 뻔했다.

태영이 자신의 말대로 하지 않은 것에는 화가 났지만 그 덕에 아무 일도 없이 무탈하게 숙소로 돌아올 수 있었으니 더는 뭐라고 할 수 없었다. 하지만 뭐가 용서할 수 없다는 걸까? 오히려 약속을 어긴 쪽은 태영인데….

"나도 용서가 안 되는데, 정혁이가 오늘 클럽에서 있었던 일을 알게 되면…."

"응? 아니, 네? 갑자기 정혁이는 왜…."

태영은 다행의 반응을 살피려 일부러 떠봤다.

"정혁이가 알면⋯."

"알면 뭐 툴툴거리긴 하겠지. 근데 그게 왜?"

태영은 다행을 다시 똑바로 쳐다봤다.

'확실히⋯ 전혀 의식을 못하고 있군.'

태영은 괜히 기분이 좋았다. 김다행, 이 여자는 자신 때문에 정혁이 얼마나 속을 태우는지 전혀 모르는 게 분명했다.

"아, 그 녀석은 리더니까 매니저가 곤경에 처했다는 사실을 알면 싫어하겠죠. 걘 모든 걸 컨트롤하려고 하는 놈이니까."

"음, 그건 그렇네."

다행은 어제 정원에서 정혁과 다퉜던 일을 생각하며 괜히 고개를 끄덕였다. 그때 정혁의 표정이 떠오르는 바람에 괜히 신경 쓰였다.

"그럼⋯ 이것도 비밀로 해요, 우리. 오늘 있었던 일도."

태영은 슬며시 웃으며 다행의 눈을 응시했다. 다행은 그의 눈빛이 괜히 부담스러워 고개를 돌렸다. 하지만 알겠다고 해야 할 것 같아 일단 고개를 끄덕였다.

'나랑 쟤 사이에 또 비밀이 있었어? 이것도⋯ 라니?'

태영의 말에 다행은 머리가 복잡해졌다. 그러는 동안 그는 휴대폰을 꺼내더니 천천히 입을 열었다.

"자, 그럼 오늘 내가 맡은 구역에서 상현이 흔적이 나왔는지 확인해볼까요?"

그는 다행이 정해준 구역 내에 있는 클럽과 나이트에 사람을 풀었다.

몸이 고생을 하지 않으려면 머리가 좋든지, 아니면 돈이 많으면 된다. 세상은 항상 그랬다.

***

태영과 해욱을 통해 상현의 흔적을 보고 받은 다행은 한숨이 절로 나왔다.

불행하게도 '어디에도 없다'였다. 오늘 그 개고생을 하며 녀석을 찾았는데 허탕만 치고 왔으니, 다음 무대는 점점 기약할 수 없게 되었다.

"으, 돌아버리겠다. 정말!"

다행은 침대 천장을 발로 쾅쾅 차대며 짜증을 토해냈다.

"아, 진짜. 치지 좀 마!"

2층에 있던 해욱이 다행을 향해 소리쳤다. 그러자 다행은 혀를 날름거리며 천장을 치려던 주먹을 내리고 핸드폰을 들여다봤다.

찾을 만큼 찾았다고 생각했는데, 왜 상현의 흔적을 볼 수 없을까? 다행은 아무리 생각해도 납득할 수가 없었다. 녀석의 SNS는 뒤져볼 만큼 다 뒤졌다. 심지어 태영은 사람을 시켜 다행이 빠뜨린 곳까지 샅샅이 둘러봤다. 그런데 어디로 간 건지 찾을 수가 없었다.

"도해욱! 넌 최상현에 대해서 뭐 아는 거 없어? 아우, 아는 언니한테 부탁해서 출입국 기록이라도 뒤져봐야 하나?"

혹시나 한국에 없다면, 출국을 언제 했는지까지 알아봐야 했다.

"걔 밖으론 안 나갔어."

어느 순간부터 다행에게 말이 짧아진 해욱은 무뚝뚝하게 대답했다.

"니가 어떻게 알아?"

"나가는 거면… 나간다고 떠들썩하게 생중계하는 녀석이니까."

다행은 다시 상현의 SNS를 뒤져보며 녀석의 흔적을 찾아보려 노력했다.

"4월 20일, 5월 1일, 5월 28일, 6월 16일… 야! 오늘 며칠이지?"

다행은 문득 불길한 예감에 상현의 SNS를 정신없이 뒤졌다. 그러더니 갑자기 닦달하듯 물었다.

"8월 25일이잖아. 아… 진짜 안 잘 거면 좀 나가!"

다행은 손에서 핸드폰을 천천히 내리며 중얼거렸다.

"내가 잘못 생각했어. 얘 지금 클럽도 없고, 나이트에도 없어. 아마 여자도 안 만나는 거 같아."

"그게 무슨 말이야?"

"니가 최상현은 떠들고 다니는 거 좋아한다며. 팔로우한 여자들 SNS까지 다 찾아봤는데… 주기적으로 올리던 게시물이 2주 전부터 뚝 끊겼어."

다행은 자신이 추측한 내용을 쭉 늘어놓았다. 하지만 해욱의 침대에선 아무런 대답이 없었다.

"어떻게 해? 여자도 안 만나고, 클럽도 안 가고, 니 말대로 밖으로도 안 나갔다면… 걔를 어디서 찾아!"

다행이 침대 위층을 향해 몇 번 더 주먹질했다. 해욱은 여전히 반응이 없었다. 시간이 좀 흐르자, 갑자기 해욱이 입을 열었다.

"별수 없네, 걔네 엄마한테 연락하는 거 말곤… 답이 없어."

"그럼 번호 가르쳐줘, 빨리! 아니다, 니가 내일 날 밝으면 연락해봐!"

"싫어."

단칼에 거절하자 다행은 한 번 더 침대에 발길질을 했다.

"왜? 친구 엄마면 너도 잘 알 거 아니야! 거기다가 무풍지대 연습비용이나 숙소 차릴 때 제일 도움을 많이 주셨다며! 그럼 좋은 분…."

"아니, 세상에서 우리 부모 다음으로 재수 없는 인간들이야. 난 절대 안 해."

해욱은 그 말만 남기고 이불을 뒤집어썼다. 딱 잘라 거절하는 그의 반응에 다행은 할 말을 잃었다. 이지이지 사장에 따르면 아들에게 가장 넉넉하고 후한 부모님이라고 하는데, 왜?

"무슨 말이야? 야, 그래서 너 진짜 안 할 거야?"

다행은 해욱이 답답해 또 허공에 발을 굴렀다.

"왜 안 한다는 거야? 왜! 친구 부모님이 널 잡아먹기라도 하냐? 그리고 재수 없든 말든… 그게 뭐가 중요하냐고! 지금 최상현이 어디 있는지가 제일 중요하잖아!"

당장 무풍지대의 다음 스케줄이나 활동을 생각해둬야 하는데도 불구하고 모든 멤버들이 심드렁했다. 다행 혼자 답답해하며 이리 뛰고 저리 뛰는 기분이었다.

계속해서 해욱의 침대를 걷어차자, 그가 짜증을 내며 자리에서 벌떡 일어났다.

"야! 폰 줘봐!"

해욱은 아래로 손을 쭉 뻗더니 다행의 휴대폰을 찾았다. 다행은 엉겁결에 해욱의 침대로 휴대폰을 던졌다. 잠시 후, 다시 아래로 내려온 핸드폰 액정에는 누군가의 프로필 사진이 떠 있었다.

"어! 나 이 의사 TV에서 자주 봤는데?"

"그게 그 재수탱 아줌마라고…"

"엥? 왜 재수 없는 아줌만데? 니가 아는 사… 혹시 이분이 상현이 어머니셔?"

케이블 의학 쇼 프로에 자주 나오는 유명 패널이자, 우리나라에서 제일 규모가 큰 여성병원의 원장이었다. 포브스 코리아에서 선정하는 한국을 대표하는 여성리더 중 하나인 이 사람이 망나니 클럽중 독자 최상현의 엄마라니….

수식어는 꽤나 길게, 여러 가지로 붙었다.

"TV에서 볼 땐… 재수탱 아니던데?"

"아, 나한테 자꾸 묻지 말고, 병원 홈페이지 들어가면 그 여자 번호랑 병원 전화번호 다 있으니까 거기로 연락해봐."

"나보고?"

"그럼 지금 이 방에 너 말고 누가 있는데? 참나…."

해욱은 더는 말을 걸지 말라는 듯, 이층침대 계단을 부술 듯이 거칠게 내리쳤다.

***

다행은 병원 홈페이지에 친절하게 나와 있는 연락처에 전화를 할까, 말까 몇 번이나 고민했다.

"최상현 하나 잡자고 여기까지 왔는데…. 아 근데 그렇다고 전화를 하자니…."

민폐라는 생각이 들었다. 아니, 이전에 부모라면 철썩 같이 아들을 믿고 있을 텐데 갑자기 사라졌으니 오히려 숙소 쪽에 책임이 있는 건 아닌가 싶은 생각마저 들었다.

"으하, 미치겠네! 어쩌지? 전화해서 뭐라고 해?"

그때 방으로 태영이 들어왔다. 그는 조심스럽게 다행의 옆에 자리를 잡았다.

"뭐 때문에 그래요? 밥도 제대로 안 먹고."

"아무리 생각해봐도 최상현 있잖아… 요."

"말 편하게 놔요."

"아, 음, 그래요…. 최상현, 걔 아무래도 우리가 찾는 곳엔 없는 거 같다고…."

"아, 그럼 어떻게 하죠?"

태영은 여전히 미소를 잃지 않으며 다행의 이야기를 진지하게 들었다. 하지만 그녀는 알 수 있었다. 이 숙소에서 상현의 행방을 진짜로 궁금해 하는 사람은 자신 말고 없다는 사실을….

"그래서, 상현이 부모님한테 연락을 드려보려고…."

"음….

태영이 갑자기 정색을 하며 관자놀이를 가볍게 눌렀다.

"안 하는 게 좋을 거 같은데…."

"왜? 지금 상현이가 어디 있는지 가장 잘 아는 사람일 거 같은데?"

"뭐 알고 말고를 떠나 안 하는 게 좋을 거예요."

태영은 확신하듯 말했다. 해욱과는 조금 다른 대답이었지만 방향은 같은 곳을 향하고 있었다.

"그럼 걔를 어디서 찾아? 그리고 사장님이 숙소 구하고 스케줄 따기까지 비용도 가장 후하게 냈다고 그러셨는데…. 그건 자식에게 정말 관심이 많기 때문에 그런 거 아닐까?"

"하하, 돈으로 관심이나 사랑을 표현한다면 무풍지대 멤버들은 전부 사랑받고 자랐겠죠."

비웃는 건지 정말 웃겨서 웃음이 터진 건지 속을 알 수 없었다.

"때론 정을 주거나 마음을 쓰는 게 너무나 힘들기 때문에… 돈으로 땜질하는 게 더 편한 건지도 모르죠."

"엥? 그게 무슨 말이야?"

돈이 없어 늘 곤궁했던 다행으로선 도무지 와 닿지 않는 이야기들이었다.

"암튼, 뭐 그렇다고요. 보이는 거, 겉으로 드러나는 거, 경제적으로 베푸는 거… 뭐 그런 걸 곧이곧대로 믿지 말라고요. 그런 의미에서 저는 다행 씨가 상현이 부모님께 연락하는 거 별로라고 생각합니다."

다행은 이미 골똘히 생각에 잠겨 있었다. 반응이 없는 걸 보며 태영은 자리를 비워주는 게 낫겠다 생각하고 나가려 했다. 그때, 다행이 그를 잡았다.

"저기… 차정혁 지금 뭐해?"

태영의 얼굴에 옅게 배인 미소가 사라졌다. 입 꼬리가 아래로 떨어졌다. 그는 섭섭하다는 듯 다행을 훑더니 대답하지 않은 채 나가버렸다.

다행은 태영이 왜 저렇게 행동하는지 난감할 따름이었다.

정혁도, 태영도 그리고 자신을 괴롭히고 있는 상현, 해욱까지, 어째 멀쩡한 놈이 없냐….

방안에 덩그러니 혼자 남은 다행은 홈페이지에 올라와 있는 대표 번호를 꾹꾹 눌렀다.

통화버튼을 누르자, 긴장으로 숨이 턱 막혀왔다.

"여보세요?"

"여성전문치료기관 ○○여성종합병원 부속실입니다."

다행은 안내 멘트를 듣는 순간 몸이 딱딱하게 굳었다. 뭐라고 말을 꺼내야 할까? 상현이 어머니, 상현이는 어디 있나요? 상현이가 지금 며칠째 보이지 않는다고 말해야 하나? 실종신고라도….

"여보세요? 예약 때문에 연락하셨나요? 예약 문의는 1588에 45…."

다행이 망설이는 동안, 상대는 이런 일에 익숙하다는 듯 빠르게 말을 이어갔다.

"아, 그게 아니고요!"

"그럼 무슨 일로 연락하셨나요?"

"최상현 어머님께서 여기 병원장…. 아, 아니 대표번호로 연락을 했는데 어떻게 할 수가 없어서 이 번호로 연락했어요. 상현이 문제로 숙소에서 연락했다고 전하면 알아들으실 텐데…."

다행은 당황한 나머지 그냥 머리에 떠오르는 단어들을 막 내뱉었다. '최상현'이란 이름이 나오자 상대의 반응이 이상했다. 수화기 너머로 웅성거리는 소리가 전해졌다. 곧, 홀딩버튼을 누른 듯, 클래식 음악이 흘러나왔다.

'최상현'이란 이름은 1분이 넘는 시간을 잡아먹을 정도로 존재감이 있었다. 한참 동안 클래식 음악이 흐른 후에야 안내원이 휴대폰 번호를 가르쳐주었다.

"이 번호로 연락하세요."

"이 번호가…."

"상현 학생 아버님이시고요, 저희 재단 이사장님 직통번호예요. 병원장님께서는 도저히 시간을 낼 수 없어서 통화 자체가 어렵다고 전해달라고 하셨습니다."

"잠깐, 잠깐만요…."

다행은 이사장인지 뭔지 하는 사람의 번호를 얻으려고 전화를 한

게 아니었다. 최상현이 어디 있는지, 그 녀석을 어디 가면 잡을 수 있을지를 알고 싶은 것뿐이었다.

"죄송하지만 병원장님 스케줄이 타이트해서 미리 정해놓지 않은 약속은 안 받으세요."

"…네?"

다행에게 돌아온 건 자식에 대한 애정이라곤 전혀 느껴지지 않는 답변뿐이었다.

* * *

다행은 무작정 병원을 찾아갔다.

예상대로 상현의 엄마를 만나지 못한 채, 병원 안내데스크 근처에서 하염없이 기다릴 수밖에 없었다. 상현의 아버지에게도 계속해서 연락을 시도했지만, 목소리를 들을 수 없었다. 어쩌면 자신의 번호를 스팸 처리했을 수도 있겠다는 생각이 들었다.

한 시간, 두 시간… 그렇게 반나절이 지났다. 외래환자가 마감되고 입원 중인 환자나 보호자만이 복도를 거닐 즈음이었다.

'예약도 거의 끝났을 것 같은데….'

상현의 부모는 다른 의미로 다행의 아버지만큼 잔인한 사람들이었다. 다행에게 사채 빚을 떠안기듯, 상현에게 무관심을 떠안긴 그런 사람들. 다행은 괜히 머리가 복잡해졌다.

'사장 말에 따르면 부모가 굉장히 신경을 쓴다고 했는데….'

앞뒤가 맞지 않은 이 상황이 그저 혼란스러울 뿐이었다. 처음 시작은 상현을 일단 잡아보자는 계획이었다. 그 자식 하나 때문에 나머지 멤버들조차 무기력해졌다. 일단 그 녀석을 잡아서 무풍지대 활동을 계속할 것인지, 아니면 때려치울 것인지 분명하게 정하라고 말할 작정이었다. 잡히기만 하면 두고 보자며 이를 갈았다. 그런데 한나절 동안 상현의 엄마를 무작정 기다리다 보니 녀석이 괜히 측은해지는 기분이 들었다.

"참나, 지금 누가 누굴 걱정해?"

현실은 빵빵한 집안의 돈 걱정 없는 도련님들이고, 자신은 하루살이 인생에 공시공부까지 때려치운 노답 인생이었다.

'걱정? 지금 누가 누구 걱정을 하는 건데?'

'네 걱정부터 해! 지금 데뷔무대가 망했다고! 그룹걱정부터 하라고, 제발!'

갑자기 정혁에게 매몰차게 말하던 자신이 떠올랐다. 가뜩이나 상현 문제로 복잡한데, 정혁에게 한 행동까지 생각나자 머리가 터져버릴 것만 같았다. 다행은 양손으로 머리를 움켜쥐며 작게 한숨을 내뱉었다.

"으, 도대체 내가 무슨 일을 하고 다니는 건지 진짜 모르겠다…."

눈을 감은 채 바닥에 머리를 처박고 있던 다행의 귀에 우아한 여성의 목소리가 들렸다.

"아들 때문에 찾아왔다고?"

다행은 머리를 번쩍 들고 목소리가 들리는 곳을 쳐다봤다.

눈앞에 이 세련된 중년 여성은 TV에서 보던 그 의사가 맞았다. 우리나라 여성의학계 1인자인 강혜인 박사. 그리고 상현의 엄마….

"아가씨, 시간 없으니까 빨리 본론만 말해요."

그녀는 도도하게 형식적인 미소를 띠며 말을 꺼냈다.

"아, 저… 그게…."

"상현이를 못 찾겠다고?"

"네, 네! 당장 다음 스케줄을 잡아야 하는데…."

"데뷔 방송 봤어, 엉망이던데?"

어쨌든 아들의 무대를 챙겨봤다니, 애정이 전혀 없는 부모는 아니라는 생각이 들었다. 그래서 살짝 안심하며 편하게 말을 꺼내려 했다.

"그게… 편집도 잘 안 된 상태에다가 문제가 좀 있는 무대라서…."

"인생은 실전이야. 그게 말이 된다고 생각해? 거기다 상현이는 안무도 가사도 잘 모르는 것 같던데? 뭐, 걘 원래 그런 녀석이니…."

다행도 그런 상현이 미워죽을 것 같았다. 하지만 엄마라는 사람이 그렇게 신랄하게 비난하자 괜히 상현을 대신해서 변명하게 되었다.

"그게, 그 프로그램 PD가…."

"풋, 아가씨. 그래가지고 매니저 제대로 하겠어? 핑계는 의미가 없어. 본인이 잘하면 핑계 댈 필요 없다는 거 아가씨가 더 잘 알지? 못하면 패서라도 시키든지, 아예 싹이 안 보이면 도려내든지 해야지, 쯧!"

강혜인 박사는 자신의 아들이 끼나 실력이 없다는 것을 잘 알고 있는 것 같았다.

"다음 무대가 언젠지 모르겠지만, 제대로 하지도 않으면서… 내 이름이나 우리 집안 이름 들먹이며 홍보하는 건 사양해요. 알겠죠? 난 밖으로 멍청한 아들을 자랑할 만큼 배짱 있는 사람이 아니라서."

이어지는 말에 다행은 자신도 모르게 가슴이 철렁 내려앉았다. 아무리 칼 같은 성격의 소유자라 해도 아들에 대해 저렇게까지 폄하할 수 있을까….

"상현이가 아니, 무풍지대가 지금 발전하는 단계라서…. 다음 무대에선 반드시, 반드시 완벽한 무대를 꼭 보여드릴 거예요. 아마 상현이도 그것 때문에 심상해서 혼자 달래려고 어딘가에 가지 않았나 싶은데, 그것 때문에 무례인지 알면서도 여기까지 왔습니다. 부탁드릴게요, 상현이가 있을 만한 곳을 알려주세요."

다행은 갑자기 자신의 부모가 생각났다.

다행에게 늘 사랑과 관심을 베풀던 엄마와 늘 모르쇠로 일관하며 민폐를 끼치던 아빠라는 인간. 엄마에게조차 사랑받지 못한 상현이 안쓰럽고 가여웠다. 그러다 보니 다행은 자꾸만 상현을 변호했다. 앞으로는 잘할 거라고, 지켜봐달라고….

박사는 뭔가 골똘히 생각하더니 갑자기 메모지를 꺼내 주소를 하나 적어주었다.

"여기가 아니면 나도 몰라요. 그 자식이 어디 강씨 집안사람인가? 최씨 집안사람이지. 내가 할 수 있는 건 여기까지니까… 그래도 못 찾겠다 싶으면 내가 준 번호, 상현이 아빠라는 사람, 그 사람한테 알아봐요."

메모지를 받아든 다행은 고개를 꾸벅 숙이곤 얼른 병원을 벗어나려 발길을 돌렸다. 이 여자와 조금이라도 더 있다간 숨이 막혀 질식해버릴 것 같았다.

"잘 좀 부탁해요! 유명 여성병원장 아들이 K-POP 한류 아이돌 스타라…. 수식어도 좋고, 자랑하기도 좋고. 문구가 딱 나오는데, 안 그래요? 아가씨가 매니저라니까 우리 상현이 스타 좀 만들어줘 봐,

돈이라면 섭섭지 않게 스폰 할 테니까."

다행이 문을 나서기 직전, 그 여자에게서 들은 마지막 말이었다.

***

"유명 여성병원장 아들이 K-POP 한류 아이돌스타… 뭐 문구가
좋다고? 진짜 어이가 없네."

다행은 강혜인 박사가 했던 말을 곱씹으며 그녀에게 한마디 쏘아
붙이지 못했던 자신을 질책했다. 부모로서 할 수 있는 말과 아닌 말
을 그 똑똑하신 분들이 구분하지 못한다는 게 기막혔다.

"부모 맞아? 부모 맞냐고! 어쩜 그렇게 매몰차게…."

생각하면 할수록 상현에게 짜증이 났다. 부모가 저렇게 나올 때까
지 왜 참고 있었냐고. 반항을 하는 거면 막장인 부모에게 할 것이지
왜 이런 식으로 자신에게 반항하는 거냐고. 종로에서 뺨맞고 한강
와서 화풀이하는 격이었다.

강혜인 박사에게서 받은 쪽지를 움켜쥔 다행은 부들부들 손을 떨
며 화를 삭였다.

"망할 놈의 자식, 그 새끼 때문에 내가 왜 열 받아야 되는 거야?"

벌써 아홉시가 넘은 시각이었다. 종일 병원에 있었더니, 이렇게
또 하루가 지나가버렸다.

"에이 씨! 지금 뭐하고 있는 건지, 진짜…."

다행은 버스 끝자리에 앉아 짜증을 터뜨렸다. 숙소로 돌아가는 길
이 한없이 멀고멀었다. 게다가 그곳으로 돌아가는 게 탐탁지 않았
다. 돌아가 봤자 감정이 틀어진 정혁과 그룹이 어떻게 되든 말든 관

심 없는 두 녀석만 있을 뿐이었다.

어쩌면 정혁의 말이 맞을지도 몰랐다. 이렇게 고군분투하고 애쓰는 건, 일을 빨리 끝내고 빚에서 자유로워지고 싶은 마음일지도. 무풍지대가 반짝반짝 빛났으면 하는 그 마음이 자꾸만 퇴색되어 가는 것 같았다. 끊임없이 벌어지는 분란과 피로로 인해서 말이다.

"휴…."

낮게 한숨을 쉬며 강혜인 박사가 준 쪽지를 조심스럽게 펼쳐보았다. 뭐 어디 바다가 보이는 레지던스나 풍경 좋은 별장 같은 데가 아닐까, 잠시 그런 상상을 하며 쪽지에 적힌 글자를 천천히 읽었다.

"아니, 이 자식이 대체 어딜 간 거야? 경상북… 도풍군 신원리… 뭐? 산 169-4? 여기가 어디야, 도대체!"

도대체 어디에 숨었나 했더니, 강 박사가 써준 주소는 서울에서 한참이나 벗어난 곳이었다. 다행은 믿을 수 없어 버스 창밖을 바라보았다. 그리고 다시 쪽지를 들어 주소를 읽었다. 한참 들여다보다가 다시 차창으로 고개를 돌렸다. 같은 짓을 몇 번이나 반복했다.

"최상현, 이 미친놈아!"

갑자기 저도 모르게 입에서 육두문자가 튀어나왔다. 속에서 뜨거운 것이 치받기 시작했다.

"지금 사람 똥개 훈련시키나!"

버스라는 사실도 잊은 채 다행이 소리를 질렀다.

옆 자리에 앉은 남자가 깜짝 놀라며 이쪽을 쩨려보았다. 다행은 그제야 자신이 버스에 있다는 사실을 깨닫고 고개를 꾸벅 숙였다.

"미친 거 아니야? 아니, 서울 근교에 있는 게 아니었어?"

눈앞이 캄캄해졌다. 그 자식을 잡으려면 지금 숙소로 갈 게 아니라 버스터미널로 가야 할 판이었다.

다행은 핸드폰을 꺼내 쪽지에 적힌 주소를 검색했다.

"시, 신원리 산169-4…."

빨간 점이 짙은 녹색 어딘가 즈음에서 둥둥 뜨기 시작했다. 짙은 녹색, 지도에서는 '산'이 있는 지역을 그렇게 표시했다.

"여기에 뭐 별장이라도 있나? 아휴, 망할 녀석…."

숙소로 돌아가서 짐을 꾸리고 버스를 알아봐야 했다. 한시라도 빨리 녀석을 잡아와 팀을 다시 재건하는 게 우선이었다. 다음 스케줄을 잡고 방송에 한 번이라도 더 나와야 할 게 아닌가. 그전에 베스트 뮤직25 사건도 틈틈이 알아봐야 했다.

하루 종일 병원 대기실에 앉아 있느라 삭신이 쑤셔왔다. 몸이 여기저기 아프니 다행은 마음이 울적해졌다.

'아빠라는 작자가 빚만 안 남겼어도 내가 이 고생은 안 하는 건데….'

갑자기 엄마 생각이 났다. 돌아가신 지 벌써 5년째, 한순간도 엄마를 잊어본 적이 없었다.

-그 자식이 어디 강 씨 집안사람인가? 최 씨 집안사람이지. 내가 할 수 있는 건 여기까지니까, 그래도 못 찾겠다 싶으면 상현이 아빠라는 사람, 그 사람한테 알아봐요.

갑자기 강 박사의 말이 떠올랐다. 엄마도 자신을 그렇게 생각한 적이 있었을까? 다행은 문득 의문이 들었다. 아빠와 이혼한 후로 돌아가실 때까지 다행을 혼자서 키워야 했으니….

이런 저런 생각을 하다 보니 상현에게 괜히 연민을 느꼈다.

"아오, 그 자식하고 무슨 악연이기에…."

또 주절주절 혼잣말을 하자 화를 냈던 옆자리 남자가 다행을 흘겨보았다.

그러는 동안, 숙소와 가까워진 버스가 끼익, 브레이크를 밟았다.

"생각보다 늦었네, 휴…."

골목 가로등은 환하게 켜져 있었다.

오늘 하루도 길었다. 동분서주하느라 온몸이 절은 배추 잎 마냥 축축 처졌다.

'녀석들은 숙소에서 세월아 네월아 하고 있겠지….'

안 봐도 비디오 같았다. 상현이 부모님을 만나러 간다는 것도 쌍수 들고 말리는 녀석들이었으니….

다행은 터벅터벅 무풍지대 숙소를 향해 조용한 골목길을 걸어갔다. 그때였다.

"김다행 씨 되시죠?"

새카만 정장을 입은 남자 둘이 다행에게 다가왔다. 다행은 본능적으로 위험을 느꼈다. 그녀는 퇴로를 찾기 위해 고개를 돌렸다. 하지만 골목 끝에서 또 다른 남자 두 명이 튀어나왔다.

"오래 걸리진 않습니다, 잠시 타보시면 아실 겁니다."

위협적이진 않았지만 강요가 담긴 목소리였다. 다행은 등에서 식은땀이 흘렀다. 이지이지에서 보낸 사람은 분명히 아니었다.

"누구신지만 알려주세요…."

"일단 타보시면 아실 겁니다."

죽을 땐 죽더라도 상대가 누군지는 확인하고 싶었다. 하지만 다짜고짜 끌고 가는 남자 손에 잡혀 다행은 시커멓고 커다란 세단 안으로 처박혔다. 자동차 안이 너무 어두워 상대의 얼굴이 잘 보이지 않았다.

"자네가 매니저라고?"

목소리가 들렸다. 가까이서 들린 상대의 목소리는 탁하고, 연륜이 느껴졌다. 함부로 할 수 없는 위압감이 있었다.

"네? 아, 네…."

스위치를 누르는 소리와 함께 세단 내부에 불이 들어왔다. 많이 밝진 않았지만 사람 얼굴 정도는 식별 가능했다.

"요즘 정혁이는 어떻게 지내는가?"

칠십은 넘어 보이는 늙은 남자가 앉아 있었다.

"저, 정혁이는…."

다행은 자신도 모르게 남자가 묻는 말에 넙죽 대답할 뻔했다.

"누구세요? 그쪽이 누구신지 알아야 제가 답을 드릴 수 있을 것 같은데요…."

"이만복 말대로 보통 배짱이 아니군."

이만복은 이지이지 대출 사장의 이름이었다.

'사장과 관련된 사람인가?'

다행은 대답을 해야 할지 말아야 할지 몰라 우물쭈물거렸다. 그러자 맞은편에 앉은 남자가 서늘한 목소리로 다시 말했다.

"차정혁, 내 손자야. 니가 매니전지 뭔지 하며 봐주는 아이."

다행은 손으로 입을 가렸다. 이지이지 사장과 정혁이 나누는 대화를 통해 할아버지에 대해 얼핏 듣긴 했다.

"그래, 어때 성과가 좀 보이나?"

정혁의 할아버지는 편하게 뒤로 기대며 다행에게 물었다.

"이제 막 시작 단계라…."

"데뷔 무대가 엉망이라고 보고 받았네, 직접 보진 않았지만…. 다시 그런 수준으로 나올 거면, 그만두라고 할 거야."

"네, 네?"

다행은 전혀 수긍할 수 없다는 눈빛이었다.

"할아버지께서 그만두라고 말씀하셔도 정혁이가 한다면 해야 하는 거예요!"

'도대체 이 인간들은 자식을 어떻게 생각하는 거야?'

다행이 벌컥 화를 냈다. 정혁이 얼마나 간절하게 원하는데, 이제 막 시작했는데 겨우 그것만 보고 결정해서는 안 된다.

"건방진!"

정혁의 할아버지가 눈을 부릅떴다. 차 안의 공기가 차갑게 식었다.

"건방진 계집이구나. 지금 만복이가 씌워준 감투에 정신이 나간 건지 모르겠지만… 나나 정혁이 아니, 숙소에 있는 호랑말코 같은 녀석들과 감히 말이나 섞을 수 있는 위치라고 생각하는 거냐?

"그게 무슨…"

"만복이 말에 의하면 애비가 빚을 지고 도망쳤다고 하던데, 그런 핏줄에게 기대하는 건 없다. 그러니 정혁이 녀석에게…"

"그건 차정혁, 걔 몫이지 제가 그만둬라, 어째라 할 수 없어요."

그는 다행이 말을 끊으며 받아치자 흥미로운 눈으로 바라봤다. 다행은 하루 종일 시달린 것도 모자라 잠들기 직전까지 이런 상황이 발생하자 지칠 대로 지친 상태였다.

"맹랑하군, 보육원에서 녀석을 처음 만났을 때와 똑같은 눈을 하고 있네."

그는 두 눈을 빛내며 다행에게로 얼굴을 쓱, 내밀었다.

"원래 천박한 것들은 겁이 없나…"

다행은 번뜩이는 눈으로 자신을 바라보는 정혁의 조부가 두려웠다. 멋대로 내뱉은 말을 주워 담고 싶었다. 하지만 다시 생각해봐도 정혁의 꿈에 대해 자신이 이래라 저래라 할 수는 없었다. 그녀는 다시 자세를 고쳐 앉았다.

"죄송합니다, 예의바르게 말씀드리지 못해서요."

하지만 정혁에 관한 이야기는 사과하고 싶지 않았다.

"주제넘은 이야기지만 정혁이와 직접… 이야기하셔야 할 것 같습니다."

"내 핏줄이 하나라도 더 있었다면, 너 같이 천한 애랑 말 섞을 일도 없을 거다."

정혁의 조부는 비릿하게 웃었다. 몇 마디 하지 않았지만 알 수 있었다. 마음만 먹으면 사람이든 뭐든 자신이 원하는 대로 처리할 수 있는 사람이라는 걸.

"그럼, 저는…."

이만 자리를 피하고 싶었다. 정혁의 조부는 그가 꿈을 접길 원하는 쪽이라는 걸 잘 알았다. 상현의 엄마와는 다른 의미로 다행을 괴롭혔다.

"내 이야기를 허투루 듣지 말게. 나는 그 녀석에게 기회를 줬고, 그걸 제대로 잡지 못하면 내가 원하는 대로 하기로 약속했으니까."

"아…."

'정혁은 이미 알고 있는 건가?'

다행은 당황스러웠다. 정혁은 이런 상황을 이미 알고 있고, 단지 자신에게 확인시켜주기 위해서 얘길 하는 것인가?

"또 하나, 내 핏줄에게 어떤 식으로든 위해를 가하는 것들은 가만

두지 않겠어."

***

숙소에 도착하니, 열한 시가 넘었다.

"휴…."

저도 모르게 한숨이 새어나왔다.

-내 핏줄에게 어떤 식으로든 위해를 가하는 것들은 가만 두지 않겠어.

정혁의 조부가 했던 이야기가 다시 떠올랐다. 그는 지금까지의 상황을 빠짐없이 알고 있는 것 같았다. 아니, 어쩌면 이지이지 사장 보다 더 자세하고 빠르게 정혁의 상태를 보고 받는 것 같았다.

"위해라니, 누가? 위해를 받고 있는 건 나라고…."

생각할수록 치밀어오는 화에 자신도 모르게 언성이 높아졌다.

해욱이 깨진 않았을까 싶은 마음에 방을 둘러보았다. 위층이 잠잠한 걸 보니 잠들어 있는 것 같았다. 그가 일어나지 않도록 조심스럽게 배낭을 들었다. 숙소에서 쉬고 갈 수도 있지만, 모두가 깨어있을 때 밖으로 나가면 또 오해를 살 수 있었다. 정혁은 말할 것도 없었고 요즘 들어 부쩍 자신의 행적을 궁금해 하는 태영도 그랬다. 거기다 녀석들의 부모를 만나고 나니 머리가 더 복잡해졌다. 차라리 후딱 다녀오는 게 낫겠다 싶었다.

다행이 조심스럽게 방문을 열고 나가려던 찰나, 뒤에서 해욱의 낮게 깔린 목소리가 들려왔다.

"언제 들어왔어?"

해욱은 깨어 있었다.

"어? 너 안 자고 있었어?"

"조금 전에 들어와 놓고는 또 어딜 가?"

"아, 음… 최상현 찾으러."

해욱은 크게 한숨을 쉬었다. 대단하다고 자신을 비꼬는 것 같았다. 그 정도 했으면 상현이 제 발로 들어오게 기다려, 하는 의미도 들어 있었다.

둘 사이에 정적이 흘렀다. 다행은 더 지체할 수 없었다. 야간버스를 타야 했다. 그때 해욱이 입을 열었다.

"그 자식 엄마 만나봤어?"

강 박사를 만났던 시간은 다시 기억하고 싶지 않았다. 다행은 미간을 잔뜩 찌푸린 채 고개를 끄덕였다.

'정혁이 할아버지도 만났어….'

생각해보니 정말 다이내믹한 하루였다. 강혜인 박사와 얼굴도 제대로 확인하지 못한 정혁의 할아버지….

"내 말 맞지? 사람 말 더럽게 안 들어, 하여튼."

해욱은 침대에서 일어나더니 다행에게 뭔가를 건넸다. 고개를 돌려보니, 쪽지였다. 종일 쪽지 공세를 받게 되자 웃음이 나왔다.

"차정혁, 그 자식이 너 들어오면 주래."

"정혁이가?"

"어."

해욱은 건성으로 대답하며 다시 자리에 누웠다.

쪽지를 받아든 다행은 그 자리에서 당장 펴볼까 하다가, 대충 배낭 안주머니에 챙겨 넣었다. 지금 쪽지를 봤다간 당장 상현을 찾으러 나가겠다는 마음이 약해질 것만 같았다.

"휴…."

조용히 지켜보던 해욱이 다시 입을 열었다.

"너 지금 나갈 거야?"

"응, 상현이 엄마가 상현이가 있을 만한 곳을 가르쳐줬거든. 쇠뿔도 단김에 뽑으라고… 그냥 지금 다녀오는 게 맞는 거 같아서…."

"너 그러고 다니는 거, 차정혁이 알면 싫어할 텐데."

해욱은 그 답지 않게 걱정해주는 투로 말했다. 그러자 그녀도 머쓱한지 뒤통수를 긁적였다.

"걔가 지금은 그렇게 생각해도, 상현이 찾아오면 달라질 걸? 어쨌든 최대한 빨리, 못해도 이틀 안에는 다녀올 테니까 나머지 애들한테 걱정하지 말고 있으라고 말 좀 해줘. 혹시나 내 안부를 묻거든 말이야…."

씨익 웃으며 다행은 다녀오겠다는 의미로 손을 까딱까딱 흔들었다. 시간은 자정을 향해 달려가고 있었다. 그럼에도 불구하고 상현을 찾으러 가겠다는 그녀의 의지는 확고했다.

방문이 닫히자마자 해욱은 낮게 읊조렸다.

"아, 기분 나쁜 계집애…."

*　*　*

"아가씨, 일어나 봐! 얼른!"

머리 위로 시끄러운 목소리가 들리자 다행은 손바닥으로 얼굴을 가렸다.

"아가씨, 그만 자고 일어나라고!"

"으…."

"아가씨! 허어, 이 아가씨 봐? 아가씨!"

"으… 아으…."

"나도 퇴근하자고!"

정신없이 부르는 남자를 향해 다행은 반쯤 눈을 떴다.

"…무슨?"

"아이참, 아가씨. 여기 종점이라고!"

그제야 다행은 깨달았다. 그길로 나와 곧바로 상현이 있다는 곳을 향해 버스를 타고 떠났던 것을. 상현의 엄마를 만나고, 돌아오는 길엔 정혁의 할아버지까지 만나면서 온몸이 딱딱해질 정도로 긴장했다.

하루 종일 시달리다 고속버스를 타자마자 무장해제 된 것 마냥 풀어졌다. 그 길로 숙면을 했다. 그리고 여기 이 정체를 알 수 없는 곳에 떨어졌다.

눈뜨고 보니 그렇게 되어 있었다.

"여기가… 어디죠?"

다행은 입가에 묻은 침을 슥슥 닦아내며 버스기사에게 넉살좋게 물었다. 그러자 나이가 지긋한 버스기사는 기가 막힌다는 표정으로 대답했다.

"어디긴 어디야! 와룡시외버스터미널이지!"

"와, 와룡…? 헉! 그럼… 도풍군으로 갈 수 있나요?"

"그럼, 근데 지금은 차가 끊겼을 텐데?"

다행은 급히 핸드폰을 꺼냈다. 그냥 무작정 내려왔다. 버스를 타고 도착해 물어물어 가는 게 더 빠르지 않을까 하는 마음에서였다. 그녀는 지도 앱을 열어 주소를 쳤다.

'도풍군 신원리 산 169-4'

여전히 지도가 가리키는 점은 산 중간에 덩그러니 떠 있었다. 도 대체 여기가 어디야? 다행은 답답한 마음에 기사에게 지도 앱을 보여줬다.

"저기, 저… 여쭤볼 것이 있는데 여기 어딘지 알 수 없을까요?"

"엥? 뭐야, 전부 풀밭이구만."

기사는 앱을 자세히 들여다보더니 손을 흔들며 다행에게 일단 일어나라는 제스처를 했다.

"일단 퇴근은 해야지, 얼른 내려."

버스에서 내린 다행은 두리번거리며 터미널을 둘러보았다. 허름한 시외버스터미널의 을씨년스런 풍경이었다.

늦여름이었지만, 새벽이라 그런지 쌀쌀해 셔츠를 여몄다. 아까 그 기사를 기다리며 행선지를 다시 물어보자는 심산으로 쭈뼛거리며 다가갔다.

"어이, 아가씨! 이리로 와!"

다행을 깨워준 버스기사가 그녀를 불렀다. 반 포기 상태였던 다행은 곧장 종종걸음을 쳤다. 휴대폰이 든 손에 힘을 잔뜩 쥔 채. 기사는 혼자가 아니었다. 옆에는 또 다른 그의 동료가 있었다.

"아가씨! 아까 그 지도 좀 보여줘 봐."

"네? 네!"

"어이, 손 씨 여기 알 거 같아?"

다행을 불러 세웠던 기사는 동료에게 지도 앱이 띄워진 휴대폰을 내밀었다.

"뭔데?"

"손 씨가 신원리 출신이라 들어서 물어보는 거야. 여기 어딘 줄 알 겠어?"

동료 기사는 피곤이 가득한 눈으로 안경을 들어올렸다. 그는 화면을 이리 저리 작게 만들었다 크게 만들었다 돌려보더니 휴대폰을 다시 내밀었다.

"아! 여기 거기구만, 거기야…."

"거기가 어딘데?"

"그, 그 이름이…."

"그러니까 거기가 어디냐고?"

다행을 불러 세웠던 기사가 도리어 그녀보다 더 궁금하다는 듯 되물었다. 도대체 어디기에 산 중턱에 있단 말인가. 별장을 지어도 이렇게 짓기는 어렵겠다 싶은 생각이 들었다.

"아, 절! 절 말이야!"

절? 템플? 스님들이 있는 곳?

다행이 황당한 얼굴로 동료 기사에게 되물었다.

"그, 불공드리고 노란 불상이 있는 그 절 말씀하시는 거예요?"

"그래, 그 절! 그럼 뭘 말하는 거겠어?"

동료 기사는 소리 지르듯 묻는 다행에게 짜증스런 표정을 지으며 대답했다.

***

최상현이 절에 있다고? 그 유흥을 좋아하는 녀석이? 어이가 없어서 웃음이 났다.

"하하하, 미쳐 진짜…."

다행이 갑자기 큰소리를 내며 웃자 기사들도 놀란 눈으로 그녀를 바라보았다.

"아가씨, 거긴 왜 가려고 하는 건데?"

의외의 행적에 다행은 기가 막혔다. 어이가 없어 기사가 묻는 말에 곧바로 대답할 수 없었다.

아직까지 감을 못 잡고 강남 클럽이나 뒤져보고 다녔다면 얼마나 시간 낭비였을지, 생각만 해도 끔찍했다.

"아, 정신 나간 녀석이 거기 있어서요. 혹시 지금 그 절로 갈 수 있는 방법은 없을까요?"

기사는 다행의 말이 끝나기 무섭게 고개를 저었다.

"지금 시간이 몇 신데. 아가씨 막차타고 온 거 몰라? 그 산 중턱에 올라가는 건 마을버스도 없어."

"네?"

마을버스도 다니지 않는다는 얘기에 다행은 뒷골이 당기기 시작했다.

"어휴, 그냥 절도 아니고 완전 암자야 암자…."

동료 기사가 혀를 끌끌 차며 말했다. 다행을 데리고 온 기사가 물었다.

"도대체 절이 얼마나 조그맣기에 지도에도 안 떠?"

"아, 그 뭐… 비구니들만 있는 암자라든가, 뭐라든가. 암튼 워낙 작은 곳이라서 지도 같은데 잘 안 떠. 나 같은 동네 토박이들이나 알지. 신원리 사람들도 모르는 사람이 태반이야…."

비구니만 있는 절이라고? 아하, 여자 스님만 있다는 절이다 이거지?

그 말에 다행은 또 기가 막혔다. 그 와중에도 여자만 있는 절을 골라갔다는 게 얼마나 어이가 없는지. 최상현다웠다.

"참나, 하하하… 진짜 어이없어…."

웃었다가 화냈다가 한숨 쉬는 다행을 기사들은 걱정하기 시작했다.

"어이, 아가씨. 왜 그래? 거기 누가 있어?"

'최상현 이 자식, 어디 엿 먹어봐라!'

다행은 얼굴에 웃음기를 지우고 대답했다.

"네, 영장이 나왔는데 군대 가기 싫어서 도망간 녀석이 있어요. 그 녀석 잡아야 하거든요."

"허, 사내 녀석이 어지간히 가기 싫었나 보네. 그럼 아가씨는 여자 친구?"

"아뇨!"

손사래를 치며 다행은 고개를 흔들었다. 여자를 그렇게 좋아하는 최상현에게 여자사람 친구가 아닌 진짜 애인이 있긴 할까 하는 생각을 했다. 뭐 어쨌거나, 다시 거짓말을 이어갔다.

"그 녀석 누나예요."

"아이구!"

두 기사는 다행을 안타까운 눈으로 바라보았다. 둘 다 젊은 처자가 늦은 시각에 이 시골에 막차를 타고 들어왔다는 사실을 이제야 이해하기 시작했다.

"어떡해!"

기사들은 안타까운 눈빛으로 다행을 바라보았다. 괜히 마음이 찔렸다. 하지만 상현을 빨리 찾을 수만 있다면!

"그래서… 그 암자까지 가려면 동은 터야 하나요?"

"동이 터도 봉고차가 없으면 못 올라가."

"봉고차요?"

"그래, 그 절이 있는 산 입구에 하루에 두 대씩 봉고차가 오거든. 신도들 태우고 올라가는 건데, 그 차 타고 올라가면 단번에 갈 수 있어."

"그, 그럼 그 봉고차가 언제쯤 오는지 알 수 있을까요?"

기사 손 씨는 뭐라고 대답해야 할지 몰라 난감한 표정을 지었다. 봉고차가 오는 시간은 정확히 정해져 있지 않았고, 그때그때 신도가 들어오는 경우에 따라 달랐다. 제아무리 토박이라 해도 알 수 없는 노릇이었다.

"글쎄, 내가 그것까지 어찌 아나? 그 암자에 올라가 본 적 있는 것도 아니고…."

다행은 눈앞이 캄캄했다. 이 외딴 시외버스터미널에서 그 절까지 어떻게 간단 말인가. 그래도 일단 시외버스터미널을 벗어나는 게 중요했다.

"저, 그럼… 퇴근하시는 길에 저 신원리 근처까지만 데려다 주시면 안 될까요?"

"허어, 이 아가씨 겁도 없네! 그냥 터미널에서 조금만 기다리고 첫차 기다려! 지금 가서 뭘 어쩌겠다는 거야?"

다행을 태우고 온 기사가 그녀를 걱정하며 만류했다. 하지만 다행은 여유 있게 기다릴 처지가 아니었다. 만약 암자로 들어가는 봉고가 새벽에라도 있으면? 그걸 놓치게 된다면 또 한나절을 기다려야 한다. 차라리 그 앞에 가서 죽치고 있는 게 나을 것 같았다.

"아니에요, 그 자식이 또 어디로 도망갈지 몰라요. 입대가 코앞인데…."

다행은 넉살도 좋게 연기를 했다. 군대 가기 싫다고 도망간 동생 그리고 그 천방지축 동생을 잡으러 온 누나. 누가 봐도 우습고 안타깝고 짠할 것이다.

"아휴, 아가씨도 참. 그렇다면 어쩔 수 없긴 한데… 요즘 세상이 워낙 흉흉하니 걱정돼서 그러지!"

손 씨는 안타까운 얼굴로 자신의 차에 얼른 타라고 손짓했다.

다행은 자신의 탁월한 연기에 감탄하며 서울에서 이곳까지 자신을 태우고 온 버스기사에게 고개를 꾸벅 숙였다.

***

"이 길이 그 암자로 가는 입구야."

기사 손 씨가 다행을 어두컴컴한 산 입구 앞에 내려주었다. 그리고는 봉고차를 기다릴 거면 거기서 기다리는 게 잘 보이고 좋을 거라는 말도 덧붙였다.

"아이구, 젊은 처자가 고생이 많구면. 별 탈 없이 동생 데리고 집으로 가!"

손 씨는 아직 동도 트지 않은 캄캄한 새벽에 커다랑 배낭을 매고 덩그러니 남은 다행을 안쓰럽게 쳐다보았다. 다행은 공짜로 암자 입구까지 오게 된 것만 해도 감사했다. 그래서 떠나는 손 씨의 차에다 연신 고개를 꾸벅꾸벅 숙여 인사했다.

"하아, 이제 어쩌지?"

입구로 들어가는 어두운 길목을 보니 한숨이 나왔다. 이제 겨우 새벽 세 시, 암자에 올라가는 봉고차를 기다리려면 못해도 너덧 시간은 더 기다려야 할 것 같았다.

이대로 기다리느냐, 아니면 지도 앱에 의지해서 움직여보느냐…. 선택의 시간이었다.

"아으!"

무서워하는 게 딱히 없고, 담력이 넘치는 탓에 이깟 길 한 번 올라가보자는 마음이 생겼다. 무모하기 짝이 없는 선택이었다. 하지만 입구 앞에서 기약 없이 시간을 보내는 것보다는 나을 것 같았다.

"지도가 있으니까, 괜찮겠지…."

다행은 결심한 듯 발걸음을 옮겼다. 천천히, 길이 뚫린 곳으로만 간다면 크게 어려울 것도 없다는 생각이 들었다. 그 망할 녀석만 찾는다면 말이다.

상현이를 찾아 최대한 빨리 돌아가야 했다. 가뜩이나 정혁과 싸우고 온 마당에 일을 더 크게 만들고 싶지 않았다. 위험을 감수하는 한이 있더라도 당장 암자에 올라가야만 했다. 거기서 최상현이 또 어떤 깽판을 치고 있을지도 확인해야 했다.

늦여름의 새벽은 얼어 죽을 추위는 아니었지만 그래도 산 속은 달랐다. 차가운 기운이 땅 밑에서 스멀스멀 올라왔다. 다행은 입고 있던 셔츠를 여몄지만 여의치 않았다.

"윽! 괜찮아, 조금만 더 올라가면 나올 거야. 할 수 있어! 괜찮아…."

스스로를 계속 다독였다. 사실 아무리 무서운 게 없다 해도 여자 혼자 산속을 무거운 배낭을 진 채 오르는 게, 보통일은 아니었다.

이를 악물었다. 어디서 멧돼지라도 튀어나올까 두려웠다. 요즘 멧돼지들이 기승을 부린다는 뉴스를 많이 봤는데….

푸드득!

"으악, 엄마아아아!"

갑자기 옆으로 뭐가 지나가는지 이상한 소리가 들렸다. 기겁한 그녀는 그 자리에 주저앉아 벌벌 떨었다. 망할 암자는 보이지 않고 올라가는 길에는 불빛 하나 없었다.

"하아… 하아…."

다행은 조심스럽게 휴대폰 라이트를 켰다. 배터리가 얼마나 남았는지 정확히 알 수 없었지만 암자까지는 버틸 수 있지 않을까 생각했다.

라이트에 의지해서 다시 암자 쪽으로 천천히 올라갔다. 포장이 안 된 거친 길이었지만, 그래도 충분히 걸어올라 갈만 했다. 이를 악물고 덜덜 떨리는 다리에 힘을 주었다. 가는 동안 옆길에 정체불명의 폐가가 보여 괜히 등골에 오소소, 소름이 돋았다.

"진짜, 뭐 이런데 들어온 거야? 최상현! 으아, 이 망할 새끼!"

입에서 저절로 욕이 튀어나왔다.

후두두둑

갑자기 머리 위로 뭔가 하나 둘씩 떨어지는 것을 느꼈다. 감이 좋지 않았다.

"이게 뭐야…."

그녀는 손에 떨어진 물기 냄새를 조금 맡아보고 혀를 살짝 갖다 댔다. 겁이 나니 별짓을 다하는 자신이 우스웠다.

"뭐야? 비잖아!"

다행의 말이 끝나기 무섭게, 갑자기 하늘에서 천둥치는 소리가 들리며 굵은 빗방울이 떨어지기 시작했다.

쏴아아아!

"안 돼!"

거센 빗줄기에 다행은 정신을 차릴 수가 없었다. 오로지 핸드폰 플래시에 의지하며 걸었는데, 빗줄기 때문에 그것만으로는 시야 확보가 어려웠다. 당장 눈앞도 제대로 보이지 않았다.

이럴 거면 차라리 첫차를 기다리는 건데, 후회가 가슴팍을 넘어 목구멍 아래까지 치밀어 올랐다.

"가만 안 둘 거야… 최상현! 이 망할 자식아! 너 때문에, 너 때문에… 어흡!"

홧김에 입을 열었으나 입안으로 들어오는 것은 빗방울뿐이었다.

"어흡, 퉤퉤퉤….

우비도 입지 않은 채로 정신없이 산길을 올라가다 보니 추위를 막아주던 셔츠는 물론 배낭도 젖어서 늘어졌다, 온몸이 물먹은 솜처럼 무거웠다.

"안 돼, 조금만… 조금만 더 가면 있을 것 같은데….

휴대폰을 들어 플래시를 끄고 급히 지도 앱을 켰다. 어디쯤 왔는지 봐야만 했다. 그런데 물에 잔뜩 젖어서인지 아니면 배터리가 방전되어서인지 휴대폰 화면이 꺼졌다 켜졌다를 반복하더니 그대로 먹통으로 변해버렸다.

"아!"

불상사가 연발로 터지자 속이 답답해졌다. 이제 플래시 불빛조차 없었다. 동이 트려면 최소한 두어 시간은 더 남았는데, 앞으로 얼마나 걸릴지 모르는 암자를 어두컴컴한 상태로 걸어가야만 했다.

이대로 주저앉아 동이 틀 때까지 기다리고 싶은 심정이었다. 그러나 늦여름이라 해도 비를 맞은 상태다 보니 점점 체온은 떨어지고 으슬으슬 춥다 못해 자꾸만 눈이 감겼다.

"하하하, 이러다가 죽겠다. 진짜… 망나니 새끼 하나 찾다가 불쌍한 김다행 이 자리에서 생을 마감…."

농담처럼 던졌지만 정말 죽을 수도 있을 것 같았다. 점점 의식이 희미해지기 시작했다. 춥고 배고프고, 물에 젖어 더 움직이기도 힘들었다.

"제발, 가자…."

그러나 몸이 꿈쩍도 하지 않았다. 아직 암자까지는 길이 꽤 남은 듯했다. 하지만 기력을 소진한 다행은 그 자리에 못 박힌 듯 한참을 서 있다가 풀썩 주저앉았다.

눈이 감기고 자꾸만 잠이 왔다. 의식이 아래로, 아래로 자꾸만 떨어지는 기분이었다.

"이럴 줄 알았으면 차정혁이 준 쪽지 확인이라도…."

정혁이 준 쪽지를 확인이라도 해볼 텐데. 아득해지는 정신 속에 정혁의 얼굴과 함께 그가 준 쪽지가 떠올랐다. 그걸 어디 뒀더라? 화를 내며 자신을 말릴 때, 그의 말을 들었어야 했나. 최상현을 찾는다고 난리치는 게 아니었던 걸까….

갑자기 후회가 몰려왔다. 그의 말을 듣지 않은 벌인지도 몰랐다.

"미안해 정혁아. 그런데 나, 나는…."

얼마 지나지 않아, 다행은 그 자리에 완전히 고꾸라져버렸다. 더 버틸 수가 없었다.

***

"아이구, 시주님! 이 새벽에 물품을 보내신다고요? 주지스님께 말씀드리고 곧 마중 가겠습니다. 밖에 비가 많이 오는데, 조심하시고요!"

가르마를 곱게 탄 여인은 전화를 끊자마자 따뜻한 열기가 남아 있는 장판에서 벌떡 일어섰다. 그녀는 구겨진 승복을 펴며 머리를 매만졌다.

"스님, 밑에 잠시 다녀와야겠습니다. 스님들께서는 고기를 안 드시는 데… 녀석이 오는 바람에, 아휴 제가 면목이 없습니다."

"공양간 보살님께서 무슨 그런 말씀을 하십니까? 하하, 괜찮습니다. 그런데 아직 동이 트기도 전인데 벌써 음식을 보내신다고 합니까?"

"뭐, 녀석이 미리 시켜놓았겠지요. 암자 음식이 얼마나 귀하고 몸에 좋은 것인데, 밖에서 얄궂은 것만 들여와서는! 에휴…."

공양간 보살이라 불리는 여인이 고개를 가로저으며 한숨을 내쉬었다. 그러자 옆에 앉아 있던 비구니 둘이 웃음을 터뜨렸다.

"그래도 어미 찾아 들어온 자식 아닙니까? 보살님이 전생에 복을 많이 지어서 그런 것일 겝니다!"

"미운 자식 떡 하나 더 준다고 하지 않습니까? 히히히."

비구니의 말에 여인도 공감한다는 듯 눈을 몇 번 깜빡이며 슬며시 웃었다. 그녀는 시간을 더 지체해서는 안 된다고 생각하며 장지문을 열고 밖으로 나갔다.

빗줄기는 잦아들 기미가 보이지 않았다. 여인은 문 근처에 세워둔 큰 우산을 펼쳐들었다. 우산을 펼치자 옆방 문이 벌컥 열렸다.

"엄마!"

"왜 안 자고 일어난 거야?"

"나 잠귀 밝은 거 알잖아! 이 시간에 어딜 가려고?"

여인은 자신을 엄마라 부르는 젊은 남자를 향해 기분 좋게 웃었다. 한손에 우산을 쥔 여인은 남자를 향해 다시 자라고 손짓했다. 그러자 젊은 남자가 소리쳤다. 빗소리가 거세 행여나 잘 안 들릴까, 목청을 높였다.

"내가 같이 가줘?"

"아니야, 두어 시간 더 있다가 일어나야지!"

"쳇!"

남자는 뾰로통한 얼굴을 했으나 입꼬리는 내려올 줄 몰랐다. 여인은 펼쳐 든 장우산으로 거센 빗줄기를 뚫고 움직였다.

차량을 보낸다는 곳이 암자에서 조금 떨어진 곳이라 밤눈이 어두운 그녀는 애를 먹을 수밖에 없었다.

"아휴, 참 성격도 급하지…."

여인은 넘어지지 않게 천천히 암자 아래로 내려갔다. 해가 뜨기는커녕 빗줄기로 앞이 거의 보이지 않았다. 결국 손전등을 켜 불빛을 비추고는 조심스레 걸음을 옮겼다.

"어라?"

길 한가운데 검은 그림자가 드리워져 있었다.

바닥에 엎어져 있는 게 사람인지 짐승인지 분간이 잘 가지 않았다. 여인은 눈을 비볐다. 음식을 실은 차량을 만나기도 전에 정체불명의 물체와 마주하자, 손에 힘이 잔뜩 들어갔다. 긴장할 수밖에 없었다. 멧돼지들도 종종 암자로 내려오곤 했기 때문이었다.

조심스럽게 다가간 그녀는 검은 물체가 곧 사람이라는 것을 알았다. 그것도 온몸이 축축하게 젖어 얼음장으로 변한 여자아이라는 것을….

"어머나! 이봐요, 일어나 보세요!"

여인이 다행의 몸을 흔들며 큰소리로 외쳤다.

"아가씨, 아가씨! 정신 좀 차려 봐요!"

다행은 정신을 완전히 놓아버린 상태였다.

***

"내가! 최상현 그 새끼 찾지 말라고 그랬지?"

정혁은 잔뜩 화가 난 얼굴이었다. 그는 다행의 어깨를 틀어잡고 흔들었다. 그의 손아귀 힘이 어찌나 센지, 다행은 소리를 지를 뻔 했다.

"왜, 왜 내말을 안 들어! 그 자식이 알아서 돌아올 때까지 그거 기다리는 게 그렇게 힘들어? 어? 아저씨한테 빚을 갚아야 해서? 그래서 사람 말도 안 듣고 그 난리를 치는 거야? 어? 대답해!"

그게 아니라고, 어떻게든 빨리 그룹을 다시 재데뷔시키고 싶어.

오해하지 말아달라고, 다행은 눈물을 머금으며 정혁을 향해 외쳤다.

그런데 이게 웬걸? 목소리가 나오지 않았다. 다행은 정혁의 얼굴을 바라보며 외쳤지만, 아무리 외쳐도 닿지 않았다. 진공상태에 갇힌 느낌이었다.

"내말을 듣지 않은 네 잘못이야. 후회 하지 마."

정혁이 차갑게 노려보며 몸을 돌렸다. 다행은 허겁지겁 그를 따라갔지만 어떻게 된 일인지 그의 옷자락조차 잡을 수 없었다.

안 돼!

안 돼… 제발, 제발 날 좀 봐줘.

가지마! 미안해, 정혁아. 니 말 안 들어서 미안해.

외치고 외쳤지만, 정혁은 차갑게 돌아서서 다행이 다가갈 수 없는 곳으로 향할 뿐이었다.

"아, 안 돼!"

정혁의 뒷모습이 완전히 사라지고 나서야 다행의 입에서 목소리가 튀어나왔다. 허공에서 계속 허우적거리며 정혁의 뒤를 쫓았지만 몸이 움직이질 않았다.

"가지 마! 제발!"

정혁을 잡기 위해 움직이지 않는 발을 가까스로 힘주어 쫓아가던 찰나, 커다란 구멍에 툭 하고 떨어졌다. 마치 블랙홀에 빨려 들어가는 것처럼….

"…아아악!"

"어머, 아가씨! 이제 좀 정신을 차리겠어요?"

조금 전까지 정혁과 있었는데, 여기가 어딜까? 다행은 눈을 감았다 떴다는 몇 번이나 반복했다. 눈을 뜨자 보이는 것은 커다란 대들보가 보이는 천장이었다.

"여기가…."

"아휴, 다행이네! 다행이야!"

비구니가 양 손바닥을 부딪치며 작게 박수 쳤다. 다행이 눈을 떠 정말 다행이라는 듯 안도의 숨을 내뱉었다.

"큰일 날 뻔 했어! 조금만 있어 봐요, 공양간 보살님이 아가씨 발견 못했으면 황천행이었어! 보살님 좀 불러와야겠네…."

다행은 이게 무슨 일인가 싶어 어리둥절했다. 하지만 뭔가를 묻고 싶어도 목이 아프고 잠겨 으, 하고 신음만 내뱉을 뿐이었다.

"아휴, 아가씨! 좀 쉬어요. 무리하지 말고. 어쨌거나 이렇게 만난 것도 다 부처님이 맺어주신 인연인데, 푹 쉬고 나중에 보살님이 가져오는 죽 잘 챙겨 먹어요."

그렇게 몇 번이나 신신당부를 하던 비구니는 장지문을 열고 밖으로 나갔다. 도대체 이게 어떻게 된 일인지 몰라 다행은 당황스러운 눈빛으로 천장만 바라보았다.

새벽에 무리를 했던 것 같다. 버스기사들이 한사코 말리며 첫차를 타고가라 일렀으나, 강행한 건 그녀였다. 후회가 밀려왔다. 하면 될 거라 생각했다. 암자까지 올라가는 게 아무 것도 아니라고 생각했다. 하지만 주변에서 하나같이 뜯어말리는 건 그만한 이유가 있었다. 말을 듣지 않고 몸을 축낸 건 다행의 잘못이었다.

"휴…"

얼마 동안이나 그곳에 쓰러져있었는지 알 수 없었다. 아마 그 공양간 보살이라는 분이 자신을 발견하지 않았다면 죽었을지도 모른다. 늦여름이라 해도 빗줄기에 몸이 다 식고도 남았다. 저체온상태로 계속 방치되었으면 저승사자가 웰컴을 외치며 쫓아왔을 것이다.

"정신이 나갔지, 정신이 나갔어…"

다행은 천장을 바라보며 낮게 읊조렸다. 무슨 부귀영화를 보자고 그렇게 무모한 짓을 했을까.

"이제 좀 괜찮아요?"

때마침 장지문이 열리더니 가르마를 곱게 탄 여자가 방으로 들어왔다.

"아, 네…"

다행은 저도 모르게 자리에 일어나 앉으려 시도했다. 그러자 여자가 손사래를 치며 다행을 다시 눕혔다.

"아직 몸이 안 좋을 텐데 무리하지 말아요."

문을 열고 들어온 여자가 다행의 어깨를 잡아 조심스럽게 다시 자리에 눕혔다. 다행은 그녀의 목소리를 듣자 죽은 엄마가 살아 돌아온 듯한 기분이 들었다. 같은 목소리가 아니더라도 그 다정함에 매료되는 느낌이 들었기 때문이다.

실례라는 걸 알면서도 다행은 그녀가 하라는 대로 따랐다.

환갑을 훌쩍 넘긴 듯한 여자는 다행을 다정하게 바라보았다.

"이 연약한 몸으로 깜깜한 새벽에 암자에 오를 생각을 했던 건가요?"

다행은 마치 아이라도 된 것처럼 여자의 물음에 고개를 가만히 끄덕였다.

"아이구, 담도 좋지. 하하하! 암자엔 무슨 이유로 왔어요? 이곳에 연이 있습니까?"

"아, 그게…."

다행은 뭐라고 말을 좋을지 난감했다. 도망간 아이돌을 찾으러 왔다고? 아니면 버스기사들에게 쳤던 뻥처럼 군대 안 가려고 버티는 동생을 찾으러 왔다고?

잠시 갈등하는 사이에 여인이 먼저 입을 열었다.

"아가씨, 혹시 나쁜 맘먹고 그랬던 건 아니지?"

"네? 무슨 나쁜 마음…."

"가운데 손가락에 굳은살이 유독 딱딱하게 박힌 걸 보니까 공부를 오래한 것 같은데, 혹시 시험이 안 되거나 아니면 결과가 나빠서 그 새벽에 산에 올라와서…."

여인은 이야기를 하다말고 얼굴이 딱딱하게 굳었다.

다행은 고개를 세차게 저으며 아니라는 뜻을 보였다. 그러자 다시 여인의 얼굴이 환해졌다.

"아이구, 그럼 다행이고. 무슨 이유로 여기까지 올라온 건지는 모르겠지만… 배고프죠? 조금만 기다려 봐요."

여자는 앉은걸음으로 장지문 근처에 다가가더니 소반 하나를 들고 들어왔다. 고소한 냄새가 다행의 코를 찔렀다. 무슨 음식일까, 상상을 하자 침이 고였다. 지난 저녁부터 아무것도 먹지 못한 다행의 위가 요동을 치고 있었다.

꼬르륵, 하필 타이밍도 기가 막히지 거기에 딱 맞춰 다행의 뱃가죽이 울렸다.

"배가 많이 고팠구나! 식기 전에 얼른 먹어요. 몸도 성치 않은데 과한 거 먹으면 탈날까봐 죽 좀 끓여봤어요."

죽 냄새를 맡자, 묘하게 긴장이 풀렸다. 죽기 전 엄마가 종종 끓여주던 잣죽이었다. 비쩍 마른 다행을 걱정하며 만들어준 보양식이었다. 돌아가신 엄마가 갑자기 생각났다. 그 힘든 공시공부 중에도 잘 떠오르지 않았는데. 심지어 이지이지 대출에 끌려가 아빠라는 작자가 남긴 빚 이야기를 들을 때도 이만큼 떠오르지 않았는데… 어째서일까, 저 늙은 여인의 모습에서 엄마가 문득 떠오르는 게.

한술 떠 넣고 나자, 다행의 눈가가 촉촉하게 젖기 시작했다.

그동안 많이 힘들었나 보다. 그렇게 모든 일을 떠맡아서 버티고 버텼다. 하지만 몸은 축나고, 일은 생각처럼 되지 않으니 정말 모든 걸 놓고 싶다는 생각도 아주 잠시 했었던 거 같다.

"고, 고맙… 습…."

죽이 어디로 들어가는지도 모르게 눈물이 왈칵 터졌다. 음식을 해준 사람 앞에서 예의가 아니라는 걸 아는데도 한번 터진 울음은 멈출 줄을 몰랐다.

"으흑흑… 잘 먹을 게요… 고맙…."

"에구, 눈물이 그리 많아서 어쩌누…."

여인은 다행의 심정을 대충 알겠다는 표정으로 터진 울음을 달래 주듯 다행의 등을 천천히 쓰다듬었다. 그 손길이 더 따스해서 다행은 좀처럼 눈물을 그칠 수가 없었다. 그때, 갑자기 얄팍한 장지문이 부서져라 열렸다.

"엄마! 나 앞마당 다 쓸고 왔어!"

갑자기 문을 열고 들어온 젊은 남자의 얼굴을 보자, 다행은 갑자기 눈물이 쏙 들어갔다.

"아!"

최상현이었다. 그토록 다행을 괴롭히던 최상현은 여인에게 칭찬해 달라며 아이처럼 말했다. 순간 다행은 젖 먹던 힘을 다해 소리를 질렀다. 그러자 다행의 등을 쓰다듬던 여인도 상현도 깜짝 놀라 움직이지 못했다.

"어… 니가 왜 여기 있어?"

너무나 태연하게 답하는 최상현을 보자 가라앉았던 다행의 화가 나서 피가 거꾸로 솟는 것 같았다.

"뭐? 그러는 너는? 너 진짜 죽고 싶어?"

다행은 절규하듯 상현을 향해 소리를 질렀다.

***

쾅! 정혁이 식탁을 거세게 쳤다. 벌써 사흘 째였다. 사흘 째 다행의 얼굴을 볼 수가 없었다. 물론 첫날은 자신이 화를 냈고, 그 때문에 다행과 싸웠으니 어쩔 수 없다 해도 삼일 째 아침식사에서까지 그녀의 얼굴을 보지 못하자 슬슬 화가 치밀기 시작했다.

"도해욱."

정혁의 기분이 별로 안 좋다고 판단한 해욱은 녀석이 식탁을 치든 소리를 지르든 뭘 하든 모르쇠 할 생각이었다. 최소한 다행이 돌아올 때까지 말이다. 그러나 그새를 참지 못하고 정혁은 말을 걸었고, 해욱도 더는 피할 수 없다는 걸 깨달았다.

"왜…"

"너 알지?"

"뭘 알아?"

"김다행이 어디 갔는지, 그리고 최상현이 어디 짱 박혀 있는지."

해욱은 금세 어이없는 얼굴을 했다. 자신이 무슨 CCTV도 아니고 걔들이 어디 있는지 어디로 갔는지 어떻게 안단 말인가. 해욱은 정혁을 빤히 쳐다보다가 다시 고개를 숙여 밥을 먹었다. 어차피 말도 안 통하는 녀석인데, 뭘.

"도해욱! 빨리 불어!"

"내가 그걸 어떻게 알아. 말 같지도 않은 소리 하려면 대충 처먹고 나가라."

해욱은 짜증이 일었다.

여기까지 온 게 다 그 재수 없는 계집애 덕이라고? 난리법석을 쳐도 참고 모른 척 해준 자신은?

보자보자 하니 '우정'이라는 들먹이기 좋은 단어하나로 끊임없이 사람을 긁는 것도 정도가 있지.

"알잖아, 넌! 태영이 자식도 그렇고 너도 그렇고 왜 말을 안 해?"

"니가 진작 알아보던지… 뒤늦게 와서 왜 깽판이야?"

화가 불붙듯이 일었지만 해욱은 태연함을 잃지 않으려 애썼다.

"그래, 알았다. 그럼 나도 가만히 안 있을게. 최상현 그 새끼 부모 병원 가서 지랄 한 번 하면 돼? 어?"

"거긴 늦었어."

"그게 무슨 소리야?"

정이 짜증을 내며 묻자 해욱이 비스듬히 쳐다보며 이야기했다.

"그 싸가지 없는 여자한테 벌써 대단하신 매니저님이 찾아가서, 최상현이 어디 있는지 알아봤으니까! 그리고 대단하신 매니저 김다행은 어제 저녁에 최상현 찾으러 갔다니까!"

해욱의 말에 정혁은 당황한 기색을 지우지 못했다.

***

"상현이랑 아는 사이였어요?"

여인은 사람 좋은 웃음을 지으며 다행이 깨끗이 비운 그릇을 치웠다. 최상현을 만나고 나서 다행은 무섭게 기력을 회복하며 잣죽을 게 눈 감추듯 먹어치웠다.

"뭐야, 팔팔하네. 멀쩡하구먼? 어디서 아픈 척을 하나?"

"쓰읍! 상현아. 너 찾으러 멀리서 왔는데 어찌 그렇게 말을 하누?"

다행은 이제야 살겠다는 표정을 하며 상현을 죽일 듯이 노려보았다. 그러나 자신을 구해준 여인이 신경 쓰여, 원래 하던 대로 상현을 대할 수는 없었다.

"야, 너 찾느라 강남이랑 이태원에 클럽이란 클럽은 다 뒤지고 다

넜어. 너 진짜…."

다행이 눈을 세모꼴로 만들며 상현을 뾰족하게 바라보았다. 상현
은 '클럽'이라는 단어가 나올 때마다 안절부절 여인의 눈치를 보았
다. 다행은 약점을 잡은 듯 다시 입을 열었다.

"왜! 너 자주 가는 나이트 있잖아. 거기 삐끼랑 몇 번 봤더니 아예
친해졌다, 야!"

상현이 좌불안석일수록 다행은 그를 더 골려주고 싶어 유흥문화
에 대해 이야기를 좀 더 꺼내려 했으나 여인이 그런 다행을 말리듯
슬며시 웃었다.

"상현이 너, 나랑 약속한 거 하나도 안 지켰구나?"

"아, 엄마 그게 아니라…"

말은 그렇게 해도 여인은 상현을 질책하거나 혼낼 생각은 전혀
없는 것 같았다. 그 와중에 다행은 이 둘의 관계가 무슨 관계인지 궁
금할 따름이었다. 상현의 엄마는 강혜인 박사인데도 불구하고 저 초
로의 여인을 향해 엄마라고 부르는 건 대체 뭐란 말인가.

상현은 더는 쪽팔리고 싶지 않다는 듯 다행을 향해 손을 쭉 내밀
어 까딱까딱 움직였다.

"야, 너 밥도 다 먹었고 살만 하면… 좀 나와. 할 이야기가 있어."

다행 역시 상현과 할 이야기가 있었기에 옳다구나 하는 마음으로
따라 나갈 채비를 했다. 조심스럽게 장지문을 열고 넘어가려는 찰
나, 여인이 다시 다행을 향해 조심스럽게 이야기했다.

"이미 서로가 잘 아는 사이 같은데, 상현이 저 아이… 관심이 필요
한 아이예요. 너무 다그치거나 몰아붙이면 다른 쪽으로 튀어버리는
녀석이니 천천히 잘 이야기 해봐요."

다행은 여인이 누구보다도 상현을 아끼고 귀하게 여긴다는 걸 알 수 있었다.

"뭔데?"

방문을 열고 나간 다행은 저벅저벅 걸어가는 녀석을 쳐다봤다. 상현은 암자 끝까지 올라갈 심산인 것 같았다. 다행은 다급히 녀석을 따라갔다.

"뭐 때문에 할 말이 있다는 건데? 너… 빨리 하산준비나 해라. 좋은 말 할…"

다행이 시동을 걸며 잔소리를 시작하려고 하자 상현은 암자 끄트머리에 있는 바위에 올라서서 입을 열었다.

"나 그거 그만 두련다. 무풍지대니 뭐니…"

상현이 말이 무슨 소린지, 자신의 귀에 들린 그 말의 저의가 뭔지 알 수가 없어 다행은 두 눈을 부릅뜨고 그를 노려보았다.

"뭐?"

다행은 순간 자신이 무슨 소리를 들은 것인지 귀를 의심해야만 했다.

그만 둔다고? 다행이 상현의 팔을 잡았다. 이 말이 녀석의 진심에서 나온 소린지, 그게 아니면 괜히 떠보는 건지 알 수가 없었다.

"그냥, 내가 민폐라는 거 나도 잘 알아."

"기가 막혀서…"

어이가 없었다. 녀석을 찾으러 며칠 밤을 헤맸는지 모른다. 그런데 그만둔다고? 새벽에 겪었던 그 무서웠던 순간들 보다 지금 상현의 말이 더 끔찍했다. 다행은 그 자리에 털썩 주저앉았다. 그러자 상현이 약간 놀란 듯 그녀를 내려다 봤다.

"여긴 대체 어떻게 온 거야?"

"어떻게 왔으면? 니가 무슨 상관이야."

까칠한 대답이 나갔다. 그러자 상현이 당황한 기색이 가득한 얼굴로 다행의 눈치를 봤다.

"너네 엄마한테 찾아가서 너 어디 있냐고 물었다! 왜?"

다행이 짜증이 가득한 목소리로 말했다. 그냥 모든 게 다 환멸스러웠다. 대체 저 녀석 머릿속엔 뭐가 들어있기에 이렇게 삐딱 선을 타는 걸까.

"어쩐지…."

다행의 답에 상현은 예상했다는 눈으로 암자 아래를 한번 훑었다.

"그래서 그만 두겠다고?"

"그래, 그만 둘 거야. 더 좋은 멤버, 괜찮은 애 찾아보라고…."

"지금 그걸 말이라고 하는 거야?"

날이 잔뜩 선 목소리에 상현은 그녀를 향해 미안한 얼굴로 한번 쳐다봤다가 다시 바위 아래로 눈길을 돌렸다.

"데뷔무대, 그거 나 때문에 망쳤잖아."

그걸 아는 녀석이 지금 그런 소리를 꺼내는가싶어 다행은 상현을 쏘아봤다.

"그러니까, 나는 팀에서 빠지는 게 팀을 도와주는…."

딱! 다행이 벌떡 일어서서 상현의 머리에 꿀밤을 먹였다.

안 그래도 상현과 트러블이 있을 때부터 한 대 쥐어박았으면 좋겠다고 매번 생각했었는데, 드디어 실행에 옮기고 나니 속이 시원해졌다.

"아악!"

상현은 갑자기 날아온 주먹에 놀라 괜한 엄살을 부리며 더 크게 소리 질렀다. 다행은 장난으로 몇 대 더 꿀밤을 먹이고 싶었지만 그만하자는 생각에 손을 거뒀다.

"그래서 어쩌겠다고!"

"아오! 야, 너 진짜… 손!"

상현이 다행을 노려봤다. 진지한 이야기를 하는데 꼭 그런 행동을 해야겠냐는 눈빛이었다. 하지만 다행이 편하게 나오자, 오히려 그의 입술에 미소가 번졌다.

"좋아, 나가고 싶음 나가!"

"뭐, 뭐?"

상현은 나가라는 다행의 말에 당황했다. 설마 진짜 나가라는 건가? 그래서 괜히 주춤거리며 물었다.

"나가라고, 민폐라고 생각하면. 대신!"

대신, 조건이 걸리자 뭔가 대안이 나올 거라 생각했던 것인지, 상현의 두 눈이 커졌다.

"대신, 다른 녀석으로 채워 넣고 나가."

그럼 그렇지, 상현은 다행의 이야기를 듣자 배시시 웃었다. 다행은 상현의 반응을 보며 그를 흘겨보았다. 저렇게 나올 거면서 뭘 그만둔다는 건지, 하는 행동이 꼭 아이 같았다. 암자에서 만났던 여인의 말이 맞았다.

'관심이 필요한 아이' 다행은 문득 상현을 처음 만났을 때가 떠올랐다. 여자와 뒹굴다가 난데없이 자신을 보고 애인이라고 하질 않나, 또 다른 여자를 밥 먹듯이 만나고…. 그렇게 따져보면 무풍지대 데뷔무대를 엉망으로 만든 것도 관심이 필요해서 한 짓 같아서 속이 뒤집어졌다.

"하! 어휴…."

"다른 녀석으로 못 채워 넣으면 어떻게 되는데?"

"뭐?"

다행은 더듬거리며 말하는 상현을 훑었다. 진심이 아니라는 걸 다 들통 난 마당에 저렇게 확인을 하려고 거듭 묻는 상현의 속이 훤히 다 보였다. 그런 모습이 같잖아서 코웃음이 나왔다.

"그러니까, 내가 대체할 만한 녀석을 못 채운 상태로 그만두면 어떻게 되는… 거냐고."

"아휴, 이 자식아!"

또다시 상현의 머리로 주먹이 향할 뻔했다.

"어쩌긴 어째? 그냥 니가 해야지! 누가 하겠냐고!"

"쳇, 헤헤…."

상현은 고개를 잔뜩 숙였다. 입 꼬리를 귀까지 끌어올려 바보가 된 모습을 다행에게 보여주기 싫었다. 왠지 부끄러웠다. 앙숙이라 생각했던 여자애에게 저런 소리를 들으니….

"니가 할 거지? 다시 제대로 연습해서 다음 무대에선 끝내주게 할 거지?"

"그거야, 뭐…."

상현이 떨떠름하게 대답하자 다행은 다시 다그쳤다.

"뭐, 뭐, 뭐! 어떻게 할 거냐고! 똑바로 말해!"

그러자 상현이 숙이고 있던 고개를 번쩍 들었다. 다행의 얼굴을 똑바로 봤다. 시선을 피하지 않았다. 이전까지 나몰라하며 무책임하게 보이던 그 눈빛이 아니었다.

"하산 하자, 내가 이번엔 똑바로 할게. 그럼 되는 거지?"

만족스러운 답변을 얻은 다행은 고개를 크게 끄덕였다.

'이런 모습을 조금만 일찍 보여줬더라도 좋았을 텐데' 하지만 이미 지나간 일에 대해 연연해봤자 속만 쓰릴 뿐이었다. 지금이라도 상현의 바뀐 태도에 감사했다.

"그런데 잠시만, 엄마한테 인사 좀 하고…."

"나도 물어볼 거 있어. 너네 엄마가 저기 암자에 계시는 분이야? 아님 여성병원장이야? 누가 진짜 엄마인 거야?"

"…낳아준 사람은 그 여자일지 모르지만, 길러준 사람은…."

상현은 손가락으로 암자를 가리켰다.

"그래, 뭐 세상에 사연하나 없는 사람 어딨겠냐. 나도 뭐 생물학적으로 애비라는 작자가 있다마는… 사채 빚이나 떠안기고 쥐도 새도 모르게 사라졌는데 뭘…."

그런데 바닥을 한참 바라보고 있던 상현이 갑자기 다행을 향해 짜증을 냈다.

"사연 같은 소리 하지 마!"

발끈하는 상현의 모습에 다행은 떨떠름하게 그를 쳐다봤다.

***

"엄마는 우리 집 입주 가정부였어. 일주일에 하루, 딱 하루만 집으로 돌아가고 그 외엔 늘 나를 돌봐줬어. 나는 엄마가 집에 가는 그 하루가 제일 괴로운 날이었고…."

그는 잠시 고민하다가 다시 입을 열었다.

"엄마한테는 딸이 한 명 있었는데… 자살했다고 들었어. 손목을 그었대."

다행은 암자로 내려가는 길에 상현의 이야기를 들으며 아무런 반응을 하지 않았다. 하지만 암자의 여인이 자동적으로 떠올랐다.

"오랫동안 공부를 했다고 했는데… 잘 안 됐었나봐. 엄마 딸이 그렇게 죽은 거 보면. 그날 이후로 우리 집에서 일하는 것도 그만뒀거든. 나는 그때부터 불행해졌지만."

다행은 여인이 자신을 잡고 왜 그렇게 이야기했는지 알 것만 같았다. 특히 가운뎃손가락에 굳은살을 지적했을 때, 공부를 오랫동안 해본 일이 있거나 혹은 주변에 수험을 준비한 사람이 있지 않을까, 하는 생각을 했었다. 좋지 않은 결말도….

"진짜 엄마라는 여자는… 너도 만나봤겠지만, 가짜야. 인생이 가짜. 아, 뭐 그건 아빠라는 사람도 똑같지만 말이야."

끝이 없는 불만을 털어놓는 상현을 보며 다행은 어디서부터 어긋난 인생인지 한편으로 딱했다. 그 안쓰러움은 자신의 처지에 대한 한심함으로 이어졌다.

'누가 누굴 걱정하는 거야, 이 바보야….'

"밖에선 대단한 의사겠지, 돈보단 생명… 뭐 이런 식으로 포장하면서. 사람들은 그 모습만 보고 판단해. 그러니깐 더 위선자가 되어가는 거지. 안에서, 사람들이 모르는 곳에서 어떻게 행동하고 얼마나 더럽게 사는지 모르고."

끊임없이 내뱉고 내뱉던 상현의 언성이 점점 높아졌다. 쌓였던 응어리를 풀기 위해 포효하듯 분노를 표출했다.

잠자코 그의 이야기를 듣던 다행은 갑자기 상현에게 질문을 던졌다.

"넌 그래서 그렇게 위악적으로 사니? 일부러 더 여자랑 엉키고 난 잡하게? 보란 듯이?"

다행의 질문에 허를 찔린 듯 상현은 잠시 멍한 얼굴로 그녀를 바라보았다.

"그렇잖아, 너희 부모님이 밖에 나가선 그렇게 좋은 사람일 수 없다며. 그런데 넌 너희 부모님의 이중성을 욕하면서 넌 왜 그러는 건데?"

다행은 작게 한숨을 내쉬며 말을 멈췄다. 상현의 눈동자가 흔들리고 있었다.

"너 자체가 원래 그렇게 멋대로인거야? 지금 너의 모습도 니가 욕하는 그 부모가 뭐가 다른지 한번 잘 생각해봐."

다행 역시 상현에게 할 말이 더 남았는지 멈추지 않고 연이어 덧붙였다.

"누구나 위선적이든 위악적이든 그런 면이 있어. 물론 니 인생에 대해 제대로 알지 못하는 내가 이런 이야기를 하는 게 듣기 싫을 수도 있겠지. 그런데, 그런데 있지."

다행은 잠시 뜸을 들이다가 상현을 똑바로 쳐다봤다.

"네 입으로, 너의 그 불만을 당당하게 이야기하고 싶으면 일단 인정을 받아. 남한테 그리고 너희 부모님한테. 너희 부모님은 최소한 사회적으로 인정받은 사람들이잖아. 그리고 이렇게까지 말하는 이유는 지금 니가 하고 싶은 일, 원하는 삶, 그거 전부 니가 혐오하는 너희 부모님의 돈과 권력에 의해 할 수 있는 거잖아."

상현의 눈빛이 날카로워졌다. 그는 다행의 말에 수긍하는 것인지, 아닌지 정확히 알 수 없는 그런 모호한 표정을 지었다.

"불만을 아예 말하지 말라고 하는 건 아니야. 일단 주어진 것에 최선을 다하고 그러다가 운이 좋아서 인정까지 받으면… 그때 너희 부모님을 탓하고 욕해도 늦지 않아."

다행이 상현을 향해 이야기를 끝냈을 때, 언제 비가 왔냐는 듯 우중충하고 흐렸던 날씨가 완전히 갰다. 암자와 암자를 병풍처럼 둘러싼 산. 그리고 그곳을 딛고 있는 다행과 상현. 이 모두를 감싸는 따뜻하고 뜨거운 햇볕이 내리 쬐였다.

***

다행과 상현은 천천히 산을 내려와 암자에 도착했다. 둘은 상현의 부모와 암자의 여인에 대한 이야기를 멈췄다. 더 이상 그에 관해선 말하지 않기로 약속이라도 한 듯….

"잠시만 기다려, 나 엄마한테 인사 좀 하고 내려가자. 여기 암자에 있는 봉고차로 터미널까지 데려다 달라고 하면 되니까…."

다행은 상현의 말에 고개를 끄덕였다. 충분히 시간을 주고 싶었다. 상현이 여인을 향해 사라지고 나자 다행은 한숨을 내쉬며 들고 왔던 짐을 다시 챙겼다. 비에 젖어 물먹은 이불 같던 배낭은 어느새 물기가 말라있었다. 배낭을 대충 챙겨들며 어깨에 툭 하고 걸치는 순간, 그 밑으로 뭔가가 떨어졌다. 지난밤 해욱을 통해 받은 정혁의 쪽지였다.

"아, 맞다!"

그제야 생각이 난 듯 다행은 머리를 긁적이며 쪽지를 열어보았다. 무슨 이야기를 적었을지 살짝 긴장을 하며 쪽지를 폈다.

서로 다툰 것에 대한 사과? 아니면 또 다른 불만?

도둑이 제 발 저린다고 다행 역시 그런 심정이었다. 지은 죄가 있는지라 편하게 볼 수는 없었다.

휘갈겨 쓴 글자를 천천히 읽어나갔다.

[너는 나의 별인데, 나의 욕심과 고집으로 별똥별이 되었네…]

"이게… 무슨?"

쪽지를 다 읽고 나자, 이 내용이 다행을 향해 쓴 평범한 편지가 아니라는 걸 알 수 있었다. 노래 가사였다. 정혁의 몇 번째 작품인지 알 수 없는. 누군가를 향해 쓴 가사인지 그 내용이 절절하기를 이루 말할 수 없을 정도였다. 가사를 몇 번이나 읊조리던 다행은 자신도 모르게 얼굴이 붉어졌다.

묻고 싶었다. 누구인지 알 수 없는 상대를 향한 이 연서 같은 가사를 어떻게 받아들여야 할지.

'너가… 누구야? 말해봐, 차정혁'

다행은 잠시 감정을 추슬러야만 했다. 이게 자신이라는 보장도 없는데도 불구하고, 왜 감정이 복잡해지는지 스스로에게 묻고 싶었다.

"하하하, 짜식! 역시 잘 쓴다니까. 잘 쓰네…"

'너'가 누구인지 알 수 없지만, 부탁대로 숙소에 남아 충실하게 곡을 쓰고 있었다는 것이 대견하고 고마웠다. 자신의 부탁을 잘 들어줘서 고마운 마음과 함께 설명할 수 없는 울적함이 다행의 가슴을 파고들었다. 하필 싸우고 온 터라 마음이 더 복잡했다.

다행은 머리를 긁적이며 휴대폰을 들여다봤다. 휴대폰을 먹통이 된지 오래였다. 다행은 급히 배낭을 뒤지며 핸드폰 배터리를 갈아 끼웠다. 화면이 다시 뜨는 동안, 다행은 '너'가 누군지 한 번 더 궁금해 하며 가사를 음미했다.

[작은 손, 그 손이 내 안식처가 되네. 그늘이 되어주고 싶었던 건 나인데⋯.]

"음⋯."

핸드폰이 다시 켜지기가 무섭게 부재중으로 걸려 들어온 전화번호가 미친듯이 화면을 덮었다.

차정혁

차정혁

차정혁

차정혁

차정혁

몇 번을 전화 했는지 세는 게 힘들 정도였다.

"뭐야, 이 자식⋯."

이상하게 눈물이 왈칵 쏟아질 것만 같았다. 이지이지사장에게 호출받아 갔을 때, 땀이 범벅이 되어 찾아온 그 녀석이 갑자기 떠올랐다.

[그늘이 되어주고 싶었던 건 나인데⋯.]

'너'가 자신이라는 확신도 없는데. 그럼에도 불구하고 다행은 자꾸만 가슴이 뛰었다.

"진짜 스토커도 아니고 뭐야, 이 자식⋯."

빨리 숙소로 돌아가고 싶었다. 여기서 이렇게 시간을 잡아먹고 싶지 않았다. 다행은 휴대폰을 손에 꼭 쥔 채 암자로 고개를 돌렸다. 상현을 빨리 찾아야만 했다.

그때, 갑자기 전화기가 불이 나듯 울려댔다. 다행은 정혁 일지도 모른다는 기대감으로 화면을 들여다보았다. 그러나 그녀의 예상은 보기 좋게 깨졌다.

이지이지대출, 화면에 커다랗게 뜬 이름을 보자 한숨이 나왔다. 그동안 뚜렷한 성과 없이 계속해서 시간만 잡아먹고 있었으니, 지금쯤 닦달할 때도 되었겠구나 싶었다.

"여보세요?"

다행의 말이 끝나기 무섭게 사장은 용건을 내뱉었다.

"어이, 매니저. 어디야?"

"네? 저 숙소….."

"거두절미하고, 지금 정혁이 데리고 사무실로 와. 아니다, 됐다. 내가 다시 그 녀석한테 연락할 테니까 너 빨리 사무실로 와!"

대뜸 사무실로 호출하는 걸 보면 이지이지사장이 확실했다.

"아, 네. 바로 가겠습니다."

사무실에 도착하면 또 무슨 변명을 해야 할지 벌써부터 머리를 굴리며 다행은 사장의 말에 대답했다.

"아, 그리고 다른 애들한테 말하지 마! 사무실에 데리고 올 생각도 하지 말고. 너랑 정혁이 그 자식, 둘만 와야 해!"

"네? 왜…. 아, 알겠습니다."

무슨 의도로 사장이 이렇게 신신당부하는 것인지 다행은 영문을 알 수 없는 채로 떨떠름하게 대답했다.

〈2권에서 계속〉